Dagmar Hoßfeld
Internat Lindental

Sommer im Sattel

KOSMOS

Umschlaggestaltung von Henry's Lodge, Zürich, Schweiz
unter Verwendung eines Fotos von Christiane Slawik, Würzburg.

In diesem Buch sind folgende Bände der Reihe Pferdeinternat Rosenberg enthalten:
Kiki und der Filmstar, Dagmar Hoßfeld

Das Inselabenteuer, Dagmar Hoßfeld

Unser gesamtes lieferbares Programm und viele
weitere Informationen zu unseren Büchern,
Spielen, Experimentierkästen, DVDs, Autoren und
Aktivitäten findest du unter **kosmos.de**

FSC
www.fsc.org
MIX
Papier aus verantwortungsvollen Quellen
FSC® C014496

Gedruckt auf chlorfrei gebleichtem Papier

ISBN 978-3-440-15340-6
Lektorat: Janine Hartenstein
Produktion: DOPPELPUNKT, Stuttgart
Grundlayout und Satz: DOPPELPUNKT, Stuttgart
Druck und Bindung: GGP Media GmbH, Pößneck
Printed in Germany / Imprimé en Allemagne

Internat Lindental

Sommer im Sattel

Die Freundinnen

Bente Brandstätter: blond, blaue Augen; neugierig. Überzeugte Tierschützerin und Redakteurin der Schülerzeitung. Ihr Pferd: die Holsteinerstute Flippi, Fuchs, viermal weiß gestiefelt.

Karolin »Karlchen« Karlsson: Dänin, brauner Wuschelkopf; fröhlich, frech und aufmüpfig. Ihr gehört der dicke Norweger Schnute (genauso frech wie seine Besitzerin).

Kiki van der Slooten: Belgierin, schwarze Haare; Musikgenie, verträumt. Spezialität: Springreiten. Ihr Pferd: Torphy, ein dunkelbrauner Wallach.

Rebecca Mangold: raspelkurze Haare; ruhig, vernünftig, intelligent. Stipendiatin in Lindental. Ihre Lieblingsdisziplin: Dressur mit ihrer Rappstute Karfunkel.

Dagmar Hoßfeld
Internat Lindental

Ein Filmstar für Kiki

1

»Wenn diese Hitzewelle noch lange anhält, schmelze ich.« Bente lag auf ihrem Bett und fächelte sich mit einem Handtuch Luft zu. »Nur eine kleine Pfütze wird von mir übrig bleiben, ihr werdet's sehen, und auch die wird spurlos verdunsten. Könnt ihr euch erinnern, dass es schon mal so heiß gewesen ist?«, stöhnte sie.

Kiki schüttelte den Kopf. Sie trug ein ärmelloses T-Shirt und abgeschnittene Jeans. Eine kleine Schweißperle lief ihr die Schläfe hinunter. Träge wischte sie sie fort.

Rebecca betrachtete seufzend ein gläsernes Terrarium, das auf ihrem Schreibtisch stand und mit einem dunklen Tuch sorgfältig gegen die Sonne abgeschirmt war. »Wenn das so weitergeht, kann ich mein Schneckenstudium vergessen. Schnecken brauchen Feuchtigkeit, um zu überleben. Die hohen Temperaturen und die Trockenheit bekommen ihnen gar nicht gut!«

Sie arbeitete an einem neuen Biologie-Projekt für »Jugend forscht« mit dem schönen Arbeitstitel: »Die Spanische Wegschnecke erobert den Norden. Fakten, Hintergründe und Analysen.« Seit sie in einer naturwissenschaftlichen Fachzeitschrift einen Artikel darüber gelesen hatte, dass seit ein paar

Jahren eine bemerkenswerte Zuwanderung von südeuropäischen Schnecken nach Nordeuropa zu beobachten war, war sie von dem Thema gefesselt und dachte Tag und Nacht an nichts anderes mehr. Sie wollte unbedingt herausfinden, warum die Weichtiere nach Norden wanderten, und vor allem, wie sie es taten. Reisten sie im Gepäck von Touristen? Waren sie blinde Passagiere auf Schiffen oder Lkws? Rebecca wusste zwar noch nicht genau, wie sie den Weg der Schnecken analysieren sollte, aber sie hatte sich vorgenommen, so viel wie möglich über die Tiere herauszufinden und eine Arbeit darüber zu schreiben. Auch wenn sie das Rätsel der Wanderung vermutlich nicht lösen konnte, könnte sie vielleicht neue Erkenntnisse über Leben und Verhalten der Schnecken gewinnen. Die ungewöhnliche Hitze der vergangenen Wochen drohte allerdings, ihr Projekt zu durchkreuzen. Nur zwei lebende Nacktschnecken hatte sie bis jetzt gefunden – Carlos und Juan –, die sie in ihrem selbst gebauten Terrarium liebevoll hegte und pflegte. Alle anderen Schnecken rund um das Reitinternat hatten sich entweder tief ins Erdreich verkrochen oder sie waren Opfer der Dürre geworden und vertrocknet.

»Vielleicht ist dein Juan ja eine kleine Juanita!« Karlchen saß auf der Fensterbank und kicherte. »Dann produzieren sie und Carlos viele kleine Schneckenbabys und du kannst deine Forschungen mit ihnen betreiben.«

»Schnecken sind gleichgeschlechtlich«, erwiderte Rebecca. »Sogenannte Zwitter. Das ist vierte Klasse Sachkunde, Karlchen! Es gibt keine Männchen und Weibchen. Sie befruchten sich gegenseitig und legen Eier, aus denen die Babyschnecken schlüpfen.«

»Vielen Dank für die Nachhilfe.« Karlchen verbeugte sich leicht.

»Bitte sehr, gern geschehen.« Rebecca hob ein Salatblatt hoch, das Juan und Carlos als Nahrung diente. Es war schon ein bisschen welk. Rebecca zupfte die braunen Ränder ab. Dann griff sie nach einer Plastikflasche und besprühte den Glasbehälter mitsamt den Schnecken mit kaltem Wasser. Carlos und Juan reckten dankbar die Fühler.

»Wenn ich es hinkriege, den beiden ein optimales, biologisch einwandfreies Umfeld zu schaffen, legen sie vielleicht wirklich Eier«, murmelte sie. »Ich muss sie nur immer schön feucht halten.«

Kiki, Karlchen und Bente sahen sich an und rollten mit den Augen.

Karlchen hüpfte von der Fensterbank. »Ich geh noch mal duschen. Gegen diese Affenhitze hilft nur eiskaltes Wasser.« In der Badezimmertür drehte sie sich um. »Soll ich Juan und Carlos mitnehmen und befeuchten?«, fragte sie freundlich.

Rebecca runzelte die Stirn.

Karlchen verschwand lachend im Bad. »War nicht ernst gemeint!«

Die ungewöhnliche Hitzeperiode dauerte nun schon zwei Wochen. Alle litten und stöhnten unter den tropischen Temperaturen. Die Internatsleitung hatte den Tagesablauf geändert und sogar die Stundenpläne umgestellt. Die Mädchen und Jungen mussten jetzt schon um Viertel vor sechs aufstehen. Unterrichtsbeginn war für alle Klassen um sieben. Spätestens um zwölf, wenn das Thermometer seinen Höchststand erreichte, war Schulschluss. Dann gab es ein leichtes Essen im Speisesaal und anschließend zogen sich die Schüler auf ihre Zimmer zurück.

Der Hausmeister hatte vor die Fenster im Schloss Fliegengitter gesetzt, damit sie Tag und Nacht aufbleiben konnten. Trotzdem war es in den Zimmern kaum auszuhalten. Die Mauern des Schlosses schienen die Wärme zu speichern. Alle hofften, dass bald ein Gewitter die Luft abkühlen würde.

»Wisst ihr noch, wie schön es im Winter war?« Kiki leckte sich die Lippen. »Bis zu den Knien sind wir im Tiefschnee versunken!«

»Schnee und Eis wären schön«, nickte Bente. »Aber ein netter Regenschauer würde auch schon genügen. Die Pferde würden sich bestimmt auch darüber freuen.« Sie stand auf und warf einen Blick aus dem Fenster. Die sonst so gepflegten Weideflächen rund um das Schloss waren trocken, das Gras verdorrt und gelb. Die Pferde und Ponys standen mit tief hängenden Köpfen im Schatten ihrer Weidebäume und wedelten träge mit den Schweifen – die einzige Bewegung, zu der sie sich aufraffen konnten.

Bente sah, dass inzwischen sogar die großen Laubbäume im Park ihre Blätter hängen ließen, und wandte sich um. »Nicht einmal ein Bad im Meer würde jetzt Erfrischung bringen. Die Nordsee ist warm wie eine Badewanne.«

»Stimmt.« Karlchen kam aus dem Badezimmer. Sie sah frisch und munter aus und setzte sich verkehrt herum auf einen Schreibtischstuhl. »Stevens Klasse war gestern am Strand. Eine Freundin von ihm hat so einen heftigen Sonnenbrand bekommen, dass sie heute auf die Krankenstation musste!«

»Echt? Die Ärmste!«, sagte Kiki mitfühlend.

»Wer sich der prallen Sonne aussetzt, hat selber Schuld«, meinte Rebecca ungerührt. »Wie kann man nur so doof sein? Jedes Kind weiß inzwischen doch, wie intensiv die Sonne brennt, vom Ozon mal ganz abgesehen!«

»Trotzdem wäre ein Ausritt ans Wasser herrlich«, nahm Karlchen den Faden wieder auf. »Es muss ja nicht das Meer sein. Wir könnten Herrn von Hohensee vorschlagen, an die Eider zu reiten. Am Fluss gibt es doch diese tolle, schattige Badestelle. Da könnten sogar unsere Pferde ein bisschen planschen und sich abkühlen!«

»Hm, ja, ich glaub, ich weiß, welche Stelle du meinst. Sie liegt an unserer Laufstrecke, oder?« Bente nickte. »Das ist echt ein schönes Plätzchen und gar nicht weit von hier entfernt. Wir fragen Herrn von Hohensee einfach mal. Mehr als Nein sagen kann er nicht.«

Kiki blätterte gelangweilt im Lindental-Boten, der Schülerzeitung des Reitinternats. »Hey!«, rief sie plötzlich. »Wusstet ihr, dass hier in der Nähe die Dreharbeiten zur Vorabendserie ›Die Klinik am Meer‹ laufen?«

»Dreharbeiten? Fürs Fernsehen?« Bente riss die Augen auf. »Das ist ja krass!«

»Ja, irre, was?« Kiki setzte sich kerzengerade hin. »Dieser Schauspieler, der den Assistenzarzt Dr. Wiltfang spielt, sieht total klasse aus, findet ihr nicht auch?«

»Henning Sandborg? Na, das ist wohl Geschmackssache. Mein Typ ist er jedenfalls nicht«, erwiderte Rebecca trocken. »Der sieht doch aus wie Oliver Pocher!«

Kiki warf der Freundin die Internatszeitung an den Kopf.

»War mir klar, dass du ihn nicht gut findest«, murrte sie. »Du hast eben keinen Geschmack.«

»Hahaha«, gab Rebecca zurück.

»Wovon redet ihr überhaupt?«, mischte Karlchen sich ein.

»Nicht wovon, Karlchen«, korrigierte Bente sie, »sondern von wem. Henning Sandborg ist dieser smarte Typ, über den momentan jede zweite Zeitschrift berichtet. Er spielt eine Hauptrolle in der Klinikserie, wobei seine Aufgabe darin besteht, möglichst vielen Krankenschwestern und weiblichen Patienten die Köpfe zu verdrehen und ihnen die Herzen zu brechen. Meine Cousine Laura ist total verrückt nach der Serie und lässt keine Folge aus. Jedes Mal wenn ich mit ihr telefoniere, schwärmt sie mir endlos von dem Typen vor.«

»Ach so, der …«, winkte Karlchen ab. »Nee, mein Typ ist der auch nicht gerade.« Sie kräuselte die Nase und nieste. »Aber spannend ist es trotzdem, findet ihr nicht? Ich meine, dass hier so berühmte Leute in der Gegend rumlaufen und einen echten Film drehen, kommt ja nicht gerade oft vor.«

Die Freundinnen stimmten ihr zu. Sogar Rebecca nickte.

»Du hast recht«, sagte sie. »Es wäre bestimmt interessant, mal bei den Dreharbeiten zuzugucken. Ich würde zu gerne mal sehen, was so alles hinter den Kulissen passiert und wie viel Arbeit in einer Folge steckt.«

»Steht im Lindental-Boten zufällig, wo die Dreharbeiten stattfinden?«, erkundigte sich Bente.

Kiki schüttelte den Kopf. »Nö, leider nicht. Nur, dass das Filmteam sich ein paar Tage lang für Außenaufnahmen in der Gegend aufhält.«

»Och Menno«, schimpfte Karlchen. »Irgendwo da draußen

wird ein echter Film gedreht und wir hocken hier in unserem Zimmer und schwitzen vor uns hin.«

Kiki hob den Lindental-Boten auf und seufzte. »Ja, das ist wirklich unglaublich. Henning Sandborg, der Traum meiner schlaflosen Nächte, ist in meiner Nähe und ich hab keine Chance, an ihn ranzukommen. Wie soll ich das nur überleben?«

Rebecca zeigte ihr einen Vogel.

»Wer weiß?«, fragte Karlchen verschmitzt. »Vielleicht können wir irgendwie rauskriegen, wo das Filmteam gerade ist? So schwer kann das doch nicht sein. Und dann kreuzen wir da einfach mal auf und holen uns ein Autogramm.«

»Ein Autogramm?« Kiki verzog das Gesicht. »Ich bin doch kein Baby!«

»Nee, ist klar«, grinste Bente. »Wahrscheinlich verknallt dieser Sandborg sich auf den ersten Blick in dich und nimmt dich ruck, zuck mit in seine Villa, wo ihr glücklich und zufrieden bis an euer Ende lebt. So wie bei ›Pretty Woman‹.«

»Warum denn nicht?«, fragte Karlchen. »Meine Großmutter sagt immer: Unverhofft kommt oft!«

»Das trifft's genau«, sagte Rebecca. »Kiki macht oft unverhoffte Sachen, wie wir wissen. Der arme Sandborg tut mir jetzt schon leid.« Sie machte eine Pause. »Und Patrick erst recht.«

Kiki zuckte leicht zusammen. Ihren Freund Patrick hatte sie bei ihrer Schwärmerei komplett verdrängt. Sie setzte ein strahlendes Lächeln auf.

»Wieso Patrick?«, fragte sie unbekümmert. »Wenn ich es wirklich schaffe, Henning persönlich kennenzulernen, muss Patrick das doch nicht unbedingt erfahren, oder?«

»Henning!« Rebecca stöhnte auf. »Jetzt duzt sie ihn schon!« Kiki warf ihr einen giftigen Blick zu.

»Wisst ihr, was meine Oma noch sagt?« Karlchen stand auf und streckte sich.

Die drei Freundinnen starrten sie erwartungsvoll an.

»Über ungelegte Eier soll man nicht gackern«, sagte Karlchen. »Also, lasst uns erst mal sehen, ob wir das Filmteam überhaupt ausfindig machen können.«

»Und dann sehen wir weiter, einverstanden«, schloss Bente sich an. »Karlchen, ich muss sagen: Wo deine Oma recht hat, hat sie recht. Und jetzt«, sie zückte ihr Handy, »ruf ich Laura an und erzähl ihr, dass der hübsche Henning in der Nähe ist. Die flippt glatt aus, wenn sie das hört! Wetten, dass sie sich in den nächsten Zug setzt, nur um ihn mal kurz zu sehen?«

Die anderen lachten, während Bente ihre Cousine anrief.

2

In der darauffolgenden Nacht wälzte sich Kiki unruhig auf ihrem Bett hin und her. Obwohl sie nur ein dünnes T-Shirt trug und sich nicht zugedeckt hatte, war die Wärme im Zimmer unerträglich. Im Nachbarbett murmelte Rebecca leise im Schlaf.

Kiki stand auf und trat ans Fenster. Der Park und das Gelände rund um das Schloss lagen in silbrigem Mondlicht. Gedankenverloren nahm sie die Plastikflasche von Rebeccas Schreibtisch und bespritzte die Schnecken im Terrarium, den Rest des Wassers sprühte sie sich selbst ins Gesicht. Es war warm und abgestanden und erfrischte kein bisschen. Als sie wieder in ihr Bett krabbelte und die Augen schloss, seufzte sie. Wie sollte sie in diesem Backofen jemals einschlafen? Bente hatte recht: Bald würden sie schmelzen und verdunsten. Ganz bestimmt.

Kiki holte ihre Taschenlampe aus der Nachttischschublade und nahm eine Zeitschrift in die Hand, die aufgeblättert neben dem Bett lag. Schon bald war sie in einen interessanten Artikel über Henning Sandborg vertieft, der auf zwei Doppelseiten sein aufregendes Leben als Schauspieler schilderte.

»Aufwachen, du Trantüte!« Kiki wurde unsanft geschüttelt. Sie hob eine Hand und knurrte etwas Unverständliches. »Kiki, wach endlich auf!« Rebeccas Stimme klang unerbittlich. »Wir kommen zu spät!«

»Na und?« Kiki gähnte und schlug die Augen auf. »Ich hab gerade so schön geträumt.«

»Ja, klar. Von diesem blonden Strahlemann.« Kopfschüttelnd hob Rebecca die Zeitschrift auf und warf sie auf Kikis Schreibtisch. »Übrigens sind die Batterien leer. Du hast vergessen, deine Taschenlampe auszuknipsen.«

Kiki streckte sich und stand auf. »Meine Güte, hast du miese Laune. Hast du schlecht geschlafen?«

Rebecca brummte etwas und verschwand im Bad.

Wenig später waren die Mädchen angezogen und standen im Flur vor Karlchens und Bentes verschlossener Zimmertür.

»Super«, murrte Rebecca. »Noch zwei, die verschlafen haben.«

»Von wegen verschlafen.« Bente steckte den Kopf durch den Türspalt. Sie hatte Rebeccas letzte Worte gehört.

»Guten Morgen, gute Laune!«, rief Karlchen fröhlich aus den Tiefen des Zimmers. Sie tauchte an der Tür auf und grinste. »Du, Rebecca, ist dir vielleicht eine Schnecke über die Leber gelaufen? Du guckst so grantig.«

Rebecca verdrehte die Augen. »Es heißt ›eine Laus über die Leber‹, liebe Karolin, nicht Schnecke. Und jetzt kommt endlich, sonst kriegen wir kein Frühstück mehr.« Sie wandte sich um.

»Wir müssen unbedingt mit Herrn von Hohensee sprechen«, flüsterte Bente den anderen zu. »Wenn wir heute nicht irgendwie ans Wasser kommen, um Rebecca abzukühlen, dreht sie durch.«

Kiki stimmte ihr zu. »Es wäre wirklich schön, wenn wir mit den Pferden zum Fluss dürften. Eine Abkühlung würde uns allen guttun, nicht nur Rebecca.«

Trotz des eingeschränkten Stundenplans hatten die Schüler und Lehrer Probleme damit, sich auf den Unterricht zu konzentrieren. Miss Wedgewood, die Englischlehrerin der 9b, war fahrig und unkonzentriert, was aber kaum auffiel, weil die Klasse ebenfalls nicht bei der Sache war. Als es am späten Vormittag zum Mittagessen läutete, atmeten alle auf.

»Ich hab bei dieser Affenhitze überhaupt keinen richtigen Appetit«, stöhnte Bente.

»Ich eigentlich auch nicht«, gestand Karlchen. »Aber ich will trotzdem wissen, was es gibt.«

Das Mittagsbüfett bestand aus grünem Salat, Gemüsesuppe und als Nachtisch Obst und Melonenscheiben auf Eis. Genau die richtige »ernährungsphysiologisch ausgewogene Zusammenstellung einer leichten Mahlzeit bei hohen Innen- und Außentemperaturen«, wie Rebecca zufrieden bemerkte.

Karlchen zeigte ihr einen Vogel.

»Hauptsache, in der Suppe ist ordentlich Kohlrabi«, sagte sie bestimmt. »Ich liebe Kohlrabi.«

»Hast du nicht gerade eben noch gesagt, du hast keinen Hunger?«, fragte Bente irritiert.

»Ich hab's mir anders überlegt«, war Karlchens Antwort.

Kiki gab ihr einen Knuff in die Seite, als sie am langen Tresen ihre Teller füllten. »Du liebst nicht nur Kohlrabi, sondern alles, was man essen kann. Gib's zu.«

»Stimmt. Aber meinen Snude liebe ich auch«, erwiderte Karlchen. »Und den würde ich zum Beispiel niemals essen. Na ja«, schränkte sie ein, »ein bisschen an seinem Ohr knabbern würde ich vielleicht schon. Aber wirklich nur, wenn ich gar nichts anderes hätte.«

Als die Mädchen an ihrem Tisch Platz genommen hatten, ertönte plötzlich ein schriller Aufschrei: »Iiih, wie eklig! In meinem Salat ist eine Schnecke!« Dem Schrei folgte das Geräusch von zersplitterndem Porzellan. Köpfe fuhren herum, ein Mädchen war aufgesprungen.

»Marie-Claire ist mal wieder hysterisch«, analysierte Karlchen die empfindsame Mitschülerin, während sie sich ihrer Suppe widmete. Frau Wuttig, die Küchenchefin, hatte ihr extra viel Kohlrabi aufgetan.

Rebecca horchte auf. »Eine Schnecke?« Sie stand auf und bahnte sich einen Weg zwischen den Tischen und Stühlen hindurch. Eine Küchenhelferin brachte gerade Handfeger und Kehrschaufel.

»Die Bescherung machst du bitte selber weg«, sagte sie zu dem blonden Mädchen.

»Aber da ist eine Schnecke drin«, jammerte Marie-Claire verzweifelt.

Rebecca nahm die Schmutzschaufel. »Lass mich mal sehen.« Sie bückte sich, schob die Scherben zur Seite und untersuchte mit spitzen Fingern die unansehnlichen Überreste des Salats. Tatsächlich: Unter einem Blatt klebte eine winzig kleine hellgraue Schnecke. Rebecca pflückte sie ab, nahm sie auf die Hand und richtete sich wieder auf. »So ein Glück, ihr ist nichts passiert! Darf ich sie haben, Marie-Claire?«

»Mach mit ihr, was du willst«, entgegnete die Klassenkameradin. »Hauptsache, du schaffst sie von hier weg!«

Rebecca lächelte. »Danke, das ist echt lieb von dir.« Sie drückte der verdutzten Marie-Claire die Schaufel in die Hand und kehrte mit der Schnecke zu ihrem Platz zurück. Behutsam setzte sie das Tierchen auf eine Serviette und betrachtete es von allen Seiten.

»Spinnst du komplett?«, fragte Kiki entsetzt. »Bring sofort dieses schleimige Ding weg, sonst schrei ich! Ich hab zwar nichts gegen Schnecken, aber direkt neben meinem Teller möchte ich sie nicht unbedingt haben.«

Frau Wuttig, die das Geschehen verfolgt hatte, stellte ein leeres Marmeladenglas auf den Tisch. In dem Glas lagen ein paar Salatblätter. Der Küchenchefin war es sichtlich unangenehm, dass in ihrem Essen eine Schnecke gefunden worden war.

»Tu sie lieber schnell hier rein«, sagte sie zu Rebecca und, mit einem Blick auf Marie-Claire, die immer noch damit beschäftigt war, die Scherben zu beseitigen: »Sonst fällt Madame noch in Ohnmacht.« Sie zwinkerte Rebecca zu und wollte wieder in der Küche verschwinden.

»Vielen Dank, Frau Wuttig!«, rief Rebecca ihr hinterher. »Und falls Sie noch mehr Schnecken in Ihrer Küche finden, bringen Sie sie ruhig zu mir!«

Frau Wuttig schüttelte nur den Kopf. Ein paar Mädchen schoben mit angewiderten Blicken ihre Teller zur Seite. Ein Junge aus der Oberstufe grölte: »Hilfe, eine Kröte! In meiner Suppe sitzt eine Kröte! Ich sterbe!« Er griff sich theatralisch an die Kehle und ließ sich vom Stuhl fallen.

Im Speisesaal brandete lautes Lachen auf. Miss Wedgewood, die die Aufsicht hatte, lachte mit, aber dann bat sie um Ruhe.

»Lasst den Unsinn und esst weiter!«, rief sie. »Ich bin mir sicher, dass die Schnecke in Marie-Claires Salat ein Einzelexemplar war und euer Mittagessen unbedenklich genießbar ist.«

Frau Wuttig nickte. »Jawohl«, sagte sie laut. »Ich habe keine Ahnung, wie dieses Tier auf den Teller gekommen ist. Ich habe den Salat heute Morgen eigenhändig geputzt.« Sie schüttelte noch einmal den Kopf und murmelte, mehr zu sich selbst: »Herrje, wie konnte ich dieses Viech nur übersehen?«, bevor sie endgültig in der Schlossküche verschwand.

»Das arme kleine Ding hat doch nur nach einem feuchten Platz gesucht«, verteidigte Rebecca ihren Schützling. »Jedes Kind weiß, dass Mollusken – in diesem Falle Bauchfüßer – absolut harmlos sind.«

»Hast du schon einen Namen für deinen Bauchfüßer?«, kicherte Bente.

»Nein.« Rebecca betrachtete die Schnecke. »Sie ist ziemlich schnell. Seht euch nur an, in was für einem Tempo sie den Salat verputzt. Wahnsinn!«

Kiki gluckste. Sie musste sich sehr zusammenreißen, um nicht laut loszuprusten. »Wirklich stark, zu was für Leistungen so ein Weichtier imstande ist!«

»Wie wär's mit Speedy Gonzales?« Karlchen pochte mit ihrem Suppenlöffel gegen das Marmeladenglas, was Rebecca mit einem missbilligenden Blick quittierte. »Der Name passt gut zu Juan und Carlos. Und außerdem«, fügte sie hinzu, »war Speedy Gonzales die schnellste Maus von Mexiko.«

»Es ist zwar ein bisschen komisch, einer Schnecke einen Mäusenamen zu geben«, fand Rebecca, »aber der Name passt. Danke, Karlchen. Und jetzt hör bitte auf, gegen das Glas zu klopfen, ja? Du machst Speedy ganz nervös.«

Nach dem Mittagessen setzte Rebecca Speedy Gonzales zu seinen Artgenossen ins Terrarium und besprühte ihn ausgiebig mit frischem Wasser. Anschließend gingen die Mädchen quer über den Schlosshof zu den Ställen des Reitinternats. Sie hatten beschlossen, ihre Hausaufgaben auf den Abend zu verschieben, wenn es – hoffentlich – etwas kühler sein würde.

»Dem armen Lawrence ist es anscheinend auch zu heiß.« Bente zeigte auf einen grauen Hund, der hechelnd im Schatten der Stallmauer lag und nur kurz aufschaute, als er die Freundinnen kommen sah.

Karlchen bückte sich, um den Irischen Wolfshund, der Miss Wedgewood gehörte, zu streicheln. »Armer Larry. Vielleicht erlaubt dein Frauchen, dass du uns ans Wasser begleitest?«

Lawrence wedelte schwach mit dem Schwanz.

»Sieht nicht so aus, als hätte er große Lust, sich zu bewegen«, sagte eine Stimme aus dem Dunkel des Stalls. »Genauso wenig wie ich.«

Rebecca zog die Stirn kraus. »Daniel? Bist du das?«

Ein blonder Junge trat aus dem Gebäude. Er hatte ein Baseballcap verkehrt herum auf dem Kopf und trug abgeschnittene Jeans – sonst nichts.

»Hallo, Mädels«, sagte er lässig, wobei er sich dehnte und seine bemerkenswerten Bauchmuskeln spielen ließ.

»Was machst du hier um diese Zeit?«, fragte Rebecca verwundert.

Daniel ging auf sie zu und nahm sie in den Arm. »Auf dich warten, was sonst?« Er lächelte und gab ihr einen Kuss. »Nee, im Ernst: Das Hockey-Training fällt wegen der subtropischen Temperaturen in der Halle aus. Ich hab die freie Zeit genutzt und war mit Mystery in der Schwemme. Und jetzt erhol ich mich im Stall. Da ist es nämlich schön kühl.«

»Stimmt.« Ein zweiter Junge trat auf den sonnenbeschienenen Hof – dunkelhaarig, braun gebrannt und ebenso spärlich bekleidet wie Rebeccas Freund. »Kommt rein und überzeugt euch selbst.«

»Nee danke, Patrick«, entgegnete Kiki. Sie gab ihrem Freund ein Küsschen auf die Wange und sagte: »Wir suchen Herrn von Hohensee. Wisst ihr, wo er steckt?«

Patrick und Daniel warfen sich einen Blick zu und grinsten.

»Klar«, meinte Patrick. »Unser Rittmeister hält eine Siesta.«

Er zeigte auf eine große Linde auf der Koppel neben dem Stall. Ein Mann lag ausgestreckt in ihrem Schatten, das Gesicht mit einem ausgeblichenen Strohhut bedeckt. Er schlief tief und fest und schnarchte leise.

»Seit es so heiß ist, dass einem die Dachpappe wegschmilzt, hat Herr von Hohensee einen südeuropäischen Lebensstil angenommen«, erklärte Daniel. »Eine lange Mittagspause gehört unbedingt dazu.«

»Aha«, sagte Rebecca.

»Soso«, murmelte Kiki.

Bente zog die Augenbrauen hoch. »Und wie lange dauert so ein südeuropäischer Mittagsschlaf ungefähr?«

»Och, das ist ganz unterschiedlich«, erwiderte Daniel mit todernster Miene.

Patrick wiegte den Kopf. »Ja, das kann man unmöglich vorher sagen. Manchmal reichen zehn Minuten, manchmal braucht er aber auch eine Stunde, bis er wieder wach ist.«

»Ihr wollt uns veräppeln, oder?«, fragte Karlchen belustigt.

»Im Leben nicht!« Patrick hob die Hand wie zum Schwur.

Daniel machte ein erschrockenes Gesicht. »Das würden wir uns nie erlauben!«

»Na, wenn das so ist«, Karlchen leckte sich den Schweiß von der Oberlippe und drehte sich um, »dann kann ich ja auch erst mal zu Snude gehen, nicht? Kommt jemand mit?«

Patrick und Daniel schüttelten einhellig die Köpfe.

»Viel zu heiß«, stöhnten Kiki und Rebecca gleichzeitig.

»Schon kapiert.« Karlchen zwinkerte ihnen zu. »Ihr wollt ein bisschen allein sein.« Ohne eine Antwort abzuwarten, zog sie Bente hinter sich her in Richtung Ponykoppel.

»Wieso hast du mich nicht wenigstens gefragt, ob ich mitwill?«, beschwerte sich Bente.

Karlchen blieb stehen, um das Gatter zu öffnen. »Mensch, bist du blöd! Unsere beiden Liebespaare wollten ungestört sein, hast du das nicht gemerkt?« Sie legte zwei Finger an die Lippen und stieß einen kurzen Pfiff aus.

»Ach so«, murmelte Bente. »Klar, verstehe.«

Im Schatten eines Unterstandes döste die Ponyherde mit hängenden Köpfen. Ein stämmiger Falbe hob seinen Kopf und brummelte leise.

»Heja, Snude!«, rief Karlchen ihm zu. Sie kletterte über den Zaun, schritt auf den Norweger zu und fuhr ihm mit der flachen Hand unter die wollige Stirnmähne. »Junge, du schwitzt aber!«

Wie zur Bestätigung rieb Schnute seinen Kopf an ihrer Schulter und gähnte.

Bente kraulte einen hübschen Haflinger. Er gehörte ihren jüngeren Zwillingsbrüdern Benjamin und Bastian, die seit Kurzem ebenfalls Schüler des Reitinternats waren.

»Weißt du was? Wir nehmen Snude, Bommel und Snorri gleich mit«, schlug Karlchen vor. »Die Dicken müssen unbedingt ein bisschen planschen, sonst kriegen sie noch einen Hitzschlag.« Sie griff in Schnutes Mähne und schnalzte mit der Zunge.

»Aber du weißt doch gar nicht, ob Herr von Hohensee es uns erlaubt«, wandte Bente ein.

»Was sollte der schon gegen eine Abkühlung haben?«, entgegnete Karlchen. »Bei dem Wetter kann's doch gar keine zwei Meinungen geben!« Sie lockte Patricks Isländer Snorri heran und packte ihn ebenfalls an der Mähne. »Patrick wird sich freuen, wenn ich ihm seinen Isi gleich mitbringe, dann spart er sich den Weg. Los, schnapp dir Bommel und mach das Gatter auf. Aber pass auf, dass die anderen nicht mit rausschlüpfen.«

Karlchens Sorge war unbegründet: Die übrigen Kleinpferde und Ponys schenkten ihnen kaum Beachtung. Faul blieben sie im Schatten des Unterstands stehen und wehrten lästige Fliegen und Bremsen mit ihren Schweifen ab.

Als Karlchen und Bente die drei Robustpferde zum Stall führten, sahen sie, dass Herr von Hohensee seine Siesta beendet hatte. Der Reitlehrer kam ihnen mit ein paar Halftern entgegen.

»Ihr wollt mich wohl vor vollendete Tatsachen stellen«, schmunzelte er zur Begrüßung, während er den Ponys die Halfter anlegte. »Aber eure Freundinnen haben mich schon vorgewarnt.«

»Heißt das, wir dürfen mit den Pferden zum Fluss?«, fragte Bente.

Herr von Hohensee nickte. »Ich hab schon mit Frau Dr. Paulus gesprochen. Sie ist genau wie ich der Meinung, dass wir alle ein kühles Bad vertragen könnten.«

»Super!« Karlchen freute sich. »Kommen Sie auch mit?«

»Natürlich, ich hol nur noch meinen Jolly Jumper. Patrick und Daniel sind zum Schloss gelaufen und sagen den anderen Bescheid«, erwiderte Herr von Hohensee. »Kiki und Rebecca sind im Stall und machen ihre Pferde fertig. Sobald wir vollzählig sind, geht's los.«

Wenig später nahmen die Mädchen und Jungen der Reitabteilung im Schlosshof Aufstellung. Die Gruppe war überschaubar; vielen war es für einen Spaziergang – trotz der Aussicht auf ein kühles Bad im nahe gelegenen Fluss – viel zu heiß. Sie zogen es vor, im Schloss zu bleiben.

Die Pferde und Ponys trugen nur ihre Halfter mit Führstricken, und statt der sonst üblichen Reithosen und langen Stiefel hatten ihre Besitzer sich für T-Shirts, Shorts und Sportschuhe entschieden.

Herr von Hohensee, wie alle anderen im Sommerdress, hatte Jolly Jumper, seinen Holsteiner, fest im Griff. Trotzdem trat der Rotfuchs von einem Huf auf den anderen und versuchte immer wieder, nach anderen Pferden zu schnappen. Mystery, Daniels Trakehnerhengst, keilte aus und traf eine kleine Stute an der Brust. Empört quiekte die Braune auf und machte ihrem Unmut mit einem Buckler Luft.

»Das kann ja heiter werden«, stöhnte Bente. »Die Pferde scheinen echt schlechte Laune zu haben.« Sie hielt die Führleine ihrer Stute in einer Hand. Flippi ließ müde ihre Unterlippe hängen und zog einen Flunsch.

»Sie leiden genauso unter der Hitze wie wir«, stellte Kiki fest. Ihr dunkelbrauner Wallach Torphy hielt den Kopf gesenkt und seufzte. Dunkler Schweiß bedeckte seine Brust.

»Klar, was dachtest du denn?« Rebecca strich Karfunkel über die Stirn. Dicht neben der Rappstute stand Little Mystery, ihr Fohlen. Seit Kurzem ging er bei Ausritten »bei Fuß« an der Seite seiner Mutter.

Rebecca wollte den Kleinen nicht alleine auf der Koppel zurücklassen – obwohl sie keinen Schimmer hatte, wie er sich bei einem Ausflug in einer Gruppe von gereizten Pferden verhalten würde.

»Bleib immer schön bei deiner Mama«, flüsterte sie ihm ins Ohr. »Dann kann dir überhaupt nichts passieren.«

Karlchen kaute auf einem Kaugummi und produzierte eine prächtige, rosafarbene Blase, die mit einem lauten Knall zerplatzte. »Hoffentlich geht's bald los«, jammerte sie. »Sonst schläft mein Dickie noch im Stehen ein.« Schnute schüttelte den Kopf, bevor er gähnte und die Ohren baumeln ließ.

In diesem Moment rief Herr von Hohensee: »Abteilung im Scheeritt, marsch!«

Immer zwei Pferde nebeneinanderführend, verließ die Gruppe den Hof. Als auf der Schlossbrücke Hufeisen klapperten, guckten ein paar neugierige Gesichter aus den weit geöffneten Fenstern des Schlossgebäudes.

Frau Dr. Paulus, die Internatsleiterin, und Miss Wedgewood, die auf dem Balkon des Sekretariats saßen und Eistee tranken, winkten.

»Schade, dass der Kolibri nicht mitkommt«, fand Kiki.

Mit dem »Kolibri« war die Englischlehrerin gemeint, die den Spitznamen wegen ihrer knallroten Haare und ihrer Vorliebe für schrille und farbenprächtige Kleidung trug.

»Es ist ihr zu heiß. Sie hat vorhin zu Patrick gesagt, sie und ihre Tiere wären solche tropischen Temperaturen nicht gewöhnt«, berichtete Bente. »Wahrscheinlich hat sie recht. Ich glaub nicht, dass es in England jemals so warm wird.«

»Nee, da regnet's doch ständig«, pflichtete Karlchen ihr bei.

»Ihr habt ja mal wieder voll den Durchblick«, spöttelte Rebecca. Sie wollte gerade dazu ansetzen, ihre Freundinnen über die wahren klimatischen Gegebenheiten in Großbritannien aufzuklären, als sie seufzend abwinkte. Für einen Exkurs in Meteorologie und Geografie war es eindeutig zu heiß.

3

Solange die prächtige Allee, die vom Internat bis zur nahe gelegenen Landstraße führte, Schatten spendete, war der Spaziergang angenehm. Als die hohen Bäume allerdings nach einer Weile mehr und mehr zurückwichen und schon bald nicht mehr so dicht nebeneinanderstanden, knallte die Sonne gnadenlos auf die Abteilung nieder.

»Wessen bescheuerte Idee war das eigentlich?«, grummelte Bente vor sich hin, während sie mit einer matten Handbewegung eine aufdringliche Fliege von ihrer Nase verscheuchte. »So ein Schwachsinn! Dreißig Grad im Schatten und wir latschen mit den Pferden durch den Staub!«

Karlchen sah auf. »Wenn ich mich recht erinnere, warst du vorhin noch ziemlich begeistert von dieser blöden Idee«, erwiderte sie schnippisch. Sie blinzelte in die Sonne und leckte sich genüsslich die Lippen. »Vielleicht können wir uns irgendwo unterwegs ein Eis kaufen. Ich sehe es direkt vor mir: ein schönes, großes Eis, mindestens drei Kugeln. Erdbeer, Schokolade und Zitrone, mmh …«

»Hör auf, Karlchen!«, flehte Kiki. Ihr Gesicht war puterrot. Kleine Schweißrinnsale liefen ihr die Schläfen hinunter. »Das ist echt nicht auszuhalten! Ich frag mich die ganze Zeit, warum ich nicht im Schloss geblieben bin. Im Musikkeller ist es so schön kühl.«

Rebecca grinste. »Sag nicht, du würdest lieber Geige spielen, als mit Torphy schwimmen zu gehen. Das glaub ich nicht.« Sie wandte sich an Karlchen und Bente: »Und ihr solltet besser eure Energie sparen und nicht so viel jammern. Wir kommen zwar leider an keinem Eisladen vorbei, aber dafür ist es nicht mehr weit. In einer Viertelstunde sind wir da.«

Sie klopfte Karfunkels Hals und warf Little Mystery einen verliebten Blick zu. Das pechschwarze Fohlen ging brav an der Seite seiner Mutter, setzte graziös einen Huf vor den anderen und spitzte aufmerksam die Ohren.

»Ach was, du Schlaukopf! Wir kennen den Weg genauso gut wie du, stell dir vor«, meckerte Bente missmutig.

Karlchen gab sich der stillen Hoffnung hin, dass vielleicht doch irgendwo ein Eiswagen stehen würde, aber sie wusste, dass die Wahrscheinlichkeit eher gering war. Im Sportunterricht nahmen sie den Weg zum Fluss oft als Laufstrecke – und noch nie hatte sich bei der Gelegenheit die Chance ergeben, irgendwo ein leckeres Eis zu kaufen. Nein, sie befanden sich mit ihren Pferden im absoluten Niemandsland, in einer Wüste sozusagen, fernab von jeglicher Eis produzierenden Zivilisation.

Karlchens Gedanken schweiften ab. Sie legte eine Hand auf Schnutes Widerrist, schloss die Augen und fantasierte, sie und ihr Pony wären Forscher auf der Suche nach verlorenen Schätzen. Archäologen im Staub der Jahrtausende, Entdecker versunkener Welten –

»Karlchen!«, brauste Kiki plötzlich auf. »Sag mal, träumst

du oder hast du einen Sonnenstich? Pass gefälligst auf, wohin du läufst!«

Karlchen zuckte zusammen. Himmel! Fast wären sie und Schnute vom Weg abgekommen! Der runde Norweger hatte gerade noch rechtzeitig gebremst und war vor einem flachen, ausgetrockneten Graben stehen geblieben. Kiki und Torphy, die direkt hinter ihr und Schnute gingen, wären um ein Haar gegen das runde Hinterteil des Fjordpferdes geprallt.

»Ups, sorry«, sagte Karlchen hastig zu Kiki. Sie nahm den Führstrick fester in die Hand und zog Schnute zurück auf den Weg.

»Gute Güte, Snude«, raunte sie ihrem Pony zu. »Du bist doch nicht etwa eingeschlafen?«

Schnute prustete, schüttelte die Mähne und stapfte mit halb geschlossenen Augen weiter.

»Ich kann schon das Wasser sehen!«, rief Bente und zeigte durch die tief hängenden Zweige einer Trauerweide, hinter denen sich die Eider in sanften Bögen träge durch die Landschaft wand. Die Oberfläche des Flusses glitzerte verlockend im Sonnenschein. Ein paar Pferde hoben witternd die Köpfe.

»Hier kommen wir nicht ans Ufer!«, rief Patrick den anderen über die Schulter zu. »Wir müssen um die nächste Ecke. Dahinter gibt es einen Durchgang direkt bis ans Wasser.«

»Das wird aber auch Zeit.« Rebecca kniff die Augen zusammen. Die grelle Hitze flimmerte über dem schmalen Pfad. »Viel länger halt ich das nicht aus. Und die Pferde auch nicht.« Sie warf einen besorgten Blick auf Little Mystery. Das Rappfohlen wirkte nun doch erschöpft. Immer wieder stolperte es über Unebenheiten im Boden und versuchte, sich an seine Mutter zu lehnen. Der Kleine hatte eine Verschnaufpause im Schatten wirklich nötig.

Karlchen pfiff fröhlich vor sich hin, als die Abteilung vor ihr plötzlich ins Stocken geriet. Herr von Hohensee gab das Signal zum Halten und schimpfte laut. Karlchen konnte kein Wort verstehen, aber als sie den Hals reckte und sich auf die Zehenspitzen stellte, sah sie, dass mehrere große Kombis den Weg versperrten. Dicht hintereinander standen die Fahrzeuge auf dem schmalen Uferweg und machten ein Durchkommen unmöglich.

»Was ist denn los?«, fragte Kiki. »Warum geht's nicht weiter?«

»Der Weg ist blockiert!«, rief Bente ihr zu. »Da stehen lauter Autos.«

»Autos?« Kiki runzelte die Stirn. »Was für Autos?«

Herr von Hohensee drückte Patrick die Führleine seines Pferdes in die Hand und bahnte sich einen Weg durch die parkenden Fahrzeuge. Weit und breit war kein Mensch zu sehen. Trotzdem hörte der Reitlehrer nicht auf, sich lauthals zu beschweren.

»Eine Frechheit ist das!«, vernahmen die Mädchen seine kräftige Stimme. »Der Weg ist Privateigentum! Ich werde dafür sorgen, dass die Wagen abgeschleppt werden! Na wartet, wenn ich die erwische!«

»Junge, Junge, ist der geladen!« Karlchen rieb sich die verschwitzte Nase.

»Recht hat er«, meinte Rebecca. »Es ist wirklich unverschämt, den Weg so zuzuparken. Diese Seite des Ufers gehört zum Reitinternat und ist privat. Fremde haben hier nichts zu suchen und Autos schon mal gar nicht.« Sie zog Karfunkel in den Schatten eines Baumes. Little Mystery stellte einen Hinterhuf auf und ließ den Kopf hängen.

»Ey, cool!«, rief eine Stimme von vorne. »Die sind vom Fernsehen!«

Bente kannte die Stimme. Sie gehörte ihrem Bruder Bastian.

»Ob die hier einen Film drehen?«, ertönte eine zweite Stimme. Bente identifizierte sie sofort als die ihres zweiten Bruders Benjamin und horchte auf.

»Was ist?«, rief sie den Zwillingen zu.

»Die Autos sind vom Fernsehen!«, rief Bastian über die Köpfe der Abteilung hinweg. »Steht jedenfalls drauf!«

»Novaworld TV- and Video-Productions!« Benjamins Stimme überschlug sich fast, als er seiner Schwester die Aufschrift zurief.

Kiki drängte sich mit Torphy vor. »Fernsehen? Hab ich richtig gehört?«

Bente drehte sich zu ihr um. »Ja. Benjamin und Bastian sagen, die Kombis gehören zu einem Fernsehteam. Novaworld TV oder so.«

»Novaworld!« Kikis ohnehin schon knallrotes Gesicht leuchtete auf wie eine Tomate. »Das ist die Produktionsfirma der ›Klinik am Meer‹!«

»Bist du sicher?«, fragte Bente zweifelnd.

»Na klar!« Kiki hüpfte von einem Fuß auf den anderen. »Ich hab's gestern erst in dem Artikel über Henning gelesen! Los, lass mich durch! Die müssen hier ganz in der Nähe sein!«

»Spinnst du? Du bleibst, wo du bist!«, schimpfte Rebecca von hinten. »Du siehst doch, dass es nicht weitergeht!«

»Jetzt wird's lustig, Snude«, flüsterte Karlchen ihrem Fjordpferd ins Ohr. »Der olle Sandborg ist in der Nähe. Pass auf, Kiki wittert ihre Chance.«

Kiki stampfte so heftig mit dem Fuß auf, dass sie umgehend in einer Staubwolke stand. Torphy nieste und rieb seine Nase an ihrem weißen T-Shirt.

»Torphy, du Pferd!«, jammerte seine Besitzerin. »Mein nagelneues T-Shirt!«

Karlchen prustete in Schnutes Fell. Es war herrlich! Vorne stapfte Herr von Hohensee wie von der Tarantel gestochen durchs Unterholz und schimpfte in die Luft und hier hinten drehte Kiki durch! Karlchen lehnte sich entspannt gegen ihr Pony und verfolgte amüsiert, wie Kiki versuchte, die schmierigen Grasflecken, die Torphys Maul hinterlassen hatte, durch hektisches Wischen und Reiben von ihrem T-Shirt zu entfernen. Leider verschlimmerte sie den Schaden dadurch nur noch.

»Vergiss es, das hat keinen Zweck«, sagte Bente freundlich. »Ich kenn das. Solche Flecken kriegst du nur mit Kochwäsche wieder raus.«

Kiki starrte sie wortlos an. Sie sah aus, als würde sie jeden Moment explodieren. Es war einfach zum Verrücktwerden: Henning Sandborg war in der Nähe und sie stand hier mit ihrem ungezogenen Pferd und drei nervtötenden Freundinnen auf einem gottverlassenen staubigen Feldweg! Die Situation war so abwegig, dass sie nicht wusste, ob sie weinen oder lachen sollte.

Bente bemerkte nicht, dass Flippi sich neben ihr nervös anspannte. Eine Hornisse klebte am Bauch der kleinen Stute und Flippi versuchte, den Plagegeist loszuwerden, indem sie sich immer wieder mit einem Hinterlauf gegen den Bauch schlug. Sie schaffte es nicht; die Hornisse ließ sich nicht verscheuchen. Als das Insekt zustach, wieherte Flippi erschrocken auf. Sie spürte den Schmerz an ihrem Bauch und hatte instinktiv nur einen einzigen Gedanken: Flucht! Wie eine Kanonenkugel schoss sie nach vorn und zog Bente, die den Führstrick entgegen allen Vorschriften zweimal um ihr Handgelenk geschlungen hatte, mit sich. Es passierte so schnell, dass Bente überhaupt keine Chance hatte, zu reagieren.

Rebecca schrie noch: »Loslassen! Lass den Strick los!«, bevor sie sich mit einem Sprung in Sicherheit brachte. Flippi preschte knapp an ihr vorbei. Rebecca sah die weit aufgerissenen Augen des Pferdes. Flippi ging durch und Bente hing an ihrem Führstrick wie eine Marionette!

»Achtung! Flippi geht durch!«, schrie Rebecca den vor ihr stehenden Mitschülern zu. »Haltet sie auf!«

Kiki blieb der Mund offen stehen. Entsetzt starrte sie Bente und Flippi hinterher. Torphy war nur kurz zusammengezuckt. Als Turnierpferd hatte er gute Nerven und ließ sich nicht so leicht aus der Fassung bringen. Genüsslich fuhr er damit fort, nun auch noch die Rückseite von Kikis T-Shirt zu besabbern.

»Schiete!«, entfuhr es Karlchen. Sie klammerte sich erschrocken an Schnutes kurze Mähne und sah hilflos zu, wie Pferde und Kinder auseinanderstoben, als Flippi durch die Abteilung galoppierte. Ganz vorne bäumte Mystery sich auf, als Flippi ihn streifte. Daniel hing für einen kurzen Moment an seinem Halfter in der Luft, aber er schaffte es, den Hengst wieder herunterzubekommen.

Wie durch ein Wunder hatte Bente es inzwischen geschafft, sich den wilden Galoppsprüngen ihres Pferdes anzupassen. Sie hatte als Kind voltigiert; im Normalfall war es kein Problem für sie, im Gleichschritt neben einem Pferd herzulaufen. Aber das hier war kein Normalfall. Sie musste versuchen, das Beste daraus zu machen, und vor allen Dingen durfte sie nicht stolpern. Dadurch, dass sie neben Flippi herlief, hatte sich der Zug auf dem Führstrick etwas verringert. Er schnitt nicht mehr ganz so tief in ihr Handgelenk. Sie spürte keinen Schmerz und konzentrierte sich ganz und gar darauf, nicht unter Flippis wirbelnde Hufe zu geraten. Heftig atmend stieß sie hervor: »Ho, ruhig, Kleine! Gaanz ruhig!«

Flippi hörte nicht auf sie. Mit eng angelegten Ohren versuchte die Stute immer noch, dem Schmerz unter ihrem Bauch zu entkommen. Als die weißen Kombis vor ihr auftauchten, bremste sie abrupt ab und brach zur Seite aus. Bente wurde herumgeschleudert und durch ein Gebüsch gezogen. Sie schrie auf, als die Zweige und Dornen ihre Haut streiften, und schloss die Augen. Flippi machte einen weiten Sprung nach vorn und riss sie einfach mit sich. Das Nächste, was Bente wahrnahm, war angenehm kühles Wasser, das über ihrem Kopf zusammenschlug.

Es gab ein lautes »Platsch!«, als Flippi und Bente Seite an Seite im seichten Wasser des Flusses landeten. Am Ufer herrschte atemloses Schweigen.

»Was um Himmels willen ist hier eigentlich los?«, schrie

Herr von Hohensee. Er stand zwischen seinen Schülern und raufte sich die Haare. Wegen seiner Suche nach den Fahrzeugbesitzern hatte er von Flippis Ausbruch nichts mitbekommen und starrte jetzt fassungslos auf die Fuchsstute, die bis zum Bauch im Wasser stand und mit den Ohren spielte, und das blonde Mädchen, das soeben wie eine Meerjungfrau neben dem Pferd auftauchte und dabei laut fluchend einen Schwall Wasser ausspuckte.

»Bente!«, rief Herr von Hohensee. »Komm sofort da raus! Die Badestelle ist weiter hinten!«

»Hast du das im Kasten, Kuddel?«, ertönte plötzlich eine aufgeregte Stimme. »Hast du das drauf?«

»Ja, alles drauf, Lutz«, rief eine andere Stimme zurück. »Die Szene ist im Kasten!«

»Schnitt!«, rief die erste Stimme. »Das war perfekt! Okay, Leute, halbe Stunde Pause!«

4

Bente fuhr herum und schüttelte sich wie ein nasser Hund, um das Wasser aus den Ohren zu bekommen. Ihr nasses Haar klebte an ihrem Kopf wie Seetang. Sie wischte sich die langen Tentakel aus dem Gesicht und stellte verblüfft fest, dass sie und Flippi auf einer flachen Sandbank fast in der Mitte des Flusses standen. Das Wasser reichte ihr knapp bis an die Hüfte. Als ihr Blick zum Ufer wanderte, traute sie ihren Augen kaum. Einen knappen Steinwurf von ihr entfernt, an einer vom Reitweg aus nicht einsehbaren Uferböschung, stand eine Gruppe von Frauen und Männern inmitten von Scheinwerfern, Kameras und anderen Gerätschaften, von denen Bente nicht mal im Ansatz ahnte, wozu sie dienten. Die Gruppe applaudierte. Jemand rief etwas und winkte.

Verwirrt sah Bente sich um. Hinter ihr war niemand. Wen starrten die Typen so an und weshalb klatschten sie? Merkwürdig.

Ein Mann mit zerknautschtem Anglerhut und dunkler Sonnenbrille erhob sich von einem Klappstuhl, zog sich Schuhe und Socken aus, krempelte die Hosenbeine hoch und watete ins Wasser. Mit ausgebreiteten Armen kam er direkt auf Bente und Flippi zu.

Flippi trat einen Schritt zurück und schnaubte irritiert.

»Mädchen, das war spitze!«, rief der Mann von Weitem. Er blieb stehen und musterte Bente interessiert.

Spitze? Bente hatte große Lust, dem Typen einen Vogel zu zeigen. Sie wollte sich gerade umdrehen und Flippi an Land führen, als der Mann ihr zurief: »Machst du so was öfter? Du hast Talent, Mädchen! Glaub mir, ich weiß, wovon ich spreche!« Er watete ein paar Schritte vorwärts. »Warte mal! Wie heißt du? Ich würde gerne …«

Er kam nicht dazu, seinen Satz zu beenden. Von der anderen Seite näherte sich zu Bentes Erstaunen, ebenfalls mit langen Schritten durchs Wasser pflügend, Herr von Hohensee.

Bente stellte fest, dass ihr Reitlehrer erstaunliche Ähnlichkeit mit einem erzürnten Meeresgott hatte.

Wenn ich das Laura erzähle, dachte sie und kicherte. Das glaubt die nie!

Ohne zu zögern, stapfte Herr von Hohensee auf sie, Flippi und den Fremden zu, wobei er vor Wut fast überzuschäumen schien. Bente zog unwillkürlich den Kopf zwischen die Schultern und versuchte, sich hinter Flippi zu verstecken.

»Ähm, hallo, Herr von Hohensee«, murmelte sie kleinlaut.

Flippi kräuselte die Nüstern und patschte vergnügt mit dem Vorderhuf auf die Wasseroberfläche. Das klare Flusswasser hatte die Schmerzen des Insektenstichs gelindert, der Schreck war verflogen. Die Stute fing an, sich wohlzufühlen. Sie liebte es, im Wasser herumzuplanschen. Es sah aus, als würde sie in Erwägung ziehen, ein paar Runden zu schwimmen. Bente, die den Gesichtsausdruck ihres Pferdes kannte, sagte streng: »Nein, Flippi! Untersteh dich!«

»Hab ich dir nicht eben laut und deutlich zu verstehen gegeben, dass du aus dem Wasser kommen sollst?« Herr von Hohensee hatte die kleine Versammlung in der Flussmitte erreicht. Er schnaufte und schüttelte den Kopf. Sein Gesicht sah sehr wütend aus, als er Bente fragte: »Sag mal, was ist los mit dir? Brauchst du eine Extra-Einladung? Hast du Bohnen in den Ohren? Raus aus dem Fluss! Für dich ist der Badespaß zu Ende! Du kehrst sofort um!«

Bente zuckte zusammen. »Ich, äh, aber ich wollte doch gar nicht …«, stotterte sie. »Also, das war nämlich so, ähm …« Nervös strich sie sich eine feuchte Haarsträhne aus dem Gesicht.

Herr von Hohensee sog scharf die Luft ein. »Was ist das?« Er nahm Bentes Handgelenk und drehte es vorsichtig hin und her. Zwei tiefe Striemen zogen sich rund um das Handgelenk, genau dort, wo Flippis Führstrick hineingeschnitten hatte. Die Haut war abgeschürft und blutete leicht, wobei das kühle Wasser offenbar Gutes bewirkt hatte: Die Wunde war sauber gespült und die Blutung schon fast gestillt. Es sah zwar schlimm aus, tat aber überhaupt nicht weh, wie Bente feststellte. Sie wollte gerade zu einer weiteren Erklärung der Umstände ansetzen, als der Reitlehrer ihre Bemühungen im Keim erstickte und ihr das Wort abschnitt.

»Wie oft habe ich euch gesagt – nein, eingebläut! –, ihr sollt die Führleinen eurer Pferde in der Hand halten und unter keinen Umständen um den Arm oder das Handgelenk schlingen?«, fragte er betont ruhig, während er Bentes Hand weiterhin festhielt.

»Äh, so hundertmal vielleicht?«, schätzte Bente vorsichtig.

»Und wie oft habe ich euch gesagt, dass ihr die Leine sofort loslassen sollt, wenn eure Pferde scheuen oder durchgehen?«

»Tausendmal?« Bente schlug die Augen nieder. »Ich weiß, ich hab's falsch gemacht. Tut mir leid.«

Herr von Hohensee ließ ihre Hand los und seufzte. »Mensch, Bente, wie konnte das passieren?«

»Keine Ahnung, ehrlich. Flippi muss sich vor irgendwas erschreckt haben. Sie ist einfach durchgegangen und ich …«

»Und du hattest den Strick ums Handgelenk gelegt, weil's bequemer war, und wurdest mitgerissen«, ergänzte Herr von Hohensee. Wieder schüttelte er den Kopf, dann sah er Bente prüfend an. »Tut dir sonst noch etwas weh? Bist du verletzt?«, erkundigte er sich.

»Nein, ich glaub nicht. Alles okay, mir geht's gut, danke.«

»Entschuldigen Sie, wenn ich mich einmische«, meldete sich plötzlich der fremde Mann zu Wort. Er hatte die ganze Zeit interessiert zugehört. »Gestatten Sie, dass ich mich vorstelle?« Er hielt Herrn von Hohensee die ausgestreckte Hand hin. »Mein Name ist –«

»Ich gestatte gar nichts«, brummte Herr von Hohensee, wobei er die Hand einfach übersah. Etwas versöhnlicher fuhr er fort: »Jedenfalls nicht, bevor ich dieses Mädchen und sein Pferd sicher ans Ufer gebracht und versorgt habe. Danach können Sie sich gerne bei mir vorstellen.« Er legte Bente eine Hand auf die Schulter und nahm Flippis Führleine. »Vielleicht erklären Sie mir dann freundlicherweise auch, wie Sie dazu kommen, private Reitwege zuzuparken und dadurch Unfälle unter meinen Reitschülern zu provozieren?« Er zog die Augenbrauen hoch und musterte den Fremden kritisch.

»Ich gehe doch recht in der Annahme, dass die widerrechtlich am Uferweg abgestellten Fahrzeuge Ihnen gehören?« Ohne ein weiteres Wort drehte er sich um und führte Bente und Flippi ans Ufer.

Der Mann mit dem Anglerhut blieb etwas bedröppelt stehen, dann lachte er leise und stapfte hinterher.

Am Ufer angekommen, überzeugte Herr von Hohensee sich noch einmal von der Unversehrtheit seiner Schützlinge. Bis auf Bentes aufgeschürftes Handgelenk und den Hornissenstich unter Flippis Bauch, der dem Reitlehrer nicht entging und von ihm als Auslöser des Übels identifiziert wurde, waren die beiden mit dem Schrecken davongekommen.

Erleichtert wurde Bente von ihren Freundinnen in Empfang genommen.

Rebecca nahm sie in den Arm und drückte sie. »Bin ich froh, dass dir nichts passiert ist!«

»Und ich erst«, erwiderte Bente mit einem schiefen Grinsen.

»Tut's sehr weh?«, erkundigte sich Karlchen mitfühlend. Sie deutete auf Bentes Handgelenk, das leicht angeschwollen war und eine bläuliche Färbung angenommen hatte.

»Es ist auszuhalten«, sagte Bente tapfer. »Hauptsache, Flippi ist nichts passiert.« Sie zupfte ihrer Stute liebevoll die Stirnmähne zurecht.

»Sag, hast du ihn gesehen?« Kiki schob sich vor Karlchen und Rebecca. »Wie sieht er aus?«, fragte sie aufgeregt. »Warst du in seiner Nähe? Hast du mit ihm gesprochen?«

»Hä?« Bente guckte die Freundin verständnislos an. »Wovon redest du?«

Karlchen zeigte Kiki einen Vogel.

Rebecca fing an zu schimpfen: »Sag mal, tickst du nicht richtig, Kiki? Bente hatte gerade einen schweren Unfall und du denkst nur an diesen … diesen ultra-blöden Fatzke vom Film?« Empört schüttelte sie den Kopf. »Ich fass es nicht!«

Kiki funkelte Rebecca an und wandte sich an Bente. »Klar, tut mir echt leid wegen eben und so«, sagte sie schnell. »Toll, dass du okay bist, Bente. Aber trotzdem … Hast du Henning Sandborg nun gesehen oder nicht?«

Bente starrte die Freundin an.

»Sorry, Kiki«, sagte sie, »aber während der Flugphase hatte ich leider keine Gelegenheit, mir irgendwelche Schauspieler aus der Nähe anzugucken.« Sie drehte sich um und fügte über die Schulter hinzu: »Vielleicht klappt's beim nächsten Mal. Ich sag dir Bescheid.«

»Aber Henning ist nicht irgendein Schauspieler«, protestierte Kiki. »Er ist berühmt! Er ist der Star der Serie!«

Rebecca trat vor sie und zischte: »Du und dein dämlicher Star! Bente hätte sich das Genick brechen können!« Demonstrativ wandte sie sich ab und ließ Kiki stehen.

»Aber, aber …«, stammelte Kiki. Sie hielt Torphys Führleine in der Hand und strich ihrem Pferd über den Hals. Dankbar rieb der Wallach seinen verschwitzten Kopf an Kikis ehemals weißem T-Shirt und hinterließ einen weiteren schönen, giftgrünen Grasfleck.

Ein Junge drängelte sich an Kiki und Torphy vorbei in Bentes Richtung.

»Mensch, Bente«, sagte er, als er vor ihr stand.

Bente grinste. »Hi, Sven. Keine Panik, ich bin okay.«

»Echt?«

»Ja, ganz echt.«

Sven machte ein besorgtes Gesicht. »Soll ich Flippi für dich nach Hause führen?«

»Nach Hause? Willst du nicht mit den anderen baden gehen?«, fragte Bente verdutzt.

»Herr von Hohensee hat mich gebeten, mich um dich und Flippi zu kümmern und euch zum Schloss zu bringen«, erklärte Sven. »Das Schwimmen fällt aus.«

Ein paar der Umstehenden fingen an zu murren, aber die meisten waren erleichtert. Ihnen war nach dem Schreck nicht mehr nach fröhlichem Planschen zumute. Die Ersten wendeten bereits ihre Pferde. In diesem Moment rief Herr von Hohensee laut: »Wir kehren um! Für heute reicht's. Das Schwimmen holen wir nach, versprochen. Bente muss auf die Krankenstation, ihr Handgelenk sollte desinfiziert und verbunden werden und sie braucht Ruhe.«

Bente wollte protestieren, aber ein kurzer Blick ihres Reitlehrers genügte. Sie nickte und murmelte: »Okay, einverstanden.« Wenn sie ehrlich war, war sie ziemlich froh über die Entscheidung. Ihr Handgelenk hatte angefangen, höllisch zu brennen. Es pochte unangenehm und wurde zusehends dicker. Auch ihre Knie fühlten sich reichlich wacklig an. Wahrscheinlich war es wirklich vernünftiger, umzukehren. Sie würde sich eine Tube Salbe von der Krankenschwester geben lassen, es sich in ihrem Zimmer gemütlich machen und Laura anrufen. Was die wohl zu dem ganzen Theater sagen würde? Oh Mann … Sie reichte Sven Flippis Führleine.

»Soll ich dich stützen?«, fragte er besorgt.

Bente lachte. »Nein, danke. Das ist echt nicht nötig. Außerdem musst du ja auch noch Blacky führen, oder? Ich glaub, mit zwei Pferden hast du mehr als genug zu tun.«

»Okay, aber sag Bescheid, wenn dir schlecht wird oder so, ja?«, verlangte Sven.

Bente versprach, sich rechtzeitig bemerkbar zu machen, und stapfte schon los, als die Abteilung noch einmal aufgehalten wurde.

Bente, die gar nicht mehr an den merkwürdigen Mann aus dem Fluss oder das Filmteam vom Ufer gedacht hatte, drehte sich um und sah, dass der Mann und zwei Frauen sich mit Herrn von Hohensee unterhielten.

Der Reitlehrer schüttelte den Kopf und führte sein Pferd ein paar Schritte vorwärts.

»Wenden Sie sich an die Internatsleitung, Herr Lauenstein«, sagte er so laut, dass alle ihn hörten. »Über Dreharbeiten auf dem Schlossgelände habe ich nicht zu entscheiden. Das ist Sache von Frau Dr. Paulus. Auf Wiedersehen.«

Mit einem Lächeln reichte ihm eine der Frauen eine Visitenkarte. Ohne einen Blick darauf zu werfen, steckte Herr von Hohensee sie in seine Hemdentasche und gab seiner Abteilung das Kommando zur endgültigen Rückkehr zum Schloss.

Ein Raunen ging durch die Abteilung. Dreharbeiten auf dem Schlossgelände? Ein Filmteam im Internat?

»Wow!«, machte Bente. »Laura platzt vor Aufregung, wenn ich ihr das erzähle!«

Kiki blieb ein Stück zurück und bemühte sich, mit Torphy an die Seite des Reitlehrers zu gelangen. Auf dem Nachhauseweg bestürmte sie ihn ununterbrochen mit Fragen nach dem Film, den Schauspielern und den Dreharbeiten.

»Viel kann ich dir nicht erzählen«, meinte Herr von Hohensee. »Der Mann, mit dem ich mich unterhalten habe, ist Filmregisseur. Er heißt Lutz Lauenstein.«

»Ja, ja, ich weiß.« Kiki nickte begeistert. »Er ist der Regisseur von der ›Klinik am Meer‹.«

»Stimmt«, sagte Herr von Hohensee. »Und die beiden Damen waren die Aufnahmeleiterin und eine Kameraassistentin, wenn ich es richtig mitbekommen habe. Ich versteh leider nicht viel von solchen Sachen.«

»Ach, macht doch nichts, Herr von Hohensee«, versicherte Kiki ihm schnell. »Aber was war das vorhin mit den Dreharbeiten? Hab ich richtig gehört? Wollen die tatsächlich auf Lindental drehen?«

Herr von Hohensee nickte. »Sieht so aus. Momentan haben sie noch einige Außenaufnahmen zu drehen. Aber Herr Lauenstein plant später auch ein paar Szenen mit unserem Schloss als Kulisse. Er wird alles Weitere mit Frau Dr. Paulus besprechen.« Jolly Jumper schnappte nach einem verdorrten Zweig. Herr von Hohensee zog ihm den trockenen Ast vorsichtig wieder aus dem Maul und schimpfte leise mit ihm.

»Hoffentlich waren Sie vorhin nicht so fies zu Herrn Lauenstein«, sagte Kiki mit leichtem Vorwurf. »Ich kann ja verstehen, dass Sie sauer waren wegen der Autos und dem blockierten Weg und allem, aber Filmleute sind sehr sensibel.« Sie warf Herrn von Hohensee einen Seitenblick zu.

Der Reitlehrer zog eine Augenbraue hoch.

»Wenn Sie zu hart mit ihm waren«, fuhr Kiki ungerührt

fort, »wird er sich die Sache mit dem Schloss womöglich noch mal überlegen. Das wär natürlich doof. Ich meine, stellen Sie sich das doch mal vor: Unser Reitinternat im Fernsehen! Zur besten Sendezeit! Was für eine Werbung!« Sie seufzte tief. »Und Sie haben vielleicht alles vermasselt, nur weil Sie sich so aufgeregt haben!«

»Na, jetzt übertreibst du aber«, entgegnete Herr von Hohensee streng. »Natürlich war ich ärgerlich. Immerhin wäre fast ein schlimmer Unfall geschehen. Ich konnte das mit Herrn Lauenstein klären, die Sache ist erledigt. Wenn du mir jetzt unterstellst, ich hätte mich nicht korrekt verhalten, dann ...«

»Nee, um Gottes willen! So hab ich das doch nicht gemeint!« Kiki zuckte schuldbewusst zusammen. Dass sie aber auch nie die Klappe halten konnte! »Wenn Sie die Angelegenheit als erledigt betrachten, ist ja alles gut! War natürlich auch superblöd von dem Team, die Autos ohne Genehmigung mitten auf den Weg zu stellen«, fügte sie schnell hinzu.

»Das kann man wohl sagen«, war die brummige Antwort.

Kiki atmete auf. Hinter einer Biegung des Weges war schon die schneeweiß gestrichene Fassade des Reitinternats zu sehen. Sie wischte sich den klebrigen Schweiß von der Stirn und fing an zu träumen. Tief in Gedanken versunken, sah sie sich die breite Treppe des Schlosses hinunterschreiten. Am Fuße der Treppe stand ein strahlender Henning Sandborg. Er breitete die Arme aus und –

»Ach, übrigens«, sagte Herr von Hohensee beiläufig, »Herr Lauenstein sucht für die Aufnahmen noch ein paar Statisten. Vielleicht wär das was für dich? Du scheinst dich ja sehr für Film und Fernsehen zu interessieren.«

»Wahnsinn!«, entfuhr es Kiki. Sie stolperte über eine Baumwurzel und wäre fast hingefallen. Zum Glück konnte sie sich an Torphys Schulter abstützen. »Das ist echt cool! Danke, dass Sie's mir gesagt haben!«

»Gern geschehen«, antwortete der Reitlehrer, aber Kiki hörte ihm schon gar nicht mehr zu.

Das Internat kommt ins Fernsehen, dachte sie verträumt. Und ich bin dabei!

5

»Kannst du wirklich mit der linken Hand essen oder soll ich dir helfen?« Sven hatte seinen Stuhl dicht neben den von Bente geschoben und ließ sie keine Sekunde aus den Augen.

»Danke, ich komm zurecht«, sagte Bente. »Oder möchtest du mich vielleicht füttern?«

Karlchen kicherte in ihr Haferflockenschälchen. Rebecca grinste.

Bentes Handgelenk war verbunden. Die Schulschwester hatte die Wunde gereinigt und einen Salbenverband angelegt. Außerdem hatte sie ihr geraten, die Hand möglichst hoch zu halten, um die Schwellung und den Schmerz abklingen zu lassen.

Bente kam es etwas albern vor, mit halb erhobenem Arm am Abendbrottisch zu sitzen. Aber wenn's half ... Die ganze Sache wäre gar nicht so schlimm gewesen, wenn Sven nicht seinen Stammplatz verlassen und sich neben sie gesetzt hätte. Er beobachtete jeden einzelnen Bissen und quittierte jeden herabfallenden Krümel mit einem mitleidigen Stöhnen. Es war wirklich peinlich. Bente wäre am liebsten aufgestanden und in ihr Zimmer gegangen. Aber sie hatte solchen Hunger!

»Soll ich dir noch ein Brot machen?«, fragte Sven. »Oder einen Teller Suppe holen?«

»Etwas Salat wäre nett«, sagte Bente. »Aber nur Blattsalat, keine Tomaten.« Sie seufzte auf, als Sven aufsprang und zum Büfett eilte.

Karlchen und Rebecca konnten nicht länger an sich halten und prusteten laut los.

»Haha«, knurrte Bente. »Wirklich witzig, vielen Dank.«

»Wer den Schaden hat, hat das Vergnügen«, kicherte Karlchen und wischte eine Lachträne aus dem Augenwinkel.

»Es heißt zwar etwas anders«, gluckste Rebecca, »aber das macht nichts. Liebe kann schön sein, aber zu viel davon …« Ein erneuter Lachanfall hinderte sie daran weiterzusprechen.

Bente machte ein komisch-verzweifeltes Gesicht. »Pst, hört auf!«, zischte sie ihren Freundinnen zu. »Er kommt zurück!«

Lächelnd nahm sie Sven den Salatteller ab und bedankte sich. Als er fragte: »Was möchtest du trinken? Soll ich dir was bringen?«, brachte sie ihn mit einem Aufblitzen ihrer blauen Augen zum Schweigen und wechselte schnell das Thema.

»Wo steckt Kiki?«, fragte sie. »Hat sie sich irgendwo verkrochen, um in Ruhe von ihrem süßen Henning zu träumen?«

Rebecca zuckte mit den Achseln. »Keine Ahnung. Sie hat nur kurz geduscht und sich umgezogen. Ich glaub, sie wollte in den Musikraum.« Sie schnappte sich ein knackiges Radieschen von Bentes Teller und zerbiss es krachend. »Vielleicht will sie ein Geigenstück für diesen Film-Fuzzi komponieren, wer weiß?«

»Ich glaub eher, sie übt schon mal, Make-up aufzutragen«, vermutete Karlchen, während sie geräuschvoll ihre Haferflockenschale auskratzte. »Beim Film sind doch alle Tussis geschminkt. Da möchte unsere Kiki diesem Sandmann ganz sicher nicht blass und ohne rote Bäckchen unter die Augen treten, falls sie ihm mal unverhofft über den Weg laufen sollte.«

»Borg, nicht Mann. Der Auserwählte heißt Sandborg«, korrigierte Rebecca sie. »Ist ja auch egal, jedenfalls geht mir Kiki mit ihrem Film-Fimmel mächtig auf den Keks. Ich fand ihr Verhalten vorhin am Fluss unmöglich, ihr etwa nicht?«

Karlchen und Bente stimmten ihr zu.

Als Daniel sein Tablett auf den Tisch stellte und sich hinsetzte, sahen sie auf. Er gab Rebecca einen Kuss und stöhnte: »Sagt nicht, dass ihr auch im Filmfieber seid. Die halbe Schule spricht von nichts anderem mehr. Total ätzend!«

»Nee, wir nicht«, beruhigte Bente ihn. »Nur unsere liebe Kiki.«

Daniel, der gerade eine Brötchenhälfte mit Butter bestreichen wollte, hielt mitten in der Bewegung inne. »Kiki?«

Bente nickte.

»Oha«, murmelte Daniel. »Lasst das nur nicht Patrick wissen. Ich glaub, der ist mega-eifersüchtig.«

»Na, das kann ja heiter werden.« Karlchen leckte zum Abschluss ihrer Mahlzeit die Schale aus. »Andererseits sagt meine Oma immer: Nichts wird so heiß gegessen, wie es gekocht wird.«

»Was soll das heißen?«, fragte Bente.

»Dass wir vielleicht erst mal abwarten sollten«, erklärte Karlchen. »Vielleicht wird's gar nicht so schlimm mit Kiki und ihrem Filmstar.«

Leider sollte Karlchen mit ihrem Optimismus nicht recht behalten. Es wurde sogar noch schlimmer, als es sich die Freundinnen in ihren ärgsten Fantasien ausmalen konnten.

Als Rebecca nach dem Abendessen in das gemeinsame Zimmer zurückkehrte, das sie mit Kiki teilte, hatte die komplett umdekoriert. Wo vorher Pferdeposter und Landschaftsaufnahmen hingen, prangten jetzt überall Filmfotos und Zeitungsausschnitte von Henning Sandborg.

Entsetzt wich Rebecca zurück, als der Schauspieler sie fast lebensgroß von der Badezimmertür angrinste.

»Das geht zu weit!«, fauchte sie. »Das ist zu viel!«

Ohne den Blick von Herrn Sandborg zu nehmen, schrie sie: »Kiki! Bist du da? Ich muss dringend mit dir sprechen!«

Kiki, die auf dem Balkon gesessen und gelesen hatte, trat ins Zimmer, stellte sich hinter Rebecca und guckte ihr über die Schulter.

»Ist er nicht süß?«, fragte sie unbekümmert. »Ich hab ein bisschen umgestylt. Hoffentlich gefällt's dir.«

Rebecca schnaubte leise und zählte bis zehn. »Nein!«, sagte sie schließlich.

»Was?«

»Nein«, wiederholte Rebecca. »Es gefällt mir nicht. Stell dir vor, es gefällt mir ganz und gar nicht.« Sie machte eine weit ausholende Geste. »Unser Zimmer gehört zur Hälfte mir. Ich glaub nicht, dass ich es aushalte, aus jeder Ecke von diesem … diesem Heini angeglubscht zu werden!«

Kiki wollte etwas erwidern, aber Rebecca redete einfach weiter: »Zuerst fand ich deine Schwärmerei ja ganz niedlich. Wir wollten dir immerhin behilflich sein und das Fernsehteam ausfindig machen, damit du den Sandborg mal aus der Nähe sehen kannst. Aber das hier?« Sie pochte dem Porträt des Schauspielers auf die Nase. »Das geht zu weit! Ich will, dass du unser Zimmer unverzüglich in seinen ursprünglichen Zustand zurückversetzt. Und zwar genau so, wie es war, als ich es vorhin verlassen habe, klar? Von mir aus stell dir ein Foto von dem Kerl auf deinen Nachttisch«, sagte sie noch. »Aber dreh es bitte so rum, dass ich es nicht sehen muss!«

Kiki schnappte nach Luft und starrte Rebecca entgeistert an. Die wandte sich um und tat so, als würde sie nach ihren Schnecken sehen.

»Du hast hier überhaupt nichts zu verlangen«, fauchte Kiki. »Wie du richtig bemerkt hast, gehört dir nur die eine Hälfte des Zimmers! Und weißt du was?« Sie baute sich hinter Rebecca auf und tippte ihr mit dem Zeigefinger zwischen die Schulterblätter. »Mit *meiner* Hälfte kann ich machen, was ich will! Die Bilder bleiben hängen, basta! Deine dämlichen Sonnenauf- und -untergänge gehen mir schon lange auf den Keks, nur dass du's weißt. Und diese … diese schleimigen Viecher hier«, sie deutete auf die Schnecken, »nerven mich auch!« Mit einer schwungvollen Bewegung warf sie ihre langen Haare nach hinten und funkelte Rebecca zornig an.

»Ach ja?«, zischte Rebecca zurück. »Dann merk dir das hier!« Sie ging zur Badezimmertür und riss das Bild von Henning Sandborg mit einem Ratsch ab. »Diese Tür gehört dir nicht!«

Kiki fuhr herum. Sie nahm Rebecca das Bild aus der Hand und klebte es energisch wieder an das Türblatt. »Diese Hälfte schon, blöde Kuh!«

Den Rest des Abends verbrachten die ehemals besten Freundinnen in eisigem Schweigen. Jede setzte sich an ihren Schreibtisch und versuchte, die liegen gebliebenen Hausaufgaben zu erledigen. Hin und wieder seufzte die eine, wobei die andere es geflissentlich überhörte. Obwohl Balkontür und Fenster weit offen standen, war die Luft in dem kleinen Raum stickig und unerträglich warm.

Als Rebecca ins Bad ging, um sich die Zähne zu putzen, stellte sie fest, dass sogar hinter dem Badezimmerspiegel ein Foto von Sandborg klemmte. Mit spitzen Fingern nahm sie es ab und stopfte es demonstrativ in Kikis Zahnputzbecher.

»So nicht, liebe Kiki«, sagte sie leise. »Nicht mit mir.«

Ohne sich Gute Nacht zu wünschen, kletterte jede auf ihrer Seite des Zimmers ins Bett. Rebecca drehte sich zur Wand und schloss die Augen. Obwohl sie schwitzte, zog sie sich die Decke über den Kopf.

6

Auch am nächsten Morgen fand zwischen Kiki und Rebecca keine Form der Kommunikation statt. Bente und Karlchen bemerkten es zwar, aber sie beschlossen, sich lieber nicht einzumischen. Jeder im Internat hatte mal Zoff; Kiki und Rebecca bildeten da keine Ausnahme. Man ging sich ein Weilchen aus dem Weg, redete bei Gelegenheit in Ruhe über die Sache und vertrug sich wieder. So einfach war das.

Das heißt, ganz so einfach war es in Kikis und Rebeccas Fall natürlich nicht: Die beiden teilten sich ein Zimmer, saßen im Unterricht und im Speisesaal nebeneinander, hatten gemeinsame Freundinnen und Freunde und ritten zusammen in einer Abteilung – es war fast unmöglich, dass sie sich aus dem Weg gingen. Trotzdem ignorierten sie sich, so gut es ging. In der Klasse rückten sie, so weit es der Tisch zuließ, voneinander weg. Es sah ziemlich blöd aus, wie die eine an der linken Tischecke klebte, die andere an der rechten. Ständig fiel Kikis Federmäppchen runter, weil es ganz am Rand des Tisches liegen musste. Wenn sie nicht so sauer gewesen wäre, hätte Rebecca darüber gelacht.

Bente schüttelte den Kopf und machte ein sorgenvolles Gesicht.

»Meine Oma sagt immer: Pack schlägt sich, Pack verträgt sich«, nuschelte Karlchen. Sie warf Kiki und Rebecca einen amüsierten Blick zu und biss von einem Müsliriegel ab, den sie unter ihrem Tisch deponiert hatte. »Das gibt sich schon wieder, keine Bange. Mein Snude und ich zanken uns auch manchmal wegen Kleinigkeiten. Dann sprechen wir tagelang nicht miteinander, aber …«

Leider erfuhr niemand, wie Karlchen die Unstimmigkeiten zwischen sich und ihrem Pony aus der Welt zu schaffen pflegte. Frau Dr. Paulus hatte den Raum betreten. Die Gespräche verstummten, Karlchen legte den Rest des Riegels zurück und würgte den letzten Bissen herunter.

»Guten Morgen!« Obwohl es noch sehr früh und schon sehr warm war, sah die Direktorin frisch und munter aus. Sie trug ein luftiges Sommerkleid und hatte die grauen Haare locker hochgesteckt. Ihre Augen blitzten hinter einer schicken, randlosen Brille.

»Guten Morgen, Frau Dr. Paulus!«, erwiderte die 9b nicht ganz so schwungvoll.

Frau Dr. Paulus legte ihre Tasche auf das Pult und trat ans Fenster, das weit geöffnet war. Neunzehn Augenpaare folgten ihr.

»Wir ihr inzwischen alle erfahren haben dürftet«, sagte sie schließlich und wandte sich der Klasse zu, »ist zurzeit ein Fernsehteam in der Umgebung des Internats unterwegs, um Episoden für eine bekannte Vorabendserie zu drehen.« Kiki seufzte vernehmlich auf. Frau Dr. Paulus warf ihr einen fragenden Blick zu, bevor sie fortfuhr: »Einige von euch hatten sogar schon Kontakt zu den Filmleuten«, sie schenkte Bente, die verlegen an ihrer bandagierten Hand zupfte, ein kleines Lächeln, »was der Regisseur, Herr Lutz Lauenstein, zum Anlass genommen hat, mich anzurufen und um einen Termin zu bitten.«

Ein Raunen ging durch die Klasse.

»Hier wird ein Film gedreht?« Marie-Claire warf ihre blonde Haarpracht über die Schultern und klimperte mit den Wimpern. »Das muss ich sofort meinen Eltern erzählen! Die werden begeistert sein, dass hier endlich mal so was wie internationales Flair einzieht.«

Frau Dr. Paulus runzelte die Stirn und wollte etwas erwidern, als Kiki sich meldete.

»Ich hab gehört, Herr Lauenstein sucht noch Statisten«, sagte sie. »Ich würde mich gerne bewerben. Können Sie mir sagen, wie das geht und wo ich mich melden muss?«

Rebecca stöhnte laut auf und verbarg das Gesicht in den Händen. Kiki gab ihr unter dem Tisch einen Tritt, der wegen des großen Abstandes zwischen den beiden nicht sehr kräftig ausfiel. Trotzdem reagierte Rebecca umgehend.

»Aua! Spinnst du?«, entfuhr es ihr. »Blöde Ziege!« Sie funkelte Kiki giftig an.

»Rebecca!«, sagte Frau Dr. Paulus streng. »Also bitte!«

»'tschuldigung«, murmelte Rebecca.

Kiki streckte ihr die Zunge raus und meldete sich noch einmal. »Wissen Sie zufällig, wer die Statisten auswählt? Machen das die Schauspieler?«, fragte sie, was Rebecca ein neuerliches Stöhnen abrang.

»Ich habe keine Ahnung«, antwortete die Direktorin. »Herr Lauenstein kommt heute Nachmittag in mein Büro, um die Termine abzustimmen. Ich habe mir die Entscheidung, im Schloss Filmarbeiten zuzulassen, nicht leicht gemacht. Das bringt schließlich ziemlich viel Unruhe mit sich.« Sie lehnte sich gegen die Kante des Lehrerpults und verschränkte die Arme vor der Brust. »Aber nach einem Gespräch mit dem Vorstand und dem Kollegium habe ich mich entschlossen, der Fernsehproduktionsgesellschaft Teile des Internats und der Außenanlagen zur Verfügung zu stellen. Immerhin ist es eine nette Werbung für uns, wenn unsere Schule ins Fernsehen kommt. Die Gelegenheit, Dreharbeiten mitzuerleben, bekommen wir so schnell nicht wieder. Es wird für uns alle eine spannende Erfahrung sein.«

»Oh ja, ganz sicher«, murmelte Kiki halblaut. Sie schlug sich die Hand vor den Mund, aber Frau Dr. Paulus schien nichts gehört zu haben. Sie fuhr fort: »Da der Unterricht und unser gesamter Tagesablauf durch die Hitzewelle ohnehin eingeschränkt sind, werden wir durch die Anwesenheit der Filmleute kaum mehr beeinträchtigt werden, als es sowieso schon der Fall ist. Trotzdem bitte ich euch um Ruhe und Disziplin während der Dreharbeiten. Ich werde Herrn Lauenstein ein bis zwei Tage Zeit geben. Das wird genügen, um unsere Schule und die schöne Umgebung ins rechte Licht zu rücken.« Sie nickte zufrieden und zog ein Buch aus ihrer Tasche. »Und nun schlagt bitte eure Bücher auf. Wo waren wir gestern stehen geblieben?«

Kiki schnipste mit den Fingern.

Frau Dr. Paulus sah von ihrem Buch auf. »Ja, bitte?«

»Ähm, wegen der Statistenrollen …«

»Kiki, wir haben Unterricht. Ich sag dir Bescheid, sobald

ich Näheres weiß. Jetzt steck bitte deine Nase ins Buch und lies die erste Aufgabe vor.«

Karlchen flüsterte: »Was sind eigentlich Statisten?«

»Das sind die Leute, die in Filmen im Hintergrund stehen oder durchs Bild laufen und wichtige Gesichter machen, als hätten sie was Dringendes zu erledigen«, wisperte Bente zurück. »Sie haben nur stumme Rollen. Sprechen dürfen Statisten nicht.«

»Aha«, brummte Karlchen. »Dann dienen sie also nur zur Dekoration?«

»Genau«, nickte Bente.

»Na super«, meinte Karlchen. »Das ist ja genau das Richtige für unsere Kiki – wo sie doch so gerne im Vordergrund steht!«

»Karolin und Bente, würdet ihr so freundlich sein und eure private Konversation auf die Pause verschieben?« Frau Dr. Paulus war unbemerkt von den Mädchen vor ihren Tisch getreten.

Bente wurde puterrot.

»Klar«, sagte Karlchen schnell. Als die Direktorin sich umdrehte, flüsterte sie: »Du, Bente, was ist eine ›private Konversation‹?«

Am Nachmittag schlenderte Kiki über den Schlossplatz hinüber zu den Pferdeställen. Rebecca, Bente und Karlchen machten mit Miss Wedgewood eine Radtour an den Strand. Kiki verspürte keine Lust, am Strand zu faulenzen oder in den Nordseewellen herumzutoben. Jetzt, da sie wusste, dass das Fernsehteam wirklich in der Nähe war und jeden Moment hier aufkreuzen konnte, wollte sie unbedingt in der Nähe des Internats bleiben. Undenkbar, dass Henning Sandborg das Schloss betrat, ohne dass sie es mitbekam! Sie wollte die Erste sein, die ihn begrüßte. Obwohl … die Pauli hatte am Morgen nur von Herrn Lauenstein gesprochen. Bestimmt wollte der Regisseur sich erst mal alleine umsehen. Henning hatte als Hauptdarsteller der Serie natürlich unheimlich viel zu tun und für so was keine Zeit, überlegte Kiki. Sie setzte sich im Schatten eines Baums auf eine Mauer und fuhr sich durchs Haar. Von hier hatte sie die Auffahrt genau im Blick. Die Filmcrew fuhr diese großen, weißen Kombis, wie sie inzwischen wusste. Sobald eines dieser auffälligen Fahrzeuge sich dem Schloss näherte, würde sie aufspringen und –

»Hey, Kiki!«, riss eine laute Stimme sie aus ihren Träumen. »Was machst du denn hier?«

Patrick trat aus einem der Stallgebäude. Er hielt einen großen Besen in der Hand. Sein Gesicht und der Oberkörper waren von einer dunklen Staubschicht bedeckt. Anscheinend hatte er gerade die Stallgasse gefegt.

Kiki zwang sich zu einem Lächeln.

»Hi, Patrick! Mir war irgendwie langweilig. Da hab ich mir ein schattiges Plätzchen gesucht.« Sie stand auf und ging ihm entgegen, wobei sie gleichzeitig versuchte, die Einfahrt im Auge zu behalten.

Patrick stellte den Besen ab und wollte sie in die Arme nehmen, aber Kiki wich ihm geschickt aus und gab ihm mit spitzen Lippen ein Küsschen auf den Mund. Auf keinen Fall wollte sie mit dieser Schweiß- und Schmutzschicht in Berührung kommen, die ihren Freund zierte.

Patrick lachte. »Ich seh wohl ziemlich schrecklich aus, was? Aber unter der Dusche geht das wieder ab, versprochen. Warum bist du nicht mit den anderen ans Meer gefahren?«

»Viel zu heiß«, antwortete Kiki knapp.

Patrick überlegte. »Vielleicht können wir beide heute Abend schwimmen gehen, wenn die schlimmste Hitze vorbei ist«, schlug er schließlich vor. »Ich muss noch die Futterkammer sauber machen. Das dauert ein oder zwei Stunden. Danach hätte ich nichts gegen eine kleine Erfrischung. Was meinst du? Nur du und ich. Ich frag Merle, ob sie mir ihren Motorroller leiht.«

»Ja, vielleicht, mal sehen«, erwiderte Kiki vage. »Ich muss allerdings noch Hausaufgaben machen. Ist Torphy im Stall oder auf der Koppel?«, wechselte sie das Thema.

Patrick wies mit dem Kinn in Richtung Koppel. »Er steht mit den anderen im Schatten und lässt die Ohren hängen. Wird Zeit, dass die Dürre zu Ende geht. Langsam finden die Pferde kein Gras mehr.«

»So schlimm ist es?«, fragte Kiki erschrocken.

Patrick nickte. Das Motorengeräusch eines näher kommenden Fahrzeugs ließ beide herumfahren. Ein weißer Kombi rumpelte über die Kopfsteinpflasterauffahrt, beschrieb einen eleganten Bogen und kam vor dem Schlossportal zum Stehen.

Kiki hielt den Atem an. Eine auffällige Aufschrift prangte an der Seite des Wagens: »Novaworld TV- and Video-Productions«. Sie fühlte, dass ihr Herz schneller schlug. In dem Kombi saßen mehrere Personen, aber er stand zu weit von ihr entfernt, als dass sie etwas erkennen konnte.

»Hey, das sind diese Filmleute!« Patrick schirmte seine Augen mit der Hand gegen die Sonne ab. »Cool, dass die hier drehen wollen, nicht?«

»Und wie«, erwiderte Kiki hastig. »Wir sehen uns später, okay? Beeil dich mit der Stallarbeit, damit es vielleicht noch klappt mit dem Schwimmen. Ich muss jetzt meine Hausaufgaben machen.« Sie hauchte Patrick einen flüchtigen Kuss auf die Wange und ließ ihn einfach stehen.

7

Auf kürzestem Weg lief Kiki zum Schloss zurück. Als sie bemerkte, dass an dem Kombi die Türen geöffnet wurden, blieb sie stehen und tat so, als hätte sich an ihren Sandalen eine Schnalle gelöst. Sie bückte sich und nestelte an einem Riemchen herum, wobei sie das Filmfahrzeug durch den Vorhang ihrer langen Haare ständig im Auge behielt. Vier Personen stiegen aus, zwei Frauen und zwei Männer. Kiki sah sofort, dass Henning Sandborg nicht dabei war.

»Shit!«, fluchte sie leise. Sie richtete sich auf und strich sich die Haare aus dem Gesicht, dann schlenderte sie betont lässig auf die Fernsehleute zu. Auch wenn Henning nicht mitgekommen war, durfte sie sich die Chance, auf der Karriereleiter einen ersten Schritt als Statistin zu machen, nicht entgehen lassen. Dass nicht die Schauspieler, sondern ganz andere Mitglieder des Teams die Statistenrollen vergaben, wusste Kiki inzwischen aus dem Internet. Sie zauberte ein strahlendes Lächeln in ihr Gesicht und fragte: »Kann ich Ihnen helfen? Suchen Sie jemanden?«

Die Fernsehleute drehten sich um und musterten sie neugierig. Kiki erkannte den Regisseur, Lutz Lauenstein, und die beiden Frauen wieder, die sich mit Herrn von Hohensee am

Fluss unterhalten hatten. Eine von ihnen streckte die Hand aus und kam ihr entgegen.

»Wohnst du hier?«, fragte sie.

Kiki nickte. »So kann man's nennen. Ich bin Schülerin des Reitinternats. Kiki van der Slooten, angenehm.« Wow, das hatte sich ziemlich professionell angehört, fand Kiki.

»Freut mich. Mein Name ist Carmen Seide. Ich bin die Aufnahmeleiterin der Novaworld. Und das hier«, sie wandte sich um und stellte ihre Begleiter vor, »sind unser Regisseur Lutz Lauenstein, seine Assistentin Steffi Karmann und unser Kameramann Kurt Wegner, genannt Kuddel.«

Kiki verspürte einen leisen Anflug von Unsicherheit. Was machte sie hier überhaupt? Bildete sie sich tatsächlich ein, diese Profis beeindrucken zu können? Sie zwang sich zu einem Grinsen. »Cool! Und Sie wollen hier echt einen Film drehen?«

Die Aufnahmeleiterin nickte.

Herr Lauenstein warf einen Blick auf seine Uhr. Eine dunkle Brille verdeckte seine Augen. »Ich muss los«, brummte er. »In zwei Minuten bin ich mit dieser Frau … äh, Frau …«

»Frau Dr. Paulus«, kam ihm seine Assistentin zu Hilfe.

»Ja, genau. Mit der Frau Dr. Paulus, der Chefin des Ganzen, nicht wahr? Ja, mit der bin ich verabredet.« Über den Rand seiner getönten Brillengläser warf er Kiki einen kurzen Blick zu. »Wenn du Zeit und Lust hast, kannst du Carmen und Kuddel schon mal die Location und das Setting zeigen, während Steffi und ich mit deiner Chefin alles besprechen.«

Kiki nickte stumm. Sie fand es etwas schräg, die Direktorin des Internats als »Chefin« zu bezeichnen, aber wahrscheinlich war das der normale Umgangston unter Fernsehleuten. Aber was zum Kuckuck waren eine »Location« und ein »Setting«?

Während der Regisseur und seine Assistentin im Schloss verschwanden und der Kameramann den Schlosshof durch eine Art Fernglas betrachtete und sich Notizen machte, legte Carmen Seide einen Arm um Kikis Schulter.

»Als Location bezeichnen wir den Drehort«, erklärte sie, als hätte sie Kikis Gedanken gelesen, »und die Umgebung heißt Setting. Lass dich von unserem Fach-Chinesisch nur nicht verunsichern. Magst du uns das Internatsgelände zeigen?«

»Klar«, erwiderte Kiki. »Was wollen Sie denn sehen?«

»Eigentlich alles«, gab die junge Frau lachend zurück.

Kiki zeigte der Aufnahmeleiterin alles, was ihr am Schloss Lindental interessant und sehenswert erschien. Kameramann Kuddel stapfte schweigend nebenher, linste hin und wieder durch sein Spezialglas, das, wie er kurz bemerkte, ein Winkelmesser für Kameraeinstellungen war, und schrieb dabei fast unentwegt in ein zerfleddertes Notizbuch. Frau Seide bat Kiki beiläufig, sie einfach Carmen zu nennen. »Beim Fernsehen duzen sich alle.«

Wow! Kiki straffte die Schultern. Sie durfte die Mitglieder der Filmcrew duzen! Bedeutete das etwa, dass sie schon dazugehörte?

Als sie die Stallungen passierten und zu den weitläufigen Pferdeweiden kamen, fragte Carmen: »Reitest du?« Sie blieb am Zaun stehen, legte die Arme auf die oberste Latte und stützte das Kinn darauf. Kuddel fixierte die dösenden Pferde mit seinem Winkelmesser und murmelte etwas Unverständliches.

»Ja, ich hab sogar ein eigenes Pferd«, erwiderte Kiki. »Der dunkelbraune Wallach dahinten.« Sie zeigte in Torphys Richtung. Er stand mit hängendem Kopf im Halbschatten, gähnte ausgiebig und schubberte seine staubige Kruppe an einem Zaunpfahl.

Carmen und Kuddel wechselten ein paar Worte in ihrem »Fach-Chinesisch«. Beide schienen zufrieden mit dem, was sie sahen.

»Wir nehmen die Pferde als Hintergrund für die dritte Szene«, sagte Carmen. »Das wird ganz wunderbar. Ich sehe es direkt schon vor mir.«

Kuddel nickte. Kiki hörte gespannt zu.

»Henning kommt in seinem Cabrio die Allee entlang, sieht die Pferde, hält an. Er zögert kurz, biegt ab und hält auf das Schlossportal zu. Schnitt. Er steigt aus, geht über den Hof und nimmt genau hier«, Carmen schlug mit der flachen Hand auf die Zaunlatte, »sein Handy aus der Tasche. Er ruft in der Klinik an und fragt nach seiner Patientin, der Gräfin. Er wird blass und – Schnitt!« Sie klatschte in die Hände. Kiki zuckte zusammen.

Kuddel machte sich schnell ein paar Notizen. »Ich markiere schon mal die Kamerapositionen«, sagte er. Es war der erste vollständige Satz, den Kiki von ihm hörte.

Der Kameramann zog eine Sprühdose aus den Tiefen seiner weiten Cargo-Hose und machte sich daran, an verschiedenen Stellen pinkfarbene Kreuze und andere Zeichen aufzusprühen. Er schien ein leidenschaftlicher Sprayer zu sein.

Wenig später prangten fast überall – auf dem alten Steinpflaster des Hofes, am Scheunentor, an den Stalltüren, Treppen und Weidezäunen – die auffälligen Markierungen.

»Hoffentlich geht das wieder ab«, murmelte Kiki. Die Begeisterung der »Chefin« und des Stallmeisters würde sich in Grenzen halten. Weder Frau Dr. Paulus noch Maximilian Much standen besonders auf derartige Schmierereien.

»Wie bitte?«, fragte Carmen freundlich.

»Ach, nichts.« Kiki schüttelte den Kopf. Hinter dem Hengststall tauchte Patricks Kopf auf. Er spähte in ihre Richtung und winkte grinsend. Kiki versuchte, das Winken ihres Freundes zu ignorieren. »Kennst du den Henning Sandborg eigentlich sehr gut?«, fragte sie. Es kam ihr ein bisschen komisch vor, die fremde Frau zu duzen. Aber sie würde sich schon daran gewöhnen; schließlich gehörte sie ja schon fast zum Team!

»Henning? Ja, sicher.« Carmen zündete sich eine dünne Zigarette an und blies Kiki den Rauch ins Gesicht. »Die Serie läuft immerhin schon knapp drei Jahre. Die meisten von uns sind von Anfang an dabei.«

Kiki hustete und wandte sich leicht ab.

»Wir sind wie eine große Familie!«, rief Carmen fröhlich.

»Cool«, meinte Kiki. »Und wann kommt Herr Sandborg mal persönlich her? Ich meine, muss er sich nicht auch alles angucken, bevor richtig gedreht wird?«

Die Aufnahmeleiterin trat ihre Zigarette im Staub aus und ließ die Kippe liegen. Kiki fand das nicht besonders toll. Sie nahm sich vor, das Teil später aufzusammeln und zu entsorgen. Mit einem Stirnrunzeln quittierte sie, dass auch Kuddel eine halb gerauchte Zigarette achtlos hinter sich schnippte, und schüttelte den Kopf. So eine Rücksichtslosigkeit! Nun waren es schon zwei Exemplare, für die sie Müllabfuhr spielen musste. Dabei standen doch überall Abfalleimer. Blödes Gerauche!

»Henning hat heute drehfrei«, unterbrach Carmen ihre Gedankengänge. »Er fährt ein bisschen spazieren und baut Stress ab. Er ist ein Profi. Wenn gedreht wird, ist er da und spielt, egal wo. Mit der Auswahl der Drehorte hat er nichts zu tun; das ist unser Job.« Sie drehte sich um und rief: »Kuddel, hast du alles?«

»Ja!«, rief Kuddel zurück. »Bin so weit!«

»Ich hab noch eine Frage«, sagte Kiki hastig. Carmen und Kuddel bewegten sich schon auf den Kombi zu; sie schienen mit ihrer Arbeit fertig zu sein.

»Ja?«

»Brauchst du vielleicht noch, ähm, ein paar Statisten? Ich würde mich gerne bewerben.«

Carmen zog eine Augenbraue hoch. »Hm, gut möglich«, meinte sie. »Für eine oder zwei Szenen vielleicht schon. Ich muss das mit Lutz besprechen.«

Wie auf ein Stichwort trat in diesem Augenblick der Regisseur in Begleitung seiner Assistentin aus dem Schloss. Die dunkle Brille baumelte an einem schmalen Lederband vor seiner Brust.

»Alles perfekt«, sagte er zufrieden. »Wir kriegen die Location für den Dreh. Übermorgen geht's los. Seid ihr so weit?« Er öffnete schon die Beifahrertür, als sein Blick auf Kiki fiel. »Du, Mädchen, komm doch mal her.«

»Meinen Sie mich?« Kiki runzelte die Stirn. Der Kommandoton des Regisseurs gefiel ihr nicht. Vielleicht war das der normale Umgangston für ihn, aber trotzdem – Kiki fand Herrn Lauenstein mit einem Mal gar nicht mehr so sympathisch.

»Kennst du das Mädel mit dem braunen Pferd, das so gerne schwimmt?« Herr Lauenstein setzte schon einen Fuß ins Auto. »Sag ihr, sie soll sich bei mir melden. Ich will eine oder zwei Szenen mit ihr drehen.«

Kiki blieb fast die Spucke weg – nicht nur wegen des rüden Tons, sondern auch wegen der Frage.

»Meinen Sie etwa Bente?«, würgte sie mühsam hervor.

»Woher soll ich wissen, wie das kleine Naturtalent heißt?«, kam es mürrisch zurück. »Gibt es hier denn mehrere braunhaarige Mädchen, die mit ihren Pferden durchs Unterholz brechen, um dann mit einem einzigen Satz in der Mitte eines Flusses zu landen? Gehört das hier bei euch zum Unterricht?« Er schnaufte und kletterte vollends in den Kombi. »Sag ihr bitte, dass ich sie übermorgen am Set erwarte.« Ohne ein weiteres Wort schlug er die Autotür zu.

Kiki war sprachlos. Sie konnte gerade noch »Tschüs!« rufen, da rollte der Wagen schon vom Hof und ließ sie in einer Staubwolke zurück.

»So ein Blödmann!«, schimpfte sie. Sie lief über den Hof, sammelte die Zigarettenstummel ein und warf sie wütend in einen Abfalleimer. Dann kletterte sie über den Weidezaun und ging zu Torphy. Sie verspürte das dringende Bedürfnis, die Arme um ihr Pferd zu legen, an seinem warmen Fell zu schnuppern und ihm alles zu erzählen.

Für ein Warmblutpferd war Torphy zwar sehr verständnisvoll und er hörte auch sehr aufmerksam zu, als Kiki ihm das Fell kraulte, über Herrn Lauenstein schimpfte und ihm ihr Herz ausschüttete. Dennoch beschloss Kiki, am Abend mit Rebecca, Bente und Karlchen über den Nachmittag zu sprechen. Trotz des Streits und der Tatsache, dass sie und Rebecca eigentlich nicht mehr miteinander sprachen, war es vielleicht besser, sich mit zweibeinigen Wesen auszutauschen. Sie gab Torphy einen Kuss auf die Nase und verabschiedete sich von ihm. Auf dem Rückweg ging sie bei Patrick vorbei, um ihm zu sagen, dass sie abends keine Zeit für ihn haben würde. Er verzog ärgerlich das Gesicht.

»Was soll das heißen, du hast was Dringendes mit deinen Freundinnen zu bequatschen?«, fragte er. »Ich hab mich extra mit der Stallarbeit beeilt und jetzt lässt du mich hängen?«

»Meine Güte, sei nicht gleich so ätzend!«, schimpfte Kiki zurück. »Ich hatte einen anstrengenden Nachmittag mit Carmen und Kuddel und …«

»Carmen und Kuddel?«

»Die Aufnahmeleiterin und der Kameramann von der Novaworld«, erklärte Kiki lässig. »Ich hab ihnen alles gezeigt, die Location und das Setting, du weißt schon.«

»Hä?«, machte Patrick. »Tut mir leid, davon versteh ich nichts.« Er machte eine Pause und funkelte Kiki mit seinen nussbraunen Augen an. »Ich weiß nur, dass du, seit diese Filmtypen in der Nähe sind, ziemlich rumzickst. Mir ist ja klar, dass du auf diese schleimige Blondlocke stehst, aber …«

»Schleimige Blondlocke?! Sprichst du etwa von –«

»Von diesem Schauspieler, diesem … Sandburg, oder wie

der heißt, genau«, knurrte Patrick. »Ich hab schon gehört, dass du dein Zimmer mit Bildern von dem zugepflastert hast.«

»Erstens heißt er Sandborg, zweitens ist er nicht schleimig und drittens: Woher weißt du das mit den Bildern?«

Patrick winkte ab. »In einem Internat spricht sich so was schnell rum, das solltest du eigentlich wissen.«

»Na, wenn das so ist«, fauchte Kiki, »kann ich ja gehen. Ciao. Man sieht sich.« Sie wandte sich um, blieb aber noch einmal stehen. »In den nächsten Tagen werde ich übrigens keine Zeit für dich haben. Übermorgen fangen die Dreharbeiten an.«

»Mach, was du willst«, schnaubte Patrick. »Mir doch egal!« Er trat gegen einen Besen und verschwand im Stall.

Wutschnaubend stapfte Kiki über den Hof und nahm die paar Stufen der Schlosstreppe mit einem Satz. In der Halle und auf den langen Fluren war es ruhig. Niemand sah, wie sie sich ein paar Tränchen von der Wange wischte und heulend in ihr Zimmer lief. Dort angekommen warf sie sich aufs Bett, wo sie immer noch lag und die Decke anstarrte, als Rebecca wenig später hereinkam.

Rebecca zog die Stirn kraus, sagte aber nichts. In aller Ruhe brachte sie ihre Strandsachen ins Bad und widmete sich Juan, Carlos und Speedy, bis Kiki sich schließlich räusperte und vorsichtig »Du, Rebecca?« sagte.

»Was ist?«, fragte Rebecca knapp, ohne den Blick von den Schnecken zu nehmen.

»Die Fernsehleute waren hier.« Kiki richtete sich auf.

»Schön für dich. Und?«

Kiki raufte sich die Haare. Warum machte Rebecca es ihr

nur so schwer? »Na ja, ich hab mit der Aufnahmeleiterin gesprochen und ihr alles gezeigt und so. Sie will den Regisseur fragen, ob ich eine Statistenrolle kriege.«

»Ist ja krass!«, rief Karlchen. Sie war über den Balkon gekommen und steckte ihren Wuschelkopf ins Zimmer. Bente folgte ihr. Beide machten fröhliche Gesichter, weil Kiki und Rebecca wieder miteinander sprachen.

»Und? Hast du Henning Sandborg gesehen?«, wollte Bente wissen. »Sieht er wirklich so gut aus?« Sie warf einen Blick auf die Bilder an der Wand.

»Nein, er war gar nicht mit«, seufzte Kiki. »Aber ich hab eine tolle Überraschung für dich.«

»Für mich?«, fragte Bente verwundert. »Was denn?«

»Der Regisseur interessiert sich für dich«, sagte Kiki und seufzte noch einmal. »Er hält dich nach deinem Auftritt am Fluss für ein echtes Naturtalent und möchte dich und Flippi für ein paar Szenen engagieren.«

Rebecca ließ ein Salatblatt auf ihre Schnecken fallen.

Karlchen schlug Bente mit der flachen Hand auf die Schulter. »Hey, wow! Du bist ein Star! Ich will sofort ein Autogramm von dir!«

Bente bekam einen Hustenanfall. Mehrere hilfreiche Hände klopften ihr auf den Rücken und machten es nur schlimmer. Mit Tränen in den Augen stieß sie hervor: »Aufhören! Hört auf! Ich krieg keine Luft mehr!«

Rebecca stürzte ins Bad und kam mit einem Glas Wasser zurück. »Trink einen Schluck und setz dich hin. Und dann erzählt Kiki uns alles der Reihe nach«, schlug sie vor.

Kiki schilderte den Freundinnen den Nachmittag in aller

Ausführlichkeit. Sie ließ nichts aus – weder die weggeworfenen Zigarettenkippen und die pinkfarbenen Markierungen noch den unmöglichen Ton des Regisseurs.

»So ein blöder Typ«, meckerte Karlchen. »Was bildet der sich ein?«

»Und wieso interessiert der sich ausgerechnet für mich?«, erkundigte Bente sich noch einmal.

Kiki gab wortwörtlich wieder, was Herr Lauenstein über sie gesagt hatte. Bente lachte laut auf.

»Und der bildet sich ein, ich würde in seiner Serie mitspielen? Na, da kann er lange drauf warten!« Sie schüttelte den Kopf. »Nee, das ist nichts für mich. Ich würde sterben, wenn ich vor einer Kamera stehen müsste. Das überlasse ich lieber anderen.« Sie guckte Kiki an. »Was hältst du davon, wenn ich dir Flippi leihe?«

»Wieso?«, fragte Kiki begriffsstutzig zurück.

»Du schlüpfst in meine Rolle! Du willst doch unbedingt an der Seite von Henning Sandborg vor der Kamera stehen, oder nicht?«

Kiki nickte.

»Alles klar!«, rief Bente. »Wir setzen dich auf Flippi und schicken euch in die Eider oder sonst wohin. So, wie du den Lauenstein schilderst, merkt der den Unterschied gar nicht.« Triumphierend guckte sie in die Runde. »Die Filmleute kriegen ihren Film und Kiki ihren Traumpartner … Genial, was?«

Als die anderen sie sprachlos anstarrten, zückte Bente ihr Handy und schrieb eine Nachricht an Laura. Sie musste ihre Cousine unbedingt über die neuesten Entwicklungen informieren. Laura hatte ihr gemailt, dass sie wegen Abi-Prüfungen an ihrer Schule einen beweglichen Ferientag hatte. Wenn alles so klappte, wie Bente es sich vorstellte, könnte sie vielleicht zu den Dreharbeiten kommen und sich persönlich ein Autogramm von ihrem Schwarm Henning Sandborg holen. Bente hatte ihre Cousine schon ewig lange nicht mehr gesehen. Die Filmarbeiten waren genau die richtige Gelegenheit, um das zu ändern.

8

Zwei Tage später war im Reitinternat der Teufel los. Der Schlosshof war mit Wohnwagen, Aufnahme- und sonstigen Fahrzeugen zugeparkt. Überall wurden Schweinwerfer aufgebaut und meterweise dicke, schwarze Kabel verlegt. An den unmöglichsten Stellen standen und liefen fremde Menschen. Karlchen beschwerte sich ohne Unterlass.

»Nee, so was«, grummelte sie schon beim Frühstück, nachdem sie im Flur vor dem Speisesaal über eine Kabelrolle gestolpert war und um ein Haar einen Scheinwerfer umgerissen hätte. Es hatte ein ziemliches Chaos gegeben. Ein Kameraassistent und zwei Beleuchter hatten heftig mit ihr geschimpft. Zuerst hatte Karlchen zurückgeschimpft, aber dann hatte sie den Männern einen Vogel gezeigt und sie einfach stehen lassen.

»Junge, nee«, brummte sie in ihre Haferflocken, »so viel Stress am frühen Morgen kann ich gar nicht gut vertragen. Muss das wirklich sein, dass die hier so 'nen Aufstand machen?«

»Das gehört wohl dazu«, meinte Bente gleichmütig.

Kiki saß ihnen gegenüber und rutschte auf ihrem Stuhl hin und her. Sie war so nervös, dass sie keinen Bissen runterbekam. Irgendwo da draußen war Henning Sandborg. Nicht mehr lange und sie würde ihn zum ersten Mal live sehen!

»Hör endlich auf, so zu zappeln!«, meckerte Karlchen sie genervt an. »Du machst mich ganz wuschig!«

»Seid ihr etwa gar nicht aufgeregt?«, staunte Kiki. »Hier wird eine echte Fernsehserie gedreht und ihr frühstückt in aller Ruhe und beschwert euch auch noch über die Umstände? Ich fass es nicht!«

Rebecca hatte ihr Frühstück beendet und sich die Morgenzeitung von Frau Wuttig ausgeliehen.

»Von Westen her nähert sich uns ein umfangreicher Tiefausläufer«, las sie laut vor. »Er bringt Wolkenfelder und viel Regen mit sich. Die Temperaturen werden auf circa 18 Grad sinken. Örtlich sind Gewitter und schwere Sturmböen mit Hagelschauern möglich. Wie schön.« Sie faltete die Zeitung zusammen und legte sie auf den Tisch.

»Was ist schön?«, fragte Bente.

»Na, dass diese Mörder-Hitze bald vorbei ist!« Rebecca schüttelte den Kopf. »Hast du nicht zugehört? Es wird kühler und es gibt Regen. Die Dürre hat ein Ende. Das wird Juan, Carlos und Speedy bestimmt freuen. Und unseren Nerven tut eine kleine Abkühlung auch gut.«

»Herrn Lauenstein wird das bestimmt nicht freuen«, jammerte Kiki. »Regen, Hagel, Gewitter, schwere Sturmböen – so ein drastischer Wetterumschwung kann den gesamten Drehplan durcheinanderbringen!«

»Es gibt eben noch Dinge in unserem Universum, auf die nicht mal ein erfolgsgewohnter Regisseur Einfluss hat«, erwiderte Rebecca ungerührt. »Außerdem wird es nicht sofort regnen, sondern erst in den nächsten Tagen. Bis dahin sind die Typen wahrscheinlich längst fertig. Hoffentlich«, fügte sie hinzu. Sie machte keinen Hehl daraus, dass ihr die Anwesenheit der Fernsehleute auf die Nerven ging. Dafür, dass das Internat inklusive der Lehrer komplett aus dem Häuschen war, hatte sie kein bisschen Verständnis.

Daniel stellte sein Tablett auf den Tisch und ließ sich auf einen Stuhl fallen. Er grinste über das ganze Gesicht.

»Hast du mitten im Sommer den Weihnachtsmann gesehen«, wunderte sich Karlchen, »oder wieso strahlst du so?«

Daniel beugte sich vor. »Seht ihr die Tussi am Tresen?«, raunte er den Freundinnen zu.

»Welche? Die mit den roten Locken?«, fragte Bente laut und erhob sich halb von ihrem Stuhl, um besser sehen zu können.

Daniel zog sie wieder runter.

»Pscht!«, machte er. »Ja, genau die meine ich. Das ist Marlies, die Maskenbildnerin. Wisst ihr, was sie zu mir gesagt hat?« Er kicherte leise.

»Du wirst es uns bestimmt gleich verraten«, seufzte Rebecca.

»Sie hat gesagt, ich hätte ein markantes Gesicht«, flüsterte Daniel. »Man könnte viel daraus machen.« Er legte eine wirkungsvolle Pause ein. »Sie meint, ich sollte unbedingt zum Film gehen!«

Bente lachte laut los. »Du?!«

»Wow!«, machte Kiki. »Echt?«

»Was?«, entfuhr es Rebecca. »Fängst du jetzt auch noch an zu spinnen? Mir reichen schon Kikis Starallüren!«

Daniel legte ihr einen Arm um die Schultern und lächelte.

»Keine Sorge. Ich hab ihr gesagt, ich müsste in Ruhe darüber nachdenken.«

»Wenigstens hättest du eine Alternative, falls es mit der Schule nicht klappen sollte«, meinte Karlchen. »Ist doch praktisch. Wenn du vom Internat fliegst, gehst du einfach zum Film.«

»Haha«, machte Daniel. »Wer steht denn in Mathe auf 'ner Fünf – du oder ich?«

Karlchen leckte genüsslich die letzten Haferflocken aus ihrem Schälchen. »Es ist immerhin eine gute Fünf«, erwiderte sie gelassen. »Mit starker Tendenz zur Vier, hat die Pauli gesagt. Also, zerbrich dir nicht meinen Kopf.« Sie stand auf, als es zur Stunde gongte. »Auf in den Kampf, Mädels!«

Studienrat Hartmann stand mit verschränkten Armen am Fenster und beobachtete das lebhafte Treiben auf dem Hof. Er hielt einen Auslöser in der Hand und drückte hin und wieder auf einen Knopf. Ein Projektor warf Bilder einer kargen Wüstenlandschaft auf eine Leinwand hinter ihm.

»Schreibt in Stichpunkten auf, was ihr seht«, erläuterte Herr Hartmann. »Später erarbeitet ihr aus euren Notizen einen Aufsatz über die Wüste Gobi und die dort herrschenden klimatischen Bedingungen. Aber nicht unter zwei Seiten, wenn ich bitten darf.«

Ein Stöhnen lief durch die Klasse. Karlchen tippte sich an die Stirn und streckte dem Lehrer hinter seinem Rücken die Zunge raus. Sie schob Bente ihr Heft rüber.

»Bild 1: Wüste bei Tag«, stand da. »Bild 2: Wüste bei Nacht. Bild 3: Wüste im Wüstensturm«, und so weiter.

Bente kicherte. Ihre Aufzeichnungen waren auch nicht viel ergiebiger. Sie fragte sich, wie daraus jemals ein akzeptabler zweiseitiger Aufsatz entstehen sollte.

Die Einzige aus der Klasse, die der PowerPoint-Show aufmerksam folgte und sich dabei sehr gewissenhaft Notizen machte, war Rebecca.

Kiki malte verträumt Herzchen auf ein Löschpapier und Marie-Claire und Krista blätterten in der neuesten Bravo, wobei sie unentwegt tuschelten und kicherten. Das Brummen des alten Beamers war so laut, dass eine Unterhaltung durchaus möglich war, solange Herr Hartmann seine Aufmerksamkeit anderen Dingen widmete.

Mikka und Torben spielten etwas, das sie »Tintenball« nannten: Mit der Spitze eines Zirkels hatten sie die kleine Plastikkugel aus einer leeren Füllerpatrone herausgestochert, um sie mit ihren Geodreiecken auf der Tischplatte hin und her zu schießen. Aus Radiergummis und Anspitzern hatten sie kleine Tore gebaut. Karlchen, Bente und ein paar andere guckten interessiert zu. Den Aufnahmen von der Steppenlandschaft der Wüste Gobi schenkten sie kaum noch Beachtung.

Herr Hartmann bekam von alledem nichts mit. Er war so damit beschäftigt, was auf dem Schlosshof vor sich ging, dass er die Unruhe in seiner Klasse erst bemerkte und sich umdrehte, als ein paar Schüler laut lachten: Eine Kamelkarawane durchwanderte die karge Steppe auf dem Kopf. Kiki unterbrach ihre Malerei, Mikka und Torben stoppten ihr Match.

»Wie schön«, freute sich Herr Hartmann, »dass ihr so viel Interesse am Thema zeigt!« Mit spitzen Fingern tippte er etwas in das Laptop und das Bild drehte sich. »Ich hatte schon befürchtet, die innerasiatische Beckenlandschaft wäre zu trocken für euch!« Er lachte über seinen eigenen Witz, als es zur Pause läutete. »Denkt dran: zwei Seiten bis übermorgen!«, konnte er gerade noch rufen, während die Mädchen und Jungen an ihm vorbei ins Freie drängten.

Die neunte Klasse hatte nach der großen Pause eine Freistunde – eine günstige Gelegenheit, um ein bisschen Fernsehluft zu schnuppern.

Weil der Pausenhof mit Aufnahmefahrzeugen zugeparkt war, wichen Kiki, Bente, Karlchen und Rebecca auf den Schlosspark aus. Im Schatten eines Rosenspaliers verputzten sie ihre Pausenbrote und versuchten währenddessen, einen Blick hinter die Filmkulissen zu werfen. In dem hektischen Gewusel der Fernsehleute und dem Gewirr von Scheinwerfern, Kameras und Mikrofonen war es schwer, ein prominentes Gesicht zu entdecken. Karlchen maulte, wie langweilig sie das alles fände, als Kiki plötzlich aufsprang, als wäre sie von etwas gestochen worden.

»Da ist er!«, kreischte sie und hüpfte aufgeregt auf und ab.

»Geht's dir nicht gut?«, fragte Bente besorgt. »Du bist ganz blass.«

Kiki deutete in Richtung des Springbrunnens am anderen Ende des Parks. Sein Wasser war wegen der Trockenheit abgestellt. »D-da«, stammelte sie. »Ich sehe ihn. Er ist es wirklich … Henning Sandborg!«

»Was?«, entfuhr es Bente. »Echt? Bist du sicher? Wo?« Sie stellte sich neben ihre Freundin und starrte ebenfalls zum

Springbrunnen. »Wow! Tatsächlich! Junge, sieht der gut aus! Hat jemand einen Fotoapparat dabei?«

»Lasst mich auch mal gucken!« Karlchen drängelte sich vor die beiden Freundinnen. »Macht doch mal Platz. Ich seh gar nichts«, jammerte sie. »Welcher ist es? Der lange Dünne oder der Kleine mit dem Hut?«

»Keiner von beiden natürlich!« Kiki warf Karlchen einen empörten Blick zu und schüttelte den Kopf. »Der lange Dünne ist Kuddel, der Kameramann, und der Kleine mit dem Hut ist der Regisseur, Herr Lauenstein. Sag mal, brauchst du 'ne Brille? Henning ist der Blonde mit dem Jeanshemd und der weißen Hose! Da, er lehnt am Brunnen und tut so, als würde er telefonieren!« Kiki drehte Karlchens Kopf in die richtige Richtung.

»Ach der«, brummte Karlchen. »Ja, nett. Aber wieso tut er nur so, als würde er telefonieren?«

Kiki stöhnte auf und überließ es Bente zu erklären, dass man beim Film fast immer nur so tat »als ob«.

»Ist eben alles Fassade.« Rebecca stand auf einer Bank und hatte den besten Überblick. »Sieht aus, als würden sie eine Pause machen. Der Beleuchter hat gerade die Scheinwerfer abgestellt. Ja, jetzt nimmt der Kameramann auch die Kamera runter.« Sie hüpfte von der Bank und stupste Kiki in die Seite. »Scheint so, als wäre das deine Chance! Los, geh hin. Tu so, als würdest du spazieren gehen und ganz zufällig am Brunnen vorbeikommen. Verwickel ihn in ein Gespräch, flirte mit ihm, bagger ihn an, was weiß ich.«

»Was soll ich?«, fragte Kiki fassungslos.

»Du sollst dich in Richtung Springbrunnen bewegen.« Rebecca schob sie vorwärts. »Gleich ist er weg, dann klappt das mit dem Kennenlernen nie. Los, mach schon!«

»Ja, los, Kiki!«, schloss Bente sich an. »Das ist die Gelegenheit, um an ihn ranzukommen!«

»Schnapp ihn dir, schnell!« Karlchen spähte durch das Rosenspalier. »Noch ist er da!«

»Spinnt ihr?«, jammerte Kiki. »Ich kann doch nicht einfach –«

»Klar kannst du!« Rebecca gab ihr einen Schubs. »Los, Abmarsch!«

»Aber ich hab nicht die richtigen Klamotten an«, protestierte Kiki schwach. »Ich muss mich umziehen, ich muss duschen, ich –«

»Blödsinn!«, zischte Rebecca. »Los, da geht's lang!«

9

Kiki fand sich auf dem schmalen Kiesweg wieder, der sich durch den Park schlängelte. Sie hörte ihre Freundinnen tuscheln und kichern, aber sie dachte nicht daran, umzukehren. Man konnte ihr vieles nachsagen, aber dass sie feige war, ganz gewiss nicht!

»Kleine Scherzkekse«, murmelte sie in Richtung des Rosenspaliers. »Ihr werdet Augen machen!«

Zum Erstaunen der drei anderen warf sie den Kopf in den Nacken, zupfte ihr knappes T-Shirt zurecht und ging entschlossen auf den Springbrunnen zu – oder vielmehr auf den blonden Mann, der sich lässig dagegenlehnte.

»Erinnert euch das nicht an etwas?«, raunte Karlchen Bente und Rebecca in ihrem Versteck zu.

»Hm, ja, du hast recht. Es ist genau wie damals, als sie in Daniel verknallt war«, meinte Bente. »Damals brauchte sie auch einen kräftigen Tritt in den Hintern. Meine Güte, fast hätten wir sie zu ihrem Auserwählten tragen müssen!« Sie schüttelte lachend den Kopf und zog ihr Handy aus der Tasche, um ein paar Fotos für Laura zu machen. »Was für ein Theater!«

Karlchen grinste breit. »Tja, und dann kam Rebecca und

hat sich den süßen Daniel gekrallt. Stille Wasser sind tief, ja, ja.«

Rebecca schnappte nach Luft. »Das nimmst du sofort zurück!«

»Was? Das mit dem stillen Wasser?«, fragte Karlchen erstaunt. »Aber das sagt meine Oma auch immer.«

»Nein, das andere!«, fauchte Rebecca. »Dass ich mir Daniel gekrallt hab! Es war ganz anders, das wisst ihr genau!«

Bente brummelte, als wollte sie ein nervöses Pferd besänftigen. »Bleib mal ruhig. So war das doch gar nicht gemeint.«

»Nee, echt nicht«, sagte Karlchen versöhnlich. »Wir wissen doch genau, wie das damals mit dir und Daniel und Kiki war. Schließlich waren wir live dabei.«

Rebecca verzog das Gesicht zu einem kleinen Grinsen. »Genau wie jetzt, meinst du wohl?«

»Bingo!«, lachte Karlchen.

»Okay, dann lasst uns mal gucken, was die kleine Kiki so macht.« Bente schob ein paar Rosenzweige zur Seite und spähte hindurch.

Kiki ging schnurstracks auf den Brunnen zu. Ein nervöses Lächeln umspielte ihre Mundwinkel. Die anderen hatten zwar recht – die Gelegenheit war einmalig günstig, sie durfte sie sich nicht entgehen lassen –, aber trotzdem beschleunigte sich ihr Puls, je näher sie dem Schauspieler kam. Was zum Teufel sollte sie nur zu ihm sagen: So ein Zufall, Herr Sandborg, was machen Sie denn hier? Kiki stöhnte auf. Nein, unmöglich! So ging das nicht.

Sie sah, dass Herr Lauenstein, Kuddel und die Beleuchter ein paar Worte wechselten und dann gemeinsam verschwanden. Henning Sandborg blieb allein im Park zurück. Er wandte sein Gesicht der Sonne zu und schloss die Augen.

Wow!, dachte Kiki. Ich könnte mich anschleichen, ohne dass er's merkt!

Sie blieb stehen, holte tief Luft und sagte, wie um sich Mut zu machen: »Wer nicht wagt, der nicht gewinnt!« Sie kicherte, als sie weiterging. »Oh Mann, ich hör mich schon an wie Karlchens Oma!«

Als sie nur noch wenige Schritte vom Brunnen beziehungsweise von Herrn Sandborg entfernt war, wieherte auf der benachbarten Koppel ein Pferd. Ein anderes antwortete laut. Henning Sandborg riss die Augen auf und sah sich verwirrt um. Sein Blick blieb an Kiki hängen.

Kiki blieb abrupt stehen, starrte den Schauspieler an und dachte gleichzeitig: Hilfe, ich sterbe!

»Was machen die da?« Karlchen spähte immer noch durch die Rosenranken.

»Keine Ahnung«, sagte Bente. »Wurzeln schlagen und sich anglotzen, so wie's aussieht.«

Rebecca verließ die Deckung und warf einen Blick um die Ecke. Sie nahm ihre Brille ab und rieb sie an einem Zipfel ihres T-Shirts ab. Sie brauchte einen klaren Durchblick.

Kiki stand direkt vor Henning Sandborg. Es war unglaublich. Sie fiel nicht in Ohnmacht, versank nicht im Erdboden, nein, sie stand da und lächelte ihn an, als würde sie jeden Tag Fernsehstars im Lindentaler Schlosspark treffen.

»Hättet ihr Kiki das zugetraut?«, fragte Rebecca. Sie hatte sich wieder hinter das Spalier zurückgezogen und ließ sich auf eine Bank fallen.

»Nee«, sagte Bente. »Im Leben nicht!«

»Doch, ich schon«, meinte Karlchen. »So ein Schauspieler ist schließlich auch nur ein Mensch, oder nicht?«

Kiki hatte sich wieder gefangen und ging auf Henning Sandborg zu. »Hi«, sagte sie von Weitem. »Stör ich?«

Der Schauspieler löste sich vom Brunnen. Kiki überlegte, ob sie ihm die Hand geben sollte, aber er nahm ihr die Entscheidung ab. Er reichte ihr die Hand und stellte sich vor. »Hallo. Nein, du störst überhaupt nicht. Mein Name ist Sandborg«, sagte er freundlich. »Henning Sandborg.«

»Klar, weiß ich doch, ähm, ich meine …« Kiki spürte, dass sie rot wurde, und hoffte inständig, dass es unter ihrer Sonnenbräune nicht auffallen würde. Sie räusperte sich. »Ich wollte sagen, ich weiß natürlich, wer Sie sind.« Sie erwiderte seinen festen Händedruck.

»Und du? Hast du keinen Namen? Oder muss ich schon ›Sie‹ zu dir sagen?« Der Schauspieler grinste.

»Quatsch, nee, sagen Sie ruhig Kiki zu mir«, erwiderte Kiki.

»Okay, dann sagst du aber auch Henning zu mir.« Er atmete tief ein und ließ den Blick über den Park und die Schlossgebäude schweifen. »Traumhaft schön ist es hier. Lebst du schon lange im Internat?« Er setzte sich auf das schmale Steinmäuerchen, das den Springbrunnen umfasste, und klopfte mit der flachen Hand darauf. Kiki setzte sich vorsichtig neben ihn.

Zu ihrer eigenen Verwunderung war sie plötzlich vollkommen ruhig und entspannt. Henning Sandborg benahm sich so normal und natürlich, dass man fast vergessen konnte, dass er ein berühmter Star war. Sie lächelte, als sie ihm in wenigen Sätzen schilderte, wie sie nach der Trennung ihrer Eltern Internatsschülerin geworden war.

Herr Sandborg nickte. »Das wär auch was für meine Kinder«, sagte er ganz in Gedanken. »Viele Freunde, Pferde, Natur, das nahe Meer –« Er breitete die Arme aus. »Was kann sich ein Kind mehr wünschen?«

Kiki zuckte zusammen. Kinder? Hatte sie richtig gehört?

»Unsere Tochter ist allerdings erst sieben«, fuhr der Schauspieler lachend fort. »Und unser Sohn wird im Herbst drei. Ein bisschen Zeit bleibt meiner Frau und mir noch für die Wahl der richtigen Schule. Aber ich glaube, ich werde mir trotzdem schon mal die Unterlagen des Internats besorgen, wenn die Dreharbeiten vorbei sind.« Er stieß Kiki vertraulich an. »Oder spricht was dagegen, dass ich meine Kinder hierherschicken sollte?«, fragte er. »Sei ehrlich: Fühlst du dich hier wohl oder ist Lindental eine schreckliche Schule?«

»Also, ich ähm, ich …«, stammelte Kiki. Sie starrte Herrn Sandborg an. »Ich wusste gar nicht, dass Sie Kinder haben. Und dass Sie verheiratet sind, auch nicht.«

Herr Sandborg lachte. »Ich hoffe, das stört dich nicht.«

»Nee, natürlich nicht«, sagte Kiki und kam sich ziemlich blöd vor.

»Du willst sagen, dass du noch nie etwas über meine Familie gehört oder gelesen hast, stimmt's?«

»Ja, genau.«

»Das liegt daran, dass ich mein Privatleben strikt von der Öffentlichkeit abschirme«, erklärte Herr Sandborg. »Ich bin

Schauspieler und prominent, deshalb stehe ich im Rampenlicht, das gehört zu meinem Beruf. Aber meine Kinder sollen nicht darunter leiden. Ich will nicht, dass ihre Fotos oder die von meiner Frau ständig in irgendwelchen Klatschblättern auftauchen, verstehst du?«

»Ja, klar. Ich spiele Geige und steh selbst auch manchmal im Rampenlicht, bei Auftritten, Konzerten und so. Das ist natürlich nicht so krass wie bei Ihnen«, nickte Kiki. »Aber dass so ein Leben in der Öffentlichkeit ziemlich anstrengend ist, kann ich mir gut vorstellen.« Sie sah den Schauspieler plötzlich mit ganz anderen Augen. Er sah wirklich gut aus, ja. Aber in seine braune Haut hatten sich schon einige kleine Falten eingegraben. Und wenn man genauer hinsah – so wie Kiki jetzt –, durchzogen weiße Strähnen sein blondes Haar. Er sah älter aus als auf den Fotos, die von ihm veröffentlicht wurden. Kiki schätzte, dass er mindestens so alt war wie ihr Vater – und der war schon über vierzig!

Sie schüttelte den Kopf. Ihre Schwärmerei kam ihr plötzlich total albern vor. Anscheinend hatte sie einen ganz anderen Menschen angehimmelt als den, den sie jetzt vor sich sah. Sie musste lachen.

»Darf ich mitlachen?«, schmunzelte Herr Sandborg.

»Nein, tut mir leid, das geht nicht«, antwortete Kiki. »Das ist was Persönliches.«

»Kiki! Da bist du ja!« Eine laute Stimme ließ sie und Sandborg herumfahren. »Ich hab dich schon überall gesucht!«

»Hallo, Carmen«, sagten Kiki und der Schauspieler gleichzeitig.

Die Aufnahmeleiterin blieb stehen. »Ihr kennt euch?«

»Wir sind so was wie Kollegen.« Henning Sandborg zwinkerte Kiki zu. »Die junge Dame ist auch Künstlerin. Sie spielt Geige.«

»Aha, soso«, murmelte Carmen. »Das hilft mir allerdings nicht weiter.« Sie wandte sich an Kiki. »Ich brauche Pferde und ich brauche Reiter. Kannst du mir helfen?«

»Pferde? Reiter? Kein Problem. Wie viele?« Kiki zuckte mit den Schultern. »Lindental ist ein Reitinternat, wie der Name schon sagt.«

Der Regisseur, der Kameramann und ein paar weitere Mitglieder des Teams kamen hinzu und scharten sich um die Aufnahmeleiterin.

»Da ist das Mädchen ja endlich«, schnaufte Herr Lauenstein. Er schwitzte und spähte in den Brunnen. »Warum ist dieses Ding trocken? Kann man das irgendwo einschalten? Ich brauche Wasser!«

Steffi, die Regieassistentin, machte sich eine Notiz. »Ich werde mich gleich darum kümmern«, murmelte sie und trabte davon.

»Fein.« Herr Lauenstein zog ein Taschentuch aus seiner Hosentasche und wischte sich den Schweiß von der Stirn. »Ich habe gerade mit deiner Chefin, der Frau Dr. Paulus, gesprochen«, sagte er zu Kiki. »Ich hätte morgen gerne ein paar gute Reiter als Statisten für Fernaufnahmen. Eigentlich wollte ich ja nur das blonde Mädchen mit dem braunen Pferd für ein paar Hintergrundszenen haben, aber Frau Dr. Paulus hat mir zu verstehen gegeben, dass sie es nicht gerne sehen würde, wenn Einzelne bevorzugt würden. Zumal nicht sicher ist, dass das Mädchen für die Aufnahmen überhaupt zur Verfügung steht. Dr. Paulus scheint eine Dame mit Prinzipien zu sein.«

Kiki zog fragend die Augenbrauen hoch.

»Sie hat wörtlich gesagt, die Reitabteilung gibt es nur ganz oder gar nicht«, flüsterte Carmen ihr zu.

»Das hat die Pauli gesagt? Cool.« Kiki grinste.

»Tja, wir brauchen also bis morgen eine Horde Reiter samt Pferden«, seufzte Carmen. »Da dachte ich, ich wende mich am besten an dich. Du warst neulich so hilfsbereit und außerdem hattest du doch Interesse an einem Statistenjob, oder?«

»Ja, klar. Aber es heißt Abteilung, nicht Horde«, korrigierte Kiki die junge Frau. »Trotzdem kein Problem. Ich sag gleich meinen Freundinnen Bescheid.« Sie drehte sich um und winkte mit beiden Händen. Hinter dem Rosenspalier tauchten drei neugierige Gesichter auf.

»Kommt mal schnell her!«, rief Kiki ihnen zu. »Euer Typ wird verlangt!«

Nachdem Kiki der Filmcrew Bente, Rebecca und Karlchen vorgestellt hatte, setzten sich die Mädchen im Halbkreis in das vertrocknete Gras neben dem Brunnen und lauschten den Ausführungen des Regisseurs. Zu ihrem Leidwesen war Henning Sandborg von der Maskenbildnerin abgeholt worden, um für eine Szene neu geschminkt zu werden und sich umzuziehen.

»Ist das oberkrass! Laura wird vor Neid platzen, wenn ich ihr das erzähle!«, hatte Bente Karlchen zugeraunt, nachdem sie dem Star die Hand geschüttelt hatte. »Kneif mich mal, damit ich aufwache!«

Karlchen hatte ihr so kräftig in den Po gezwickt, dass Bente laut aufjaulte. »Aua! Spinnst du? So war das nun auch nicht gemeint!« Sie rieb sich die schmerzende Stelle und funkelte die Freundin an.

Karlchen zuckte mit den Schultern. »Du hast es so gewollt.«

Steffi, die quirlige Regieassistentin, hatte gekühlte Getränke organisiert, die sie reihum anbot. Dem Wunsch des Regisseurs, den Springbrunnen einzuschalten, konnte der Schlossgärtner allerdings nicht nachkommen. Wegen der anhaltenden Dürre drohte das Wasser knapp zu werden; die Internatsleitung achtete streng darauf, dass nichts vergeudet wurde – nicht einmal für Filmaufnahmen.

Herr Lauenstein nahm es seufzend zur Kenntnis und widmete sich seinem zerfledderten, mit zahlreichen handschriftlichen Bemerkungen und Skizzen versehenen Exemplar des Drehbuchs. Mit knappen Sätzen schilderte er die für den nächsten Tag geplante Szene: »Henning fährt im offenen Sportwagen die Landstraße entlang. Er ist auf dem Weg in die Klinik. Sein Gesicht ist besorgt. Die bevorstehende Operation ist ein riskanter Eingriff. Die Patientin könnte sterben. Eine plötzliche Bewegung lenkt Henning ab. Er dreht den Kopf zur Seite. Eine Horde Reiter galoppiert über ein freies Feld.«

»Es heißt Abteilung«, bemerkte Rebecca, »nicht Horde.«

»Pscht!«, machten Kiki, Bente und Karlchen gleichzeitig.

Lutz Lauenstein hob den Kopf. »Wie bitte? Ach so. Ja, danke.« Er machte einen Vermerk und las weiter: »Die Abteilung galoppiert also ziemlich schnell über das Feld. Es sind junge Reiter, Mädchen und Jungen. Die Pferde sind bunt zusammengewürfelt: große und kleine, schwarze, weiße und braune.«

»Rappen, Schimmel, Füchse und Braune also.« Karlchen machte ein nachdenkliches Gesicht. »Und was ist mit Falben, Schecken, Palominos?«

Der Regisseur nahm seine Brille ab und machte ein verwirrtes Gesicht. »Wovon redest du? Ich verstehe kein Wort!«

»Na ja, wenn Sie sagen, dass kleine und große Pferde, Schimmel, Rappen, Füchse und Braune mitlaufen dürfen«, erwiderte Karlchen, »muss ich natürlich fragen, was mit andersfarbigen Pferden und Ponys ist. Dürfen die etwa nicht mitspielen? Ich reite nämlich zufällig einen Falben. Er heißt Snude!«

Rebecca stöhnte leise auf und musterte Karlchen, als hätte sie Zweifel an deren geistiger Verfassung. »Ich glaub nicht, dass es Herrn Lauenstein ernsthaft interessiert, wie dein verfressenes Pony heißt!«

»Was hast du gesagt?« Karlchen sprang auf. »Willst du Snude beleidigen?« Sie ballte die Fäuste.

»Aber, aber, meine Damen!« Herr Lauenstein hob beide Hände. »Bitte keinen Streit, ja?« Er holte sein Taschentuch hervor und fuhr sich damit über die Stirn. »Erstaunlich«, murmelte er. »Ich dachte immer, Schauspieler sind schwierig. Dabei scheinen Internatsschülerinnen viel schwieriger zu sein.« Er seufzte. Seine Assistentin kam ihm zu Hilfe.

»Ich glaube, wir machen keinen Unterschied, was die Farbe der Pferde angeht«, versicherte sie. »Alle dürfen mitlaufen. Je unterschiedlicher die Farben, umso bunter und telegener das Bild.«

Karlchen nickte zufrieden, als sie sich wieder ins Gras setzte und Rebecca einen Seitenblick zuwarf. »Hast du gehört? Mein Snude ist telegen!«

»Dürfte ich fortfahren?«, erkundigte sich Herr Lauenstein leicht genervt. »Fein.« Er nahm sein Drehbuch wieder auf. »Die Pferde lenken Henning also kurz von seinen Sorgen ab. Er fährt rechts ran, hält und steigt aus. Die Reiterinnen und Reiter winken ihm zu. Er winkt zurück. Schnitt. Nächste Szene Operationssaal, Klinik am Meer.« Er klappte das Buch zu. »Noch irgendwelche Fragen?«

»Ist das alles?«, fragte Bente. »Wir sollen über ein Feld galoppieren und winken?«

»Ja, das ist eure Aufgabe«, antwortete Carmen anstelle des Regisseurs. »Meint ihr, dass ihr das schafft?«

»Pah, so was machen wir doch ständig!« Bente winkte ab.

»Falls du mit deinem Pferd lieber wieder einen Sprung ins kalte Wasser machen möchtest, müssten wir das Drehbuch ändern«, bemerkte Herr Lauenstein schmunzelnd.

»Nein, nein, bloß das nicht!«, rief Bente entsetzt. »Aber wo wir gerade davon sprechen … Was ist eigentlich mit der Aufnahme vom Fluss? Haben Sie Flippi und mich wirklich gefilmt?«

»Ja, haben wir. Wir hatten dort gerade eine Szene abgedreht. Es war purer Zufall, dass die Kamera noch lief.«

»Und was haben Sie mit der Aufnahme vor?«

»Die kommt in unser Archiv«, sagte Herr Lauenstein. »Darin sammeln wir unveröffentlichte Szenen, Pannen bei den Dreharbeiten, witzige Episoden. Wenn du darauf bestehst, wird die Aufnahme von deinem Stunt selbstverständlich gelöscht. Für unsere Serie können wir die Szene leider nicht verwenden, so gut sie mir persönlich auch gefällt. Sie ist einfach zu actionreich.«

»Gott sei Dank!«, entfuhr es Bente. »Und ich dachte schon, demnächst können alle meinen peinlichen Auftritt im Fernsehen bewundern!«

»Nein, keine Sorge. Wenn du möchtest, machen wir dir eine Kopie auf Video«, schlug der Regisseur vor. »Für private Zwecke.«

»Oh ja, klasse!« Bente nickte. »Das wär echt cool!«

Steffi machte sich eine Notiz. Herr Lauenstein stand auf.

»Gut, meine Damen. Dann sehen wir uns morgen früh«, sagte er zum Abschluss. »Vergesst eure Pferde nicht. Um fünf Uhr ist die erste Probe!«

»So früh?«, riefen Bente und Karlchen gleichzeitig.

»Früher Vogel fängt den Wurm«, war die Antwort des Regisseurs. »Da ich davon ausgehe, dass wir die Szene mehrfach drehen müssen, bevor sie sitzt, sollten wir möglichst früh anfangen. Zeit ist Geld, meine Damen.« Er winkte noch einmal fröhlich in die Runde, drückte Steffi das zusammengerollte Drehbuch in die Hand und verließ mit langen Schritten den Park.

»Tja, es gibt viel zu tun, Mädels«, sagte Karlchen. Sie hob die Hand. Die anderen klatschten sie ab.

»Packen wir's an!«, erwiderten sie im Chor.

Am Abend saßen die Mädchen auf ihrem gemeinsamen Balkon und sprachen über den ereignisreichen Tag. Kiki hatte ihren Freundinnen von Herrn Sandborg erzählt – dass er glücklich verheiratet war, Kinder hatte … und dass er offenbar ein ganz anderer Mensch war als der, für den sie ihn gehalten hatte.

Bente machte ein nachdenkliches Gesicht. »Mir ist vorhin im Park aufgefallen, dass er in Wirklichkeit älter aussieht als auf den Fotos in den Zeitschriften und im Fernsehen. Hat er dir zufällig gesagt, wie alt er ist?«

»Nein.« Kiki schüttelte den Kopf. »Ich glaub, sein wahres Alter hält er genauso streng geheim wie sein Familienleben. Nur so kann er noch Rollen von jüngeren Männern spielen – wie in der ›Klinik am Meer‹ zum Beispiel. Aber ich schätze ihn so auf Anfang vierzig. Wie mein Vater«, fügte sie seufzend hinzu.

»Krass«, fand Karlchen. Sie murmelte etwas von einem »ziemlich ollen Knacker« und warf sich gekonnt ein paar Gummibärchen in den Mund. »Und?«, fragte sie mümmelnd. »Bist du jetzt sehr traurig?«

»Warum sollte ich traurig sein?«, fragte Kiki.

»Na, weil der olle Sandborg schon so alt und außerdem vergeben ist«, erwiderte Karlchen.

»Traurig ist wohl nicht das richtige Wort«, mischte Rebecca sich ein. »Vielleicht eher enttäuscht?«

Karlchen nickte. »Ja, genau das meinte ich!«

Kiki ließ sich Zeit mit ihrer Antwort. »Nein, ich bin nicht enttäuscht«, sagte sie schließlich, »und auch nicht traurig. Es ist mehr so, als ob ich aufgewacht wäre, versteht ihr?«

Rebecca und Bente nickten, Karlchen schüttelte verständnislos den Kopf.

»Na ja«, fuhr Kiki fort, »ich hatte einen Traum von Henning, eine ganz bestimmte Vorstellung, an die ich geglaubt hab. Ich hatte mir ein Bild von ihm gemacht, das nicht der Wirklichkeit entsprach. Als ich ihn dann plötzlich vor mir hatte, war alles ganz anders, als ich es mir in meiner Fantasie ausgemalt hatte. Er sah anders aus, sprach anders. Ich kam mir mit einem Mal ziemlich doof und naiv vor.«

»Klar«, meinte Karlchen. »Verstehe.« Ihrem Gesicht war anzusehen, dass eher das Gegenteil der Fall war.

»Aber das ist doch total normal«, meinte Bente. »Wenn man so einen Superstar nur aus dem Fernsehen kennt, sieht man halt nur die schöne Fassade.«

»Stimmt«, nickte Rebecca. »Man verliebt sich in das Fantasiebild von einem Menschen, das einem von den Medien vorgegaukelt wird, aber nicht in den wirklichen Menschen.«

»Geht ja auch gar nicht«, sagte Kiki. »Weil man den wirklichen Menschen überhaupt nicht kennt.«

»Aber jetzt kennen wir ihn ja.« Karlchen stand auf und ging ins Zimmer. Das Thema war ihr viel zu verworren. »Und Hauptsache ist doch, dass er nett ist, oder?«, rief sie über die Schulter zurück.

»Du hast absolut recht.« Kiki lachte. »Nett ist er wirklich!«

Das melodische Klingeln von Bentes Smartphone ließ sie zusammenzucken.

»Hi, Laura!«, meldete sich Bente. Sie hatte auf dem Display gesehen, dass ihre Cousine dran war. »Wie geht's? Du, hör zu! Du musst dich sofort in den nächsten Zug setzen und herkommen. Morgen früh um fünf fangen die Dreharbeiten an. Der Regisseur sucht noch Statisten, die reiten können.« Sie presste das Handy ans Ohr und trotzdem konnten die anderen hören, wie Laura aufschrie. »Klar«, sprach Bente weiter. »Wenn Fynn dich herfahren kann, umso besser. Dann kann er auch mitreiten. Nee, ich glaub nicht, dass ihr Arkansas und Jimmy mitbringen müsst. Herr von Hohensee kann euch bestimmt zwei Pferde leihen. Oh ja, Mensch, super! Bis später!«

Mit einem zufriedenen Grinsen beendete Bente das Gespräch. »Laura und Fynn machen sich sofort auf den Weg«, erzählte sie den anderen. »Morgen ist an ihrer Schule unterrichtsfrei wegen der mündlichen Abi-Prüfungen. Es passt perfekt!«

»Hat Fynn denn schon einen Führerschein?«, fragte Rebecca.

»Klar«, nickte Bente.

»Und wo sollen sie schlafen?« Kiki runzelte die Stirn. »Du weißt doch, dass wir keinen unangemeldeten Besuch bekommen dürfen.«

»Kein Problem. Sie nehmen ihr Zelt mit und campieren auf der Pferdekoppel«, sagte Bente. »Ich glaub nicht, dass die Pauli was dagegen hat. Und selbst wenn … Bei dem ganzen Filmtrubel fallen zwei Leutchen mehr oder weniger doch gar nicht auf.«

»Stimmt«, gab Kiki zu. »Und zwei passende Pferde finden wir auch noch für die beiden. Wozu sind wir ein Reitinternat?«

10

Karfunkel stampfte wütend mit den Hufen und ließ ein ohrenbetäubendes Wiehern hören. Little Mystery wieherte kläglich zurück und trabte mit verdrießlichem Gesicht am Gatterzaun hin und her.

»Ruhig, Karfunkel, sei brav.« Rebecca klopfte ihrer Stute den Hals. »Bald bist du wieder bei deinem Sohn.«

Weil sie nicht wusste, was auf sie und Karfunkel zukommen würde, hatte Rebecca sich am nächsten Morgen entschlossen, das Fohlen während der Dreharbeiten auf der Koppel zu lassen. Sie wollte es nicht überanstrengen oder gefährden, indem sie es in einer großen Abteilung mitlaufen ließ. Außerdem hatten sie und die anderen auch ohne das quirlige Rappfohlen schon genug zu tun.

Sie warf einen Blick über die Schulter zu Kiki. Torphy wand sich wie ein Aal und machte es seiner Reiterin fast unmöglich, aufzusitzen. Als sie es endlich geschafft hatte, war ihr Gesicht knallrot vor Anstrengung.

Schnute trat Karlchen auf den Fuß und weigerte sich beharrlich, seinen Huf woanders hinzusetzen. Sosehr Karlchen auch drückte und schob, er stemmte sich mit seinem ganzen Gewicht dagegen und blieb stur stehen. Bente gab ihm schließlich einen Klaps auf die Kruppe. Der Norweger machte einen Satz zur Seite und rempelte Snorri an, woraufhin Patricks Isländer seinem Weidegenossen ins Genick biss. Fluchend und humpelnd brachte Karlchen die beiden Pferde mit Patricks Hilfe wieder auseinander.

Daniel hielt Mystery abseits am kurzen Zügel. Das Fell des Rappschimmels glänzte dunkel vor Schweiß. Er rollte mit den Augen, schnaubte nervös und trat unentwegt von einem Huf auf den anderen. Daniel unterdrückte den Impuls, sein Pferd zurück in den Stall zu bringen und sich selbst noch ein Stündchen ins Bett zu legen. Irgendwie hatte er sich das Ganze etwas entspannter vorgestellt.

Immer wieder warf er einen prüfenden Blick in den Himmel. Über dem Reitinternat war orange leuchtend die Sonne aufgegangen, nur ein paar Schleierwolken zogen vorbei. Vögel zwitscherten und begrüßten den beginnenden Tag. Es hätte ein wunderschöner Morgen sein können – wären da nicht die lauten Rufe des Aufnahmeteams und die spürbare Anspannung wegen der bevorstehenden Dreharbeiten gewesen, die alle nervös und hektisch machte.

»Hey, pass auf, wo du hinläufst!«, rief Laura einem Jungen zu, der – völlig in die Betrachtung der aufgestellten Scheinwerfer und Kameras versunken – gegen ihr Pferd geprallt war. Sie ritt einen kräftigen Holsteiner. Fynn, ihr Freund, saß im Sattel eines langbeinigen Fuchswallachs. Bente freute sich, dass Herr von Hohensee zwei passende Pferde für die beiden ausgewählt hatte.

»Seid ihr auch so aufgeregt?«, rief sie Laura und Fynn zu.

Fynn schüttelte den Kopf und gähnte. Wie immer war er

die Ruhe selbst. Nicht mal, wenn er auf einem wildfremden Pferd saß und von Kameras umgeben war, konnte ihn das erschüttern. Laura verzog das Gesicht zu einer verzweifelten Grimasse. »Und wie!«, rief sie zurück. »Ich hoffe, es geht bald los, sonst sterbe ich vor Aufregung!«

»Schauspieler sind auch nur Menschen«, brummte Fynn und gähnte noch einmal.

Laura schüttelte den Kopf.

»Junge, Junge …« Karlchen hinkte auf einem Bein und stöhnte. Auf ihrem Stiefel war deutlich der Abdruck von Schnutes Huf zu sehen. Der Fuß selbst tat ziemlich weh. Karlchen war froh, dass sie durch das Leder des Reitstiefels nicht sehen konnte, wie er sich langsam grün und blau verfärbte. Sie spürte, dass er anschwoll; es puckerte und pochte. »Du, sag mal«, wandte sie sich an Bente. »Hast du zufällig was zu trinken dabei? Ich komme um vor Durst!« Sie zog Schnutes Sattelgurt nach, ließ die Steigbügel runter und saß auf. Wenn sie im Sattel saß, konnte sie den Fuß entlasten; das war angenehmer, als noch länger rumzustehen. »Ein kleiner Happen zu futtern wär auch nett. Mein armer Magen ist ganz durcheinander.« Sie durchwühlte die Taschen ihrer Reithose, aber außer den Krümeln eines Pferdeleckerlis war nichts Essbares zu finden. Bei der Wärme konnte Karlchen – entgegen ihrer sonstigen Gewohnheit – leider keine Lebensmittelvorräte mit sich führen. Erst vor ein paar Tagen war in ihrer Jeans ein Schokoriegel geschmolzen und hatte einen ziemlich hässlichen und nur schwer zu entfernenden Fleck hinterlassen. Karlchen seufzte tief.

»Reiß dich zusammen!«, zischte Bente ihr zu. Sie fasste

Flippis Zügel kürzer und saß ebenfalls auf. »Du wirst es wohl überleben, wenn du mal eine halbe Stunde nichts isst.« Sie schüttelte den Kopf und stopfte eine widerspenstige Locke zurück unter den Reithelm. »Wie kannst du jetzt überhaupt ans Essen denken?«

»Karlchen denkt doch nie an was anderes.« Kiki grinste breit. »Das wissen wir doch alle.« Sie ließ ihren Blick über den Schlosshof wandern. Herr von Hohensee ging zwischen den Pferden hin und her, gab Tipps und Ratschläge und versuchte, Ruhe auszustrahlen. Obwohl er nicht mitritt, konnte man sehen, dass er genauso nervös und verschwitzt war wie seine zwei- und vierbeinigen Schützlinge.

Kikis Blick fiel auf Patrick. Seit dem blöden Streit wegen Henning Sandborg hatte sie ihren Freund nicht mehr gesehen. Er fing ihren Blick auf und lenkte seinen Isländer in ihre Richtung. »Hi!«, rief er ihr zu.

Kiki überlegte, ob sie sich freuen oder ärgern sollte, ihn zu sehen, als er und sein Schecke schon neben Torphy standen.

»Ich hab vorhin mit Marlies gesprochen, der Maskenbildnerin«, erzählte er. »Sie hat mir etwas sehr Interessantes über deinen Sandborg erzählt!«

Kiki starrte Patrick an.

»Über meinen Sandborg?«, fragte sie.

Patrick nickte und beugte sich in Snorris Sattel vor. »Es wird dich sicher verletzen«, sagte er grinsend, »aber der Typ ist …«

»Verheiratet«, fiel Kiki ihm lachend ins Wort. »Ich weiß. Er hat's mir selbst erzählt!«

Patrick riss die Augen auf. »Echt?«

Kiki wendete Torphy und ließ Patrick und Snorri stehen.

»Er ist verheiratet und hat zwei kleine Kinder«, rief sie über die Schulter zurück. »Na und?«

»Das gibt's doch gar nicht«, murmelte Patrick. Er legte die Schenkel an und beeilte sich, sie einzuholen. »Hey, bist du sauer auf mich?«, fragte er mit Unschuldsmiene.

Kiki musterte ihn von Torphys hohem Rücken herab, ohne ein Wort zu sagen.

»Ja, eindeutig. Du bist sauer. Stinksauer sogar.« Patrick legte die Stirn in Falten. Er sah aus wie ein bedrückter Cockerspaniel. »War blöd von mir, ich weiß. Entschuldige.«

Ein leichtes Zucken umspielte Kikis Mundwinkel. Patrick sah richtig süß aus. So zerknirscht hatte sie ihn lange nicht gesehen. Sie beschloss, ihn noch etwas zappeln zu lassen, und drehte den Kopf zur Seite, als hätte sie ihn vergessen.

Patrick lenkte Snorri um Torphy herum und baute sich auf Kikis anderer Seite wieder auf. »Hey, du«, sagte er. »Sprichst du nicht mehr mit mir? Sag doch mal was!«

»Wie bitte?« Kiki schenkte ihm ein klitzekleines Lächeln. »Sorry, ich war mit meinen Gedanken gerade woanders.«

Patrick nahm seinen Reithelm ab und raufte sich die Haare. »Mensch, Kiki«, stöhnte er. »Was soll ich denn tun?« Plötzlich erhellte sich sein Gesicht. Ohne zu zögern, legte er seinem Pferd die Zügel auf den Hals, zog die Beine an und stellte sich in den Sattel. Kiki hielt die Luft an. Snorri blieb wie ein Denkmal stehen. Patrick legte sich beide Hände aufs Herz und rief mit schmachtender Stimme: »Hiermit entschuldige ich mich in aller Form für mein blödes Benehmen und meine Eifersucht. Verzeihst du mir, holde Maid?«

Ein paar Umstehende wurden aufmerksam. Laura und Fynn lachten.

Kiki spürte, dass sie rot wurde. »Hör sofort auf damit!«, sagte sie laut, und etwas leiser: »Ja, ich verzeihe dir!«

»Patrick! Setz dich gefälligst wieder anständig hin!«, rief Herr von Hohensee. »Hast du einen Sonnenstich?«

»Nee!«, rief Patrick zurück. »Mir geht's gut: Ich bin verliebt!«

Er ließ sich zurück in den Sattel gleiten, lobte sein Pferd und strahlte Kiki an. Die zeigte ihm einen Vogel und lachte.

Rebecca und Daniel hatten von der kleinen Showeinlage nichts mitbekommen. Seite an Seite saßen sie in den Sätteln ihrer Pferde und unterhielten sich. Wie immer, wenn sie so nah beieinanderstanden, waren Karfunkel und Mystery entspannt und zufrieden. Die Stute rieb ihren Kopf an Mysterys Schulter und prustete. Rebecca strich ihr über den Hals.

»Wenn's nicht bald losgeht«, meinte Daniel, »kriegen wir einen auf die Mütze.« Er zeigte zum Horizont. »Das Wetter schlägt um.«

Rebecca folgte seinem Blick. Von Westen her näherten sich immer mehr Wolken. Sie schienen sich über dem Meer zusammenzuballen. Kein Windhauch regte sich. Die Luft war schwül und stickig. »Du hast recht. Da braut sich was zusammen«, erwiderte sie. »Aber bestimmt dauert's noch ein Weilchen, bis die Wolken hier sind. Bis dahin sind wir längst fertig.«

»Hoffentlich«, brummte Daniel. Er nahm die Zügel in eine Hand und klopfte Mystery. »Wir beide mögen keine Gewitter.«

Rebecca wusste, worauf ihr Freund anspielte. Vor ein paar Monaten waren er und sein Hengst während eines Ausritts von einem Unwetter überrascht worden und schwer verunglückt.

»So schlimm wird's schon nicht werden«, sagte sie. »Und außerdem bin ich in deiner Nähe. Ich pass schon auf, dass dir und deinem Goldstück nichts zustößt.«

»Das beruhigt mich«, grinste Daniel. Er warf einen letzten skeptischen Blick auf die Wolkenwand und ritt hinter Rebecca her.

Als sie die anderen erreichten, unterhielt Karlchen sich angeregt mit Steven, der wie sie in der Ponyabteilung ritt.

»Logo, dass Snude und Wilhelmine nebeneinandergehen müssen«, sagte Karlchen gerade. »Am besten ganz vorne. Norweger sind sehr telegene Pferde.«

Steven saß im Sattel einer runden Norwegerstute und schmunzelte. Seine Wilhelmine und Karlchens Schnute sahen sich nicht nur unglaublich ähnlich – sie mochten sich auch sehr. Schnute stellte es gerade unter Beweis, indem er Wilhelmines Fell beknabberte. Sie antwortete mit einem genüsslichen Grunzen.

Von hinten näherte sich ein schwarzer Friese, der von einem Jungen geritten wurde.

»Hi, Sven!«, rief Bente.

Sven parierte seinen Rappen neben Flippi durch und musterte Bente von Kopf bis Fuß. »Wow, du siehst echt gut aus«, sagte er bewundernd.

Bente trug ein weinrotes T-Shirt zu ihrer weißen Reithose und den blank gewienerten Stiefeln; ihre halblangen Haare hatte sie zu einem dicken Zopf geflochten und sogar ein bisschen Lipgloss aufgetragen. Schließlich kam man nicht jeden Tag ins Fernsehen.

»Ach«, winkte sie ab. »Nicht anders als sonst auch.«

Svens Wangen wurden zartrosa.

In diesem Moment kam Bewegung in die Wohnwagenstadt des Fernsehteams. Autotüren wurden geöffnet und wieder zugeschlagen, Rufe und Gelächter erklangen. Mit lautem Getöse sprang ein Generator an. Die aufgebauten Scheinwerfer strahlten grell auf und erloschen wieder.

»Ich glaub, es geht los!«, rief Patrick den anderen zu.

Von irgendwoher kam eine elektronisch verzerrte Stimme: »Darf ich um eure Aufmerksamkeit bitten? Ruhe bitte!«

Gespräche verstummten, Hälse wurden gereckt; ein Pferd wieherte, ein anderes antwortete.

Kiki stellte sich in die Steigbügel, um besser sehen zu können. Sie konnte Lutz Lauenstein erkennen, der auf einem Mauervorsprung stand und sich ein Megafon vor den Mund hielt. Er drückte auf einen Knopf und wollte etwas sagen. Ein schrilles Pfeifen hallte über den Platz. Mystery legte die Ohren an. Karfunkel schlug unruhig mit dem Schweif. Schnute und Wilhelmine drängten sich aneinander und schnaubten.

»So geht das nicht!«, polterte Herr von Hohensee los. Er bahnte sich entschlossen einen Weg durch die Pferde und schritt auf den Regisseur zu. »Schalten Sie das Ding aus! Sie machen mir ja die Pferde scheu!«

Herr Lauenstein ließ das Megafon sinken. »Wie bitte?«

»Die Geräusche, die Sie produzieren, sind für sensible Pferdeohren nicht geeignet!«, rief der Reitlehrer ihm zu.

Der Regisseur war so verblüfft, dass es ihm die Sprache verschlug. Er ließ die Hand mit dem Megafon sinken und starrte den wutschnaubenden Reitlehrer an.

»Geht doch!« Herr von Hohensee baute sich vor Lauenstein auf, verschränkte die Arme vor der Brust und musterte abwechselnd ihn und das Megafon. »So ist es schon viel besser. Wir wollen doch nicht, dass die Pferde durchgehen.«

»Äh, nein, natürlich nicht.« Herr Lauenstein holte Luft.

Herr von Hohensee beugte sich ein wenig vor und sagte vorwurfsvoll: »Pferde haben ein sehr feines und ausgeprägtes Gehör. Dieses Ding da ...«, er deutete mit dem Zeigefinger auf das Megafon, als wäre es ein schädliches Insekt, »diese ... diese Krachtüte ist nicht das geeignete Mittel, um sich in einer Reitabteilung Gehör zu verschaffen.«

Herr Lauenstein hatte sich wieder gefangen und sagte: »Ich bitte um Entschuldigung. Ich bin mit den Besonderheiten des Hörvermögens von Pferden nicht vertraut.« Er reichte Steffi das Megafon.

Herr von Hohensee nickte zufrieden.

»Wir fangen an!«, rief der Regisseur und warf einen Blick in sein Skript.

Die Kamerafrauen und -männer schulterten ihre Geräte und nahmen unter Kuddels Anweisungen an den markierten Punkten Aufstellung. Auch die Leute vom Ton schleppten ihre Aufnahmegeräte, Mikrofone und die langen Angeln, an denen die Mikrofone aufgehängt wurden, zu den vorgesehenen Plätzen.

Im Nu hatte sich die Crew verteilt und bereitete sich an ihren Standorten auf die einzelnen Aufgaben vor. Obwohl

Witze hin und her gerufen wurden und laut gelacht wurde, lief alles sehr ruhig und routiniert ab.

»Und wo sind nun die ganzen Stars?«, fragte Karlchen. »Ich hab noch keinen einzigen Schauspieler gesehen.«

Bente nickte. »Stimmt, du hast recht.«

»Ich glaub, die werden noch geschminkt.« Kiki wandte sich im Sattel um. »Seht mal da!« Sie zeigte auf ein auffälliges Wohnmobil. »Da steht ›Maske‹ drauf.«

»Cool!«, rief Karlchen. »Ob wir auch geschminkt werden?«

»Klar, dein zartes Näschen wird bestimmt noch unter einer Packung Puder verschwinden«, lachte Rebecca. »Sonst ist dein Riechorgan nachher das Einzige, was man von dir zu sehen bekommt!«

Karlchen fasste sich an die Nase und machte ein entsetztes Gesicht. »Findest du, sie ist zu groß?«

»Natürlich nicht«, entgegnete Rebecca trocken. »Aber du solltest deinen Reithelm trotzdem nicht ganz so tief ins Gesicht ziehen. Sonst sieht man später im Fernsehen wirklich nichts von dem hübschen Rest.«

»Wenn du meinst.« Karlchen schob ihren schwarzen Helm, den sie zum Schutz gegen die Sonne tief in die Stirn gezogen hatte, ein Stück zurück. »Besser so?«

»Viel besser«, antwortete Steven an Rebeccas Stelle. »Ich finde deine Nase niedlich. Du musst sie echt nicht verstecken.«

Karlchen schenkte ihm ein beglücktes Lächeln.

Herr Lauenstein klatschte in die Hände, um sich wieder Gehör zu verschaffen. »So, Herrschaften, Film ab! Bitte reitet ein Stück die Landstraße entlang und nehmt auf dem brach liegenden Feld Aufstellung!« Mit dem Arm beschrieb er einen weiten Bogen. »Benehmt euch bitte ganz normal, als würdet ihr zu einem Ausritt aufbrechen, und bekommt keinen Schreck: Wir lassen die Kameras schon mitlaufen, um ein paar Einstellungen vorzunehmen.« Er wedelte mit dem Drehbuch in der Luft. »Das sind noch nicht die richtigen Aufnahmen, verstanden? Wenn es so weit ist, geb ich euch Bescheid. Ach, noch was: Tut mir einen großen Gefallen.« Er ließ das Drehbuch sinken und musterte die Abteilung eindringlich. »Schaut niemals – ich wiederhole –, schaut niemals in eine laufende Kamera! Wenn ihr ein rotes Licht seht, guckt woandershin, okay? Seid einfach ihr selbst und vergesst, dass wir da sind und euch filmen!« Er stieß einen Seufzer aus und wischte sich mit dem Taschentuch den Schweiß von der Stirn.

»Machen Sie sich mal locker!«, rief Karlchen ihm zu. »Wir machen das schon!« An ihre Freundinnen gewandt brummte sie: »Rote Lämpchen, so ein Schwachsinn! Für wie doof hält der uns eigentlich? Wir sind doch keine pawlowschen Affen, dass wir auf irgendwelche roten Lämpchen fixiert sind!«

»Es waren keine Affen, Karlchen«, sagte Rebecca sanft, während sie die Zügel ihres Pferdes aufnahm. »Iwan Pawlow, ein russischer Physiologe, hat seine beeindruckenden Experimente zur Reizauslösung mit gewöhnlichen Hunden gemacht. Er hat festgestellt, dass allein der Anblick von Speisen Magensekretion auslöst. Für die Entdeckung dieser bedingten Reflexe im Zentralnervensystem hat er 1904 den Nobelpreis bekommen. Man spricht daher auch von pawlowschen Hunden. Hunde eben, die auf bestimmte visuelle Reize mit vermehrtem Speichelfluss reagieren.«

Karlchen blieb der Mund sperrangelweit offen stehen. Kiki und Bente starrten Rebecca an. Laura prustete laut los.

»Wahnsinn, ein reitendes Lexikon!«, stieß sie kichernd hervor. »Hat dir schon mal jemand gesagt, dass du dich unbedingt bei ›Wer wird Millionär?‹ bewerben solltest?«

Bente zwinkerte Karlchen zu.

»Los, komm, du pawlowsches Karlchen«, sagte sie zu ihr. »Und bleib immer schön in unserer Nähe, hörst du? Sonst siehst du vor lauter roten Lichtern den Weg nicht mehr, starrst womöglich in eine laufende Kamera und fängst noch an zu sabbern wie die armen Hunde von Herrn Pawlow.«

Karlchen legte die Schenkel an und ließ Schnute vorwärtsgehen. »Wer noch ein einziges Mal diesen bescheuerten Namen erwähnt, bekommt es mit dem pawlowschen Karlchen höchstpersönlich zu tun!«

»Hey, Pawlowchen!«, rief Steven hinter ihr her. »Warte!«

Er gab Wilhelmine die Zügel lang und holte zu Karlchen auf. Lachend trabten sie wenig später Seite an Seite über die alte Schlossbrücke.

11

Zum dritten Mal hintereinander preschte die Abteilung an diesem frühen Morgen im Galopp über einen Acker. Die Pferdehufe rissen die trockene Erde auf. Dicke Brocken flogen in alle Richtungen. Alle, Pferde und Reiter, waren in eine dicke Staubwolke gehüllt. An der Spitze lief ein falbfarbenes, rundliches Kleinpferd und buckelte ausgelassen: Schnute. Karlchen wusste nicht, ob sie lachen oder schimpfen sollte, und tat beides gleichzeitig.

Einige Reiter erinnerten sich an ihren Auftrag und winkten hektisch in eine unbestimmte Richtung. Auf der Landstraße neben dem Feld stand ein knallroter, offener Sportwagen. Ein gut aussehender junger Mann lehnte am Zaun und winkte zurück. Als die Staubwolke auf ihn zukam und ihn und den Lack des Wagens bedeckte, ertönte ein lauter Schrei: »Schnitt! Verdammt noch mal! Wo kommt dieser ganze Staub her? Kann man das nicht abstellen?«

Kiki hielt sich eine Hand vors Gesicht und hustete. Ihre Augen brannten, ihr Hals kratzte, sie schwitzte – es war unerträglich! Sie parierte Torphy durch und warf einen Blick zur Seite. Sie war nicht die Einzige, die litt. Alle waren erschöpft und von den ständigen Wünschen des Regisseurs und den Wiederholungen genervt. Eine eklige, klebrige Schicht aus Schweiß und Staub tat ein Übriges, um die ehemals frische und saubere Abteilung reichlich mitgenommen aussehen zu lassen.

Schnute vollführte einen letzten übermütigen Buckler und drehte sein breites Hinterteil abrupt in Richtung Kamera, als wollte er auf diese Weise zeigen, was er von der ganzen Angelegenheit hielt. Karlchen hatte keine Kraft mehr, sich festzuhalten. In hohem Bogen flog sie über den Kopf ihres Ponys und landete in einer Ackerfurche. Während sie sich mühsam aufrappelte und versuchte, Schnute mit wütenden Blicken zur Vernunft zu bringen, fluchte sie halblaut vor sich hin.

Laura verstand etwas, das wie »Trinken, essen, duschen, schlafen und nie wieder in einem bescheuerten Film mitspielen – und zwar genau in dieser Reihenfolge!« klang. Sie grinste schwach.

»Oh ja, ein eiskaltes Getränk und eine lauwarme Dusche«, seufzte sie. »Das wär schön!«

»Und weit und breit kein Filmteam«, fügte Bente verträumt hinzu.

»Nie wieder endlose Wiederholungen, laufende Kameras, blendende Scheinwerfer und schreiende Regisseure«, stöhnte Fynn. »Wieso haben wir uns eigentlich auf diese beknackte Aktion eingelassen?«

Alle Köpfe wandten sich Kiki zu.

»Unser kleiner Star wollte unbedingt zum Film«, zischte Rebecca giftig, »und eine Rolle an der Seite von Herrn Sandborg spielen.«

»Genau! Es ist alles Kikis Schuld!« Bente stützte die Hände

auf Flippis Widerrist. Sie sah aus wie ein müder Cowboy nach einem anstrengenden Viehtrieb.

»Und jetzt hängen wir alle mit drin«, schnaufte Karlchen, während sie wieder auf Schnutes breiten Rücken kletterte. »Junge, nej, wenn ich das vorher gewusst hätte.« Sie fuhr Schnute mit einer Hand über den Hals und schimpfte ein bisschen auf Dänisch, bevor sie einen Finger hob und auf Deutsch fortfuhr: »Ich sag euch was: Lieber fünf Stunden Mathe hintereinander als fünf Minuten Statist beim Fernsehen!«

»38/3, die Vierte!«, blökte in diesem Augenblick die mäkelige Stimme des Regisseurs übers Feld. Herr Lauenstein hatte sich wegen der Entfernung nun doch für den Gebrauch des Megafons entschieden. Die Pferde waren inzwischen zu müde, um sich davon beeindrucken zu lassen. »Bitte, Herrschaften, jetzt muss es aber klappen! Reißt euch zusammen und bleibt beieinander! Vergesst das Winken nicht!« Er ließ das Megafon sinken, hob es aber gleich noch einmal an den Mund. »Und lächelt bitte!«, rief er mit Verzweiflung in der Stimme. »Auch wenn euch nicht danach ist: Lächelt und tut so, als hättet ihr eine Menge Spaß!«

Die Abteilung stöhnte geschlossen auf, wendete die Pferde und ritt im Schritt auf die Markierung am anderen Ende des Feldes zu.

Henning Sandborg stieg in das Cabriolet und winkte Kiki und den anderen kurz zu, bevor er den Motor startete. Als er seine Position eingenommen hatte, gab er dem Aufnahmeteam ein Handzeichen.

»Klappe!«, rief Lutz Lauenstein.

Die Aufnahmeleiterin hob eine schwarz-weiße Klappe über den Kopf. »38/3, die Vierte!«, rief sie laut und schlug die Klappe zusammen. »Film ab!«

»Film läuft!«, rief Kuddel zurück.

»Ton läuft!«, schloss sich eine Tontechnikerin an.

»Tut so, als hättet ihr eine Menge Spaß«, knurrte Karlchen. »Bei dem piept's wohl!« Sie warf dem Regisseur einen grimmigen Blick zu – es war ihr egal, ob das rote Lämpchen leuchtete oder nicht – und streckte ihm die Zunge raus. »Wir können ja mal tauschen, du Giftzwerg! Ich setz mich in deinen bequemen Stuhl und du hoppelst mit Snude über den Acker!«

»Karlchen!«, entfuhr es Bente erschrocken.

»Ist doch wahr!«, grummelte Karlchen. »Am liebsten würde ich ihn zu Fuß vor mir herscheuchen! Gibt's denn kein Gesetz, das angemessene Pausen für Statisten vorsieht? Ich fall vom Pferd, wenn ich nicht bald was zu essen und zu trinken kriege!«

»Du bist bereits vom Pferd gefallen«, erinnerte sie Rebecca. »Und jetzt halt die Klappe und mach ein fröhliches Gesicht. Es geht los!«

»Die reinste Kinderarbeit ist das hier«, meckerte Karlchen unbeirrt weiter, während sie gequält lächelte und so tat, als hätte sie eine Menge Spaß. »Müssen wir die ausgefallenen Vormittagsstunden eigentlich nachholen?«

»Worauf du Gift nehmen kannst«, stieß Bente zwischen zusammengebissenen Zähnen hervor. Ihr Lächeln wirkte gequält und kein bisschen natürlich. »Da kennt die Pauli kein Pardon.«

Wieder galoppierte die Abteilung über das Feld. Die Mädchen und Jungen stellten sich in die Steigbügel und winkten. Sandborg winkte zurück und fuhr den Porsche an den Straßenrand. Er hielt an, stieg aus und winkte noch einmal. Die Reiterinnen und Reiter verschwanden hinter einer Biegung.

»Und Klappe!«, schrie Lutz Lauenstein so laut, dass man ihn sogar ohne Megafon hören konnte. »Ja, das war gut! So wollte ich es haben! So hatte ich mir die Szene vorgestellt, genau so!« Er stand auf, klatschte in die Hände und sprang mit einem Satz über den Zaun. »Das war perfekt! Schnitt, Klappe, Ende, aus! Das war's, Leute! Danke schön!«

»Das war's?«, fragte Laura verblüfft.

Der Regisseur breitete die Arme aus und stapfte übers Feld auf die Abteilung zu. »Super! Vielen Dank!«, rief er schon von Weitem. »Die Szene ist im Kasten!«

»Ich kann's kaum glauben.« Rebecca ließ sich von Karfunkels Rücken gleiten, löste Kinn- und Kehlriemen und lockerte den Sattelgurt. Mit der flachen Hand fuhr sie unter das Sattelblatt. Karfunkel hatte geschwitzt. Es wurde höchste Zeit, dass sie und die anderen Pferde Wasser, Schatten und ihre wohlverdiente Ruhe bekamen.

Ihre Freundinnen machten es ihr nach, saßen ab und befreiten ihre Vierbeiner so weit wie möglich von dem verschwitzten Lederzeug. Flippi rieb ihren Kopf an Bentes weißer Hose und gähnte herzerweichend.

»Ja, meine Süße«, raunte Bente ihr zu. »Gleich kannst du dich ausruhen.«

»Und wir auch.« Fynn hatte seinem Pferd den Sattel abgenommen und legte sich das schwere Stück über den Arm.

Patrick und Daniel kamen mit ihren Pferden heran.

»Wir reiten zurück«, erklärte Patrick. »Auf die paar Meter kommt's jetzt auch nicht mehr an, oder?«

»Ich reite heute keinen Meter mehr«, stöhnte Laura und streckte sich.

Kiki schloss sich ihr an: »Nee, ich auch nicht. Wir sehen uns später.«

»Momentchen! Wartet bitte!«, rief Herr Lauenstein, als die Abteilung sich langsam auflöste. »Wir haben auf dem Schlosshof ein Zelt aufgebaut. Es gibt eisgekühlte Getränke, ein großes Büfett und alles, was –«

Der Rest seiner Worte ging in lautem Jubel unter. Die Mädchen und Jungs, die noch nicht abgestiegen waren, wendeten ihre Pferde und ritten – allen voran Patrick und Daniel – auf schnellstem Weg in Richtung Schloss. Die anderen schulterten ihre Sättel, schnappten sich die Zügel und marschierten zu Fuß hinterher. Wenig später stand Herr Lauenstein einsam und verlassen auf dem leeren Feld, kratzte sich am Kopf und lachte. »Na, so eine Bande!«

12

Karlchen ging schon zum sechsten Mal ans Büfett, um sich den Teller mit Köstlichkeiten zu füllen. Sie fühlte sich wie im Schlaraffenland. Alles sah so lecker aus, als würde es nur darauf warten, von ihr verputzt zu werden.

»Bring mir noch was von dem leckeren Krabbensalat mit!«, rief Bente quer durchs Zelt. Sie leckte sich die Fingerspitzen ab. »Der ist so was von göttlich.«

»Für mich bitte ein Schälchen Erdbeeren!«, rief Laura. »Aber mit viel Sahne!«

Karlchen deutete auf ihren fast überquellenden Teller. »Das kann ich nicht alles auf einmal tragen!«, rief sie zurück.

»Dann gehst du eben zweimal«, schlug Rebecca vor. Sie stand neben Karlchen und konnte sich nicht entscheiden, ob sie gebratenes Hähnchen oder doch lieber Gemüse in Blätterteig nehmen sollte. Kurz entschlossen legte sie beides auf den Teller und kehrte zu ihrem Tisch zurück.

Kiki, Karlchen, Bente, Rebecca und ihre Freunde hatten gute Plätze an einer langen Tafel in der Mitte des großen Zeltes gefunden – zu Karlchens Freude in unmittelbarer Reichweite zum Büfett.

Bevor sie das Büfett gestürmt hatten, hatten sie natürlich

ihre Vierbeiner versorgt und auf die Weide entlassen. Das Fernsehteam hatte eine große Ladung frischer Karotten und Äpfel spendiert, während die zweibeinigen Statisten mit Leckerbissen anderer Art verwöhnt wurden.

»Daran könnte ich mich glatt gewöhnen.« Fynn rieb sich zufrieden den Bauch.

»Sag nicht, dass du für ein Büfett noch einmal Statist spielen würdest«, stichelte Laura. »Hast du den Stress schon vergessen?«

»Ich schon«, mümmelte Karlchen. »War doch alles halb so schlimm.«

Rebecca warf ihr einen prüfenden Blick zu.

»In-te-res-sant«, sagte sie, jede Silbe einzeln betonend. »Eine weitere Eigenschaft des pawlowschen Karlchens scheint, neben der übermäßigen Nahrungsaufnahme, die Verdrängung unangenehmer Erinnerungen zu sein. Das ist bemerkenswert. Ich muss es mir gleich notieren.«

Karlchen grinste und warf ihr ein Radieschen an den Kopf.

Rebecca hob es auf und zerbiss es. »Danke, sehr aufmerksam.«

»Störe ich?« Eine dunkle Stimme ließ die Freundinnen herumfahren. Henning Sandborg stand hinter ihnen und grinste.

Rebecca verschluckte sich an ihrem Radieschen und bekam prompt einen Hustenanfall. Laura schlug ihr hilfsbereit auf den Rücken, während sie den berühmten Schauspieler mit großen Augen anstarrte.

»Kein bisschen«, strahlte Kiki. »Setz dich!« Sie rutschte ein

Stück an Patrick heran und machte einen Platz frei. Patrick nutzte die Gelegenheit, ihr einen Arm um die Schultern zu legen. Kiki lehnte sich gegen ihn.

»So sieht also das Leben in einem Internat aus«, lächelte Herr Sandborg. »Ich glaube, ich muss es mir noch mal ernsthaft überlegen, ob ich meine Kinder wirklich hierherschicken soll. So etwas wie Schulunterricht scheint es hier nicht zu geben. Oder lernt ihr zwischendurch auch mal was Anständiges? Mathe, Latein, Chemie zum Beispiel?«

»Nee, wir machen das jeden Tag so«, sagte Karlchen kauend. »Zuerst reiten wir, bis wir nicht mehr können, danach essen wir, bis wir platzen, und dann gehen wir ins Bett. Die Lehrer machen's genauso.« Sie zeigte auf einen Nachbartisch, an dem Dr. Paulus mit dem Lehrerkollegium saß und sich unterhielt. »Zensuren gibt's hier nur fürs Reiten, Essen und Schlafen. Klasse, was?«

»Ja, echt klasse«, lachte der Schauspieler. Er sah Kiki an. »Ich bin eigentlich gekommen, um mich zu verabschieden. Heute war unser letzter Drehtag. Wir sind mit den Außenaufnahmen fertig.«

»Schade«, sagte Kiki traurig. Die anderen nickten. Wenn das Filmteam weg war, fing der öde Internatsalltag wieder an. Trotz der Strapazen war es echt spannend gewesen!

»Ich möchte mich im Namen der Crew bei euch bedanken«, sagte Henning Sandborg. »Für uns war es etwas Besonderes, hier gewesen zu sein. Wir werden euch bestimmt nicht vergessen. Dafür sorgen schon die Filmaufnahmen, in denen ihr verewigt seid.« Er lachte. »Und wer weiß? Vielleicht kommen wir im nächsten Jahr wieder und drehen noch mal ein paar Szenen? Wenn ›Die Klinik am Meer‹ weiter so gut läuft, gibt es sicher eine Fortsetzung.«

»Wow!«, entfuhr es Laura. »Das wär cool! Aber sagen Sie bitte rechtzeitig Bescheid, damit Fynn und ich wieder mit dabei sein können. Und unsere Freunde von der Auenhof-Clique auch. Die sind bestimmt total enttäuscht, wenn sie hören, was sie alles verpasst haben.«

Herr Sandborg versprach, sich rechtzeitig zu melden.

»Wann kommen wir überhaupt ins Fernsehen?«, erkundigte sich Fynn. »Wissen Sie schon, wann die Folge gesendet wird?«

»Da müsst ihr noch ein bisschen Geduld haben«, erwiderte Sandborg. »Die Folge läuft erst im Herbst. Aber ihr erfahrt es, wenn es so weit ist. Keine Angst, wir denken an euch.«

»Wir aber auch an Sie«, meinte Karlchen. Sie schlug mit der flachen Hand auf den Tisch, dass die Teller klirrten, und kicherte. »Ganz besonders an diesen ollen Giftzwerg. Meine Güte, wie der mit dem Megafon rumgewedelt und die Pferde scheu gemacht hat! Nej, das vergess ich im Leben nicht!«

»Das freut mich.« Herr Lauenstein war an den Tisch getreten und hatte Karlchens letzte Worte gehört.

»Ähm«, machte Karlchen und: »Oha!« Sie wurde knallrot.

Bente hielt die Luft an. Kiki und Rebecca unterdrückten mühsam einen Lachanfall.

»Darf ich mich setzen?«, fragte Herr Lauenstein schmunzelnd. »Oder ist der olle Giftzwerg unerwünscht?«

Natürlich durfte er sich setzen. Karlchen erbot sich sogar höchstpersönlich, ihm etwas besonders Leckeres vom Büfett zu holen. Der Regisseur lehnte lachend ab.

»Vielen Dank«, sagte er, »aber wenn ich noch mehr esse, besteht die Gefahr, dass ich morgen nicht mehr in meine Hose passe. Und ein Regisseur, der seine Hose nicht mehr zubekommt, ist kein schöner Anblick, das kann ich euch versichern. Da hilft auch kein Megafon.«

Alle lachten. Karlchen fand den »ollen Giftzwerg« aus der Nähe betrachtet doch ganz nett. Wenigstens nach Drehschluss schien er Humor zu haben.

Der Tag war schon fast vorüber, als die meisten der Mädchen und Jungen endlich ins Schloss zurückkehrten. Ein paar von ihnen gingen noch einmal zu ihren Pferden, um nachzuschauen, ob alles in Ordnung war. Laura und Fynn waren zu ihrem Zelt gegangen, um es abzubauen und ihre Sachen zu packen.

Sie hatten noch lange mit den Fernsehleuten zusammengesessen, sich unterhalten und viel gelacht. Unter dem Beifall ihrer Schüler hatte Dr. Paulus Herrn Lauenstein in die Hand versprechen müssen, dass die durch die Dreharbeiten ausgefallenen Schulstunden »auf keinen Fall und nie und nimmer« nachgeholt würden.

Schließlich nahte der Abschied. Das Büfett wurde abgebaut. Die Utensilien der Crew waren längst in den Wagen verstaut. Alles war zur Abfahrt bereit.

Steffi überreichte Bente eine Videokassette mit den »privaten Aufnahmen vom Fluss«, wie sie augenzwinkernd sagte.

Bevor er in seinen Wagen stieg und noch einmal versprach, wiederzukommen, wann immer er in der Nähe wäre, verteilte Henning Sandborg ein paar Autogrammkarten zur Erinnerung.

Kikis Autogramm bekam eine ganz persönliche Widmung.

»Zeig mal her«, verlangte Bente sofort. Mit langem Hals versuchte sie, über Kikis Schulter einen Blick auf den Text zu werfen. Patrick machte fast Stielaugen, um zu sehen, was Sandborg geschrieben hatte.

Kiki schüttelte den Kopf und ließ die Karte im Ausschnitt ihres T-Shirts verschwinden.

»Seid nicht so neugierig«, lächelte sie. »Ihr benehmt euch ja wie die Babys.«

Als die Kolonne der Filmfahrzeuge vom Hof rollte, blieb sie stehen und winkte noch, als schon lange nichts mehr zu sehen war.

»Kommst du?«, fragte Patrick vorsichtig.

Kiki drehte sich um. »Klar.«

Gemeinsam mit Patrick und den anderen schlenderte sie über den stillen Schlosshof und durch den Park zu den Pferdekoppeln. Laura und Fynn kamen ihnen entgegen. Leichter Wind war aufgekommen und ließ das trockene Laub der Bäume leise rascheln. Am Himmel hingen Wolkenfetzen.

»Ob's wohl noch Regen gibt?«, fragte Rebecca. Genau in diesem Moment war ein leises, noch weit entferntes Grollen zu hören.

»Ja, ja, wenn man nur vom Regen spricht«, sinnierte Karlchen, »kommt auch schon das Gewitter.«

Bente stieß ihr einen Ellenbogen in die Seite. »Stammt das von deiner Oma?«, fragte sie. »Oder ist das eine dänische Bauernweisheit?«

Karlchen wiegte den Kopf. »Tja, wer weiß das schon so genau?«, sagte sie verschmitzt. »Auf jeden Fall hab ich eben einen Tropfen abgekriegt!« Sie hob das Gesicht und machte den Mund auf, um die ersten spärlichen Tropfen aufzufangen.

»Ah, Regen!«, rief Kiki. Sie breitete die Arme aus. »Endlich!«

Der Wind wurde heftiger, aus dem zaghaften Tröpfeln wurde ein kräftiger Sommerregen.

»Gut, dass wir unser Zelt schon abgebaut haben«, meinte Fynn. Er gab Laura einen Kuss auf die Nasenspitze. »Ich glaube, wir sollten gleich starten, bevor's noch schlimmer wird.«

Laura nickte.

»Seht mal, wie die Pferde sich freuen!«, rief Bente plötzlich.

Die Herde trabte dicht am Zaun entlang. Köpfe und Schweife hoch erhoben, warfen sie die Hufe und schienen die Erfrischung zu genießen. Little Mystery wieherte und drehte ein paar Runden im Galopp. Als in weiter Ferne ein Donner krachte, zuckte er zusammen und suchte schnell Schutz bei seiner Mutter.

Auf der Hengstkoppel stand Mystery, sein Vater. Still wie ein Denkmal ließ der Rappschimmel sich Staub und Schweiß aus dem Fell waschen. Als ein greller Blitz über den Himmel zuckte, bäumte er sich auf und wieherte.

»Er sieht gar nicht so aus, als hätte er Angst«, wunderte sich Daniel. »Eher, als würde er das Gewitter herausfordern.«

»Klarer Fall von Hengstmanieren«, sagte Rebecca trocken.

Auch die Ponys tobten über ihre Weide. Schnute zog die Nase hoch und flehmte, als wollte er den Regen mit der Oberlippe auffangen.

»Ganz das Frauchen«, lachte Bente. »Die Ähnlichkeit ist verblüffend.«

Karlchen jagte sie bis zur Schlosstreppe. Außer Atem, aber glücklich, müde und zufrieden verabschiedeten sie sich von Laura und Fynn, die in ihr Auto kletterten und hupend vom Hof fuhren.

»Bis bald!« Laura winkte aus dem heruntergekurbelten Fenster.

»Bis bald!«, rief Bente. »Und bringt nächstes Mal die ganze Clique mit!«

»Versprochen!«, rief Laura zurück.

Fynn hupte noch einmal, bevor der Wagen über die Schlossbrücke rollte und hinter einer Kurve verschwand.

Die anderen liefen ins Schloss und verteilten sich auf ihre Zimmer.

Während Rebecca duschte, nahm Kiki die Bilder von Henning Sandborg ab und stopfte sie in den Papierkorb.

»Nicht zu fassen«, sagte sie zu sich selbst, »wie blöd ich war!«

Sie zog ihr T-Shirt aus dem Hosenbund, nestelte die zerknitterte Autogrammkarte des Schauspielers heraus, strich sie glatt und legte sie auf ihren Schreibtisch. »Aber du bekommst trotzdem einen Ehrenplatz.«

Als Rebecca aus dem Bad kam, stutzte sie. »Wo sind die ganzen Bilder?«

Kiki deutete auf den Papierkorb.

»Bist du sicher?«, fragte Rebecca.

»Klar«, sagte Kiki. »Das ist vorbei.«

Rebeccas Blick fiel auf den Schreibtisch.

»Wow!«, machte sie. »Das ist aber was!«

»Find ich auch!« Kiki betrachtete die Widmung.

Für Kiki, ein ganz besonderes Mädchen.
Ich bin stolz darauf, dich zur Freundin zu haben.
Alles Liebe, dein Henning
PS: Ich freue mich schon auf die Fortsetzung!

»Das musst du unbedingt einrahmen!« Rebecca zog eine Schublade auf und nahm einen leeren Bilderrahmen heraus. »Hier, der müsste passen.«

Kiki steckte das Autogramm in den Rahmen. Es passte perfekt.

»So«, sagte sie zufrieden. »Und jetzt geh ich duschen!«

Als sie fertig war, stand Rebecca vor dem Terrarium und unterhielt sich mit ihren Schnecken.

»Ihr werdet mir nie verraten, warum ihr den weiten Weg von Spanien bis hierher auf euch genommen habt«, seufzte sie.

Kiki lachte. »Wie sollten sie?«

»Eben«, gab Rebecca zurück. »Mein Forschungsprojekt ist gescheitert. Ich hätte es wissen müssen.« Sie nahm ein Salatblatt, das sie vom Büfett stibitzt hatte, und setzte die Schnecken darauf. »Weißt du was? Ich lasse sie frei! Es wäre gemein, sie noch länger gefangen zu halten. Draußen regnet es so schön. Speedy, Juan und Carlos werden sich bestimmt freuen, wenn die Regentropfen auf ihre kleinen Fühler klopfen.«

Kiki verkniff sich ein Kichern über Rebeccas letzten Satz und ging zum Balkon, um Karlchen und Bente Bescheid zu sagen.

»Los, kommt rüber!«, rief sie durch die offene Tür. »Rebecca schenkt ihren Bauchfüßern die Freiheit!«

Mit einer kleinen Zeremonie, die wegen des unablässig auf die Kapuzen der Mädchen prasselnden Regens ziemlich kurz ausfiel, nahm Rebecca Abschied von ihren Schnecken.

»Macht's gut und passt auf euch auf«, sagte sie, als sie Speedy, Juan und Carlos ins nasse Gras setzte.

»Und lasst euch nicht von Snude fressen!«, gab Karlchen den Tieren als guten Rat mit auf den Weg.

Die anderen starrten sie entsetzt an. Karlchen zuckte mit den Achseln.

»Was guckt ihr so?«, fragte sie mit Unschuldsmiene. »Snude kommt aus Norwegen, und Norwegen hat eine karge Vegetation, wie jeder weiß. Damit die Fjordpferde ihren Proteinbedarf decken können, müssen sie manchmal auf ungewöhnliche Nahrungsreserven zurückgreifen. Wo ich herkomme, ist das ganz normal!«

»Karlchen, du spinnst«, sagte Rebecca kopfschüttelnd. »Pferde fressen keine Schnecken!«

»Pferde nicht«, erwiderte Karlchen. »Snude schon.«

Bente trat einen Schritt vor und fühlte ihr die Stirn. »Hm, Fieber hast du nicht.«

»Schnute frisst Schnecken?« Kiki schüttelte sich. »Igitt! Das ist ja eklig!«

»Ja, stimmt«, grinste Karlchen. »Eklig schon, aber gesund!«

Beruhigt stellte Rebecca fest, dass sie ihre Weichtiere in sicherer Entfernung zur Ponykoppel und Karlchens Fjordpferd ausgesetzt hatte.

»Bis die in die Nähe deines verfressenen Ponys kommen, ist Weihnachten«, seufzte sie. »Bei dem Schneckentempo, das sie draufhaben.«

»Gut möglich«, Karlchen drehte sich um und lief zum Schloss zurück, »aber zu Weihnachten frisst mein Snude besonders gerne Schnecken!« Sie verschwand hinter der Eingangstür und steckte noch einmal ihren Kopf heraus. »Allerdings nur welche aus Lakritz! Haha!«

Bente machte ein fassungsloses Gesicht. »Ponys fressen Lakritz?«

»Normalerweise eher nicht«, meinte Rebecca. »Bei Schnute halte ich es allerdings durchaus für möglich.«

Sie schüttelten ihre Jacken aus und betraten die Eingangshalle.

Kiki warf einen letzten Blick nach draußen, bevor sie die Tür schloss. Auf dem Hof glitzerten Pfützen, das Grün der Bäume sah aus wie frisch gewaschen. Die Hitzewelle war vorüber, das Filmteam weitergezogen, der Alltag hatte sie wieder.

»Eigentlich schade«, dachte sie seufzend. Nach all dem Trubel würde es in den nächsten Tagen im Schloss bestimmt todlangweilig werden. Obwohl, so ganz genau konnte man in einem Internat natürlich nie vorhersagen, was als Nächstes passieren würde. Schon gar nicht in einem Reitinternat wie Lindental.

Karlchen lief die Treppe hoch. Oben blieb sie stehen und

breitete die Arme aus. »Pyjamaparty!«, rief sie laut. »Wer macht mit?«

»Spendierst du uns 'ne Tüte Lakritzschnecken?«, fragte Bente.

»Na klar«, antwortete Karlchen. »Aber nur, wenn Snude noch welche übrig gelassen hat!«

Dagmar Hoßfeld
Internat Lindental

Ferien auf der Pferde-Insel

1

»Meinst du, es reicht für die Orchesterauswahl?« Rebecca ließ Geige und Bogen sinken und machte ein erwartungsvolles Gesicht.

»Willst du die Wahrheit hören?«, fragte Kiki. Sie hockte auf der Kante ihres Schreibtischs, die Arme vor der Brust verschränkt, und wippte mit dem Fuß. »Bei dir sind die Töne, die du triffst, gegenüber den Tönen, die du nicht triffst, eindeutig in der Minderheit. Für die Auswahl reicht das mit Sicherheit nicht. Sorry.«

Rebecca legte ihre Geige in das rote Samtbett des Koffers zurück. »Neben dir spielt sowieso jeder nur die zweite Geige«, seufzte sie. »Im wahrsten Sinne des Wortes.«

Kiki nahm das Instrument aus dem Geigenkoffer und zupfte mit den Fingern eine kleine Melodie. »Nimm bloß nicht mich zum Maßstab! Ich konnte schon Geige spielen, bevor ich laufen gelernt hab. Ich kann mich überhaupt nicht daran erinnern, irgendwann mal keine Geige in der Hand gehabt zu haben.«

Rebecca lachte. »Kein Wunder, wenn man bei einer musikverrückten Großmutter aufwächst. Trotzdem danke für dein ehrliches Statement. Ich weiß, dass ich noch viel üben muss.«

»Klar«, entgegnete Kiki ernst. »Es bringt dich schließlich nicht weiter, wenn ich dir Honig ums Maul schmieren würde, nur weil du meine beste Freundin bist, oder? Du hast absolut recht: Du musst wirklich noch viel üben. Sehr viel sogar.« Sie klappte den Geigenkoffer zu. »Aber ich helf dir. Bis zur Aufnahmeprüfung im Herbst haben wir noch jede Menge Zeit.«

»Ich finde, Rebecca hat schon Fortschritte gemacht, wenn man bedenkt, wie kurz sie erst spielt«, sagte Bente, die über den gemeinsamen Balkon ins Zimmer kam. »Ihr drolliges Geigengequietsche gefällt mir jedenfalls besser als das, was Sven auf dem Klavier produziert. Der strebt nämlich auch die Aufnahme ins Orchester an und übt jeden Tag.« Sie schüttelte sich. »Ich krieg jedes Mal eine Gänsehaut, wenn ich am Klavierzimmer vorbeigeh.«

»Wie pflegt meine liebe Oma immer zu sagen: Es ist noch kein Meister vom Himmel gefallen.« Karlchen drängelte sich an Bente vorbei ins Zimmer. Sie wickelte einen Bonbon aus und schob ihn sich zwischen die Zähne. »Kann mir mal jemand verraten, was überhaupt so toll ist an dieser Orchesterauswahl?«, fragte sie mit dicken Backen. »Für mich wär das nichts. Ich bin total unmusikalisch. Und dann das ständige Üben!«

»Das Tolle ist, dass man zum Beispiel unheimlich viele Reisen macht«, erklärte Kiki. »Das Orchester wird oft eingeladen, gibt Konzerte und tourt im Sommer mit dem Musikfestival durch die Gegend.«

»Genau«, nickte Rebecca. »Außerdem lernt man viele interessante Leute kennen. Und es ist schön, wenn man ein Instrument beherrscht«, fügte sie fast trotzig hinzu. »Da hat man was fürs Leben!«

Rebecca hatte erst im vergangenen Jahr mit dem Geigenunterricht angefangen. Inzwischen fragte sie sich allerdings immer öfter, ob die Geige wirklich das richtige Instrument für sie war. Sie betrachtete den Geigenkoffer mit einer Mischung aus Argwohn und Respekt.

Bente grinste. »Sollten wir uns nicht lieber langsam in Richtung Stall begeben, anstatt hier weiter zu fachsimpeln?«

Kiki warf einen Blick auf ihre Uhr. »Hilfe! Du hast recht! Wir kommen zu spät!«

Rebecca tippte noch einmal auf den Geigenkoffer. »Vielleicht schaff ich's ja doch noch. Wie Kiki schon gesagt hat: Die Aufnahmeprüfung ist erst im Herbst.«

»Und bis dahin haben wir noch genug anderes zu tun«, meinte Kiki. »Denkt nur an den Eierflug-Wettbewerb!«

»Und an unsere Klassenfahrt«, meinte Bente. »Die ist noch viel wichtiger als fliegende Eier!«

Karlchen nickte, als sie die Tür öffnete und die Freundinnen hindurchließ. »Ja, es gibt viel zu tun. Aber zuerst muss ich die Reitstunde überstehen. Wir machen heute Bodenarbeit.« Krachend zerbiss sie ihren Bonbon. »Snude hasst Bodenarbeit. Da muss er die Hufe heben und darf nicht schlurfen.«

Rebecca gab ihr einen freundschaftlichen Klaps auf die Schulter. »Richte deinem Schnute einen lieben Gruß von mir aus. Wohlerzogene Ponys schlurfen nie!«

»Ich weiß«, erwiderte Karlchen grinsend. »Aber Snude ist nun mal alles Mögliche, nur nicht wohlerzogen. Was steht denn bei euch auf dem Programm?«

»Nichts Aufregendes«, antwortete Bente. »Nur eine ganz normale Reitstunde.«

Der lang anhaltende Hochsommer schien sich langsam zu verabschieden. Tagsüber war der Himmel oft bewölkt, gegen Abend oder nachts entluden sich heftige Gewitter, die starke Regenfälle mit sich brachten. Als die Mädchen über den Hof zum Stall liefen, war es unangenehm schwül. Die Luft war drückend. Kein Windhauch war zu spüren.

»Puh«, schnaufte Karlchen. »Ich schwitze jetzt schon wie ein sibirischer Zwergesel.« Sie winkte ihren Freundinnen zu und bog in Richtung Ponykoppel ab. »Wir sehen uns später! Ciao!«

»Schwitzen sibirische Zwergesel überhaupt?«, fragte Bente nachdenklich. »In Sibirien ist es doch eher kalt, oder?«

»Es gibt keine sibirischen Zwergesel«, klärte Rebecca sie auf, während sie die schwere Stalltür zur Seite schob. »Das ist wahrscheinlich nur so eine dänische Redensart.«

»Echt?«

»Klar.«

Die Pferde verbrachten den Sommer auf den großen Koppeln rund um das Internat und blieben Tag und Nacht im Freien. Die Mädchen schlüpften nur kurz in die Sattelkammer, um Halfter und Putzzeug zu holen, dann liefen sie weiter. In der Ferne wieherte ein Pferd. Ein anderes antwortete.

Auf dem Weg zur Schlosskoppel trafen Kiki, Bente und Rebecca auf die anderen aus ihrer Abteilung. Sie wechselten ein paar belanglose Worte, für alles andere war es viel zu warm.

Bente wischte sich den klebrigen Schweiß von der Stirn.

»Geht's dir nicht gut?« Sven trabte neben ihr her. Er schwitzte ebenfalls und hatte einen hochroten Kopf.

»Was?«, fragte Bente.

»Ob's dir nicht gut geht«, wiederholte Sven. »Du siehst irgendwie ein bisschen fertig aus.«

»Ich bin auch ziemlich fertig«, erwiderte Bente matt. »Und ich wette, dass ich nach der Stunde noch fertiger sein werde. Falls ich dann noch lebe. Ich vertrag das schwüle Wetter einfach nicht.« Insgeheim machte sie sich Sorgen über den Ablauf der bevorstehenden Reitstunde. Flippi, ihre Holsteinerstute, reagierte sehr empfindlich auf die Großwetterlage. Erst in der vergangenen Woche hatte sie Bente zwei Mal abgeworfen, nur weil in der Ferne ein Gewitter grollte.

Bente hob den Kopf und warf einen misstrauischen Blick in den Himmel, ob schon irgendwo die Andeutung eines heraufziehenden Unwetters zu erkennen war. Der Himmel war stahlblau und wolkenlos und machte einen harmlosen Eindruck. Für Bente sah er trotzdem bedrohlich aus, ohne dass sie wusste, woran das lag. Schnell wandte sie den Blick wieder ab und zwang sich zur Ruhe. Ihre Nervosität würde sonst sofort auf Flippi abfärben.

Als sie den Weidezaun erreichten, öffnete Rebecca das Gatter und zeigte auf die Pferde, die mit hängenden Köpfen am äußersten Ende der Koppel standen.

»Mist! Jetzt müssen wir auch noch einen Fußmarsch quer über die Koppel machen!«, schimpfte sie.

»Vielleicht kommen sie ja, wenn du sie höflich bittest«, schlug Kiki vor.

»Haha, witzig!«, zischte Rebecca.

Bente stellte fest, dass sie nicht die Einzige war, deren Nerven gereizt waren. Das kann ja heiter werden, dachte sie.

Wenig später stand der Reitlehrer, Herr von Hohensee, in der Mitte des von hohen Bäumen umgebenen Außenreitplatzes und raufte sich die grauen Haare. Nur fünf Minuten nach dem Aufsitzen – der Unterricht hatte noch gar nicht richtig angefangen – war Bente schon aus dem Sattel geworfen worden. Zu allem Übel hatte sie die Zügel nicht festhalten können. Flippi galoppierte mit baumelnden Steigbügeln quer über den Platz und brachte die ganze Abteilung durcheinander.

Karfunkel schnaubte aufgeregt und scheute vor der völlig aufgedrehten kleinen Stute. Rebecca konnte sich nur mit Mühe im Sattel halten. Mitten in der Abteilung brach plötzlich der sonst so stoische Torphy aus. Kiki war total überrumpelt und landete – ebenso wie kurz zuvor Bente – im weichen Torf.

»Ho, ho! Ruhig! Bente und Kiki, fangt eure Pferde wieder ein!« Herr von Hohensee rang um Fassung und war sichtlich bemüht, nicht laut loszuschreien. Um ihn herum herrschte ein heilloses Durcheinander. »Der Rest der Abteilung marschiert bitte auf. Sitzt ab und haltet eure Pferde fest!«

Bente bekam Flippi nicht zu fassen und war inzwischen den Tränen nahe. Der kleinen Stute schien das Spiel großen Spaß zu machen. Mit gesenktem Kopf stand sie in dem Chaos und ließ Bente scheinbar ruhig auf sich zukommen, aber sobald die versuchte, mit ausgestreckter Hand nach den Zügeln zu greifen, warf Flippi den Kopf hoch und trabte triumphierend davon.

»Pass auf, dass sie nicht noch auf die Zügel tritt!« Jetzt schrie der Reitlehrer wirklich.

Schluchzend stolperte Bente hinter ihrem Pferd her.

Kiki hatte Torphy inzwischen wieder eingefangen und in die Mitte des Dressurvierecks zu den anderen geführt. Hier standen sie nun mit hängenden Köpfen.

Endlich gelang es Bente, Flippi in eine Ecke der umzäunten Bahn zu drängen. Sie ging ruhig auf sie zu und griff beherzt nach den Zügeln. Flippi warf schnell den Kopf hoch, aber als sie merkte, dass Bente sie fest im Griff hatte, gab sie auf und ließ sich lammfromm in die Mitte führen.

Bente war schweißgebadet und schüttelte fassungslos den Kopf. Ihre schlimmsten Vorahnungen hatten sich tatsächlich bewahrheitet.

Alle Reitschüler schwiegen und starrten angestrengt auf die Spitzen ihrer Reitstiefel.

»Da die Abteilung ohnehin schon aufgelöst ist, hat es wohl keinen Sinn, heute weiterzumachen. Ihr seid viel zu nervös und übertragt das auf eure Pferde«, erklärte Herr von Hohensee. »Reibt die Pferde trocken und bringt sie zurück auf die Koppel. Für heute ist Schluss.« Er zog ein Taschentuch aus der Tasche seiner Reithose und wischte sich Staub und Schweiß vom Gesicht.

»Vielleicht gibt's ja ein Gewitter«, meldete sich Sven zu Wort. »Dann sind die Pferde manchmal so nervös.«

»Ach was, Gewitter … so ein Unsinn«, brummelte der Reitlehrer.

Genau in diesem Augenblick fuhr ihm ein heftiger Windstoß durch die Haare. Die Bäume rund um das Dressurviereck bogen sich. Flippi hob den Kopf und wieherte schrill.

Bente zuckte zusammen. Der Himmel über dem Reitinternat verdunkelte sich und ließ die schneeweiß gestrichene Fassade des Schlosses grell aufleuchten. Dicke Wolkenberge türmten sich dahinter auf. Der Wind wurde zunehmend stärker und pfiff in Böen um die Ecken.

»Beeilt euch!«, rief Herr von Hohensee seinen Reitschülern zu. »Bringt die Pferde in die Reithalle und stellt euch unter! Der Weg zur Koppel ist zu lang!«

»Gleich knallt's«, sagte Bente noch und krallte sich in Flippis Mähne fest, da krachte schon der erste Donner.

Kaum stand das letzte Pferd sicher unter dem Hallendach, brach das Sommergewitter richtig los. Blitze zuckten über den nachtschwarzen Himmel, laute Donnerschläge krachten und ließen nicht nur Bente zusammenzucken. Kurz darauf setzte sintflutartiger Regen ein. Die Ponyreiter, unter ihnen Karlchen und Patrick, hüpften lachend über den Hof und stellten sich ebenfalls unter.

»Junge, das geht ab!«, rief Karlchen mit leuchtenden Augen und schüttelte ihr nasses Haar.

»Wo sind eure Ponys?«, fragte Kiki. »Habt ihr die etwa draußen stehen lassen?«

Karlchen und die anderen nickten.

»Ja, klar«, antwortete Patrick. »Die können das ab. Die stört so ein lauer Sommerregen nicht.«

»Lauer Sommerregen ist wohl leicht untertrieben.« Daniel

runzelte die Stirn. Er stand an der offenen Hallentür und sah hinaus. »Im Moment sieht's eher so aus, als würde die Welt untergehen.« Er legte Rebecca, die neben ihm stand, einen Arm um die Schultern und gab ihr einen Kuss. »Irgendwie kommt's mir so vor, als ob es in letzter Zeit öfter Gewitter gibt als früher. Das hängt bestimmt mit der Klimaveränderung zusammen.«

»Kann sein«, erwiderte Rebecca. »Aber ich glaub, das hier ist ein ganz durchschnittliches Sommergewitter und vollkommen normal für die Jahreszeit. Obwohl hier in Küstennähe natürlich schneller mal unterschiedliche Luftmassen zusammenprallen als woanders. Die kühlere Meeresluft strömt von Westen her aufs Land und trifft dort auf wärmere Luft. Und schon knallt's.«

»Danke, Einstein«, sagte Daniel augenzwinkernd. »Das hast du schön erklärt.«

Genauso schnell, wie es aufgezogen war, verschwand das Gewitter auch. Es grollte und donnerte noch ein paar Mal, dann zog es weiter. Über dem Schlosspark wurde der Himmel schon wieder hell. Der Wind legte sich und der Regen verlor an Heftigkeit. In den hohen Bäumen zwitscherten die Vögel.

Bente atmete erleichtert auf. »Ich liebe die Luft nach einem Landregen«, sagte sie. »Alles riecht so frisch und sauber.«

»Ja«, stimmte Kiki ihr zu. »Wie frisch gewaschen.«

Sie führten ihre Pferde über den Hofplatz zurück zur Weide und befreiten sie dort von Sätteln und Zaumzeugen. Eine Weile standen sie noch am Gatter und sahen den Pferden zu, dann schlenderten sie langsam zum Schloss zurück. Bente hatte ein schlechtes Gewissen.

»Tut mir echt leid, dass wegen Flippi und mir die Reitstunde ins Wasser gefallen ist«, murmelte sie.

»Mach dir mal keine Gedanken«, sagte Rebecca. »Das kann jedem von uns passieren. Heute war wohl einfach nicht dein Tag.« Sie warf Kiki einen Blick zu. »Hast du vielleicht Lust, mir noch ein bisschen Geigenunterricht zu geben? Wir hätten doch jetzt Zeit.«

»Okay, von mir aus«, nickte Kiki. »Ein halbes Stündchen kann nicht schaden.«

»Und wir spielen eine Runde Schach«, wandte sich Karlchen an Bente. »Wenn heute nicht dein Tag ist, hab ich vielleicht die Chance, ausnahmsweise mal zu gewinnen.«

»Das werden wir erst noch sehen«, grinste Bente. »Ich hab in den letzten Ferien bei Laura ziemlich viel Schach gespielt. Fynn hat mir ein paar nette neue Varianten beigebracht. Zieh dich warm an!«

2

Wer in den nächsten Tagen zufällig das Reitinternat besuchte, konnte leicht den Eindruck gewinnen, dass es im Schloss ein ungewöhnlich großes Mäuseproblem gab: Überall in den langen Fluren, in der Eingangshalle und vor den Klassenzimmern standen Mausefallen, und man musste gut aufpassen, wohin man trat.

Die kleinen Holzbrettchen mit der Drahtkonstruktion waren allerdings nicht zur Mäusejagd aufgestellt worden, sondern bildeten die Basis für das Experiment »Eier-Weitflug«, an dem die Schüler im Rahmen eines Physikprojekts teilnahmen.

»So wird das nichts.« Rebecca lag mitten im Gang vor dem Lehrerzimmer auf dem Bauch und taxierte eine Falle.

Die Aufgabe der Teams, die aus jeweils zwei bis vier Schülern gebildet wurden, bestand darin, ein Plastikei ausschließlich mit der Energie einer gespannten Mausefalle möglichst weit zu schleudern. Kiki schnaubte. Sie war mit Rebecca in einem Team und hatte die Aufgabe, das Ei so behutsam in die Falle zu legen, dass diese dabei nicht ausgelöst wurde. Doch immer wieder flutschte ihr das Plastikei aus der Hand, die Falle schnappte zu und sie musste von vorn anfangen.

»Pass doch auf!«, schimpfte Rebecca und richtete sich auf.

»Mach's doch besser, blöde Meckerziege!« Kiki warf Rebecca das Ei an den Kopf.

»Aua!« Rebecca rieb sich die Stirn.

»Selber schuld!«, gab Kiki ungerührt zurück. »Nur weil Physik zufällig dein Spezialgebiet ist, brauchst du dich noch lange nicht dermaßen aufzuspielen. Ich lass mich nicht länger von dir herumkommandieren! Mir reicht's!«

»Na, spielt ihr schön?« Karlchen kam angekrabbelt. »Habt ihr zufällig unser Ei gesehen? Es hat die Nummer 27.«

»Nein!«, blafften Kiki und Rebecca gleichzeitig.

»Ich hab's!«, rief Bente. Sie angelte das gesuchte Ei unter einem Schrank hervor.

»Fein«, sagte Karlchen und krabbelte zurück zu ihrer Falle. Sie und Bente bildeten ebenfalls ein Zweierteam, und es war nicht zu übersehen, dass sie dabei wesentlich mehr Spaß hatten als Kiki und Rebecca. Bei jedem Fehlversuch, der ihr Ei in ungeahnte Bahnen schoss, kringelten sie sich vor Lachen auf dem Boden. Bis jetzt hatten sie nur Fehlversuche, und ihr Ei hatte bereits zwei Dellen und einen Riss.

»Wenigstens wird bei dieser Gelegenheit der Boden mal gründlich poliert«, meinte Bente, während sie sich den Staub von den Knien wischte und die Falle neu spannte.

»Sind denn alle hier komplett verrückt geworden?« Kiki raufte sich die Haare. »Ich träum sogar schon von zuschnappenden Mausefallen und fliegenden Eiern!«

»Nun krieg dich mal wieder ein«, besänftigte Rebecca ihre Freundin. »Wir versuchen's noch mal, okay? Wenn es dann immer noch nicht klappt, machen wir für heute Schluss.«

Kiki murmelte etwas Unverständliches.

»Der Weitflugwettbewerb ist erst am nächsten Donnerstag«, fuhr Rebecca ruhig fort. »Wir haben also noch jede Menge Zeit, um die Flugeigenschaften unseres Eis und die Hebelwirkung der Falle zu optimieren.«

»Und du hast behauptet, Physik würde Spaß machen«, grummelte Kiki, während sie sich hinkniete. »So ein Blödsinn!«

»Man lernt ganz nebenbei die Grundlagen der Mechanik kennen. Ist doch cool.« Rebecca lächelte und reichte ihr das Ei. »Stell dir vor, wie toll das wird, wenn am Donnerstag 77 Mausefallen gleichzeitig aktiviert werden und ihre Eier abschießen!« Ihre Augen leuchteten vor Begeisterung.

»Ja, total toll«, murrte Kiki. »Wenn 77 Plastikeier zur gleichen Zeit vollkommen unkontrolliert durch die Gegend fliegen, möchte ich lieber nicht in der Nähe sein. Oder werden vorher Schutzhelme verteilt?«

Rebecca zog eine Braue hoch, sagte aber nichts.

Als Kiki das Ei in die Falle legte, schnappte diese mit einem lauten Knall zu. Das Ei flog haarscharf an Rebeccas linkem Ohr vorbei, schoss durch den langen Flur und prallte gegen ein Fenster.

Kiki hielt sich erschrocken die Hand vor den Mund.

»Wow!«, machte Rebecca. »Jemand verletzt?« Sie drehte sich zu Kiki um. »Hey, das war unser weitester Flug! Markier sofort die Einstellung der Feder!«

Mit einem Filzstift malte Kiki einen Strich auf das Brettchen, dann stand sie auf und rief: »Feierabend!«

»Lust auf einen Spaziergang zu den Pferden?« Karlchen

und Bente hatten ihre Flugversuche ebenfalls beendet. Karlchen ließ ihr lädiertes Ei in der Seitentasche ihrer Cargohose verschwinden, aus der anderen Tasche zog sie eine angebrochene Tafel Schokolade hervor. »Mmh, ich liebe weiße Schokolade«, seufzte sie. »Möchte jemand abbeißen?«

Die Freundinnen winkten ab.

Während Karlchen ihre Schokolade mümmelte, machten sie sich auf den Weg zu den Ställen.

»Wann wir wohl endlich erfahren, wohin wir auf Klassenfahrt gehen?«, meinte Bente nachdenklich.

Kiki stimmte ihr zu. »Ich möchte echt mal wissen, warum die Pauli so ein Geheimnis daraus macht. Eigentlich sollte die Entscheidung doch schon längst gefallen sein, oder?«

»Na ja, dass das Schullandheim im Harz abgebrannt ist, war natürlich Pech«, gab Rebecca zu bedenken. »Und so schnell eine Alternative zu finden, ist bestimmt auch nicht so einfach. Immerhin brauchen wir eine Unterkunft für unsere ganze Klasse plus zwei Lehrer.«

»Ich bin eigentlich ganz froh, dass es mit dem Besuch unserer Partnerschule nicht klappt«, sagte Kiki. »Im Harz ist doch sowieso nichts los.«

Karlchen hatte ihre Schokolade verputzt und warf das Papier im Vorbeigehen in einen Abfallkorb. »Von mir aus können wir auch hierbleiben«, meinte sie. »Wenn ich mir vorstelle, dass ich mich von meinem Snude trennen muss …« Sie vergrub die Hände in den Taschen ihrer Hose und schüttelte schwermütig den Kopf. »Ich darf gar nicht daran denken!«

»Noch ist es ja nicht so weit«, spendete Bente Trost. »Und außerdem: Es ist doch nur für eine Woche!«

»Eine Woche!«, stieß Karlchen hervor. »Fünf ganze Tage!«

»Vielleicht fahren wir nach Paris?« Kiki machte ein verträumtes Gesicht. »Oder nach London?«

Rebecca zeigte ihr einen Vogel. »Wie kommst du denn darauf? In der Neunten fährt man noch nicht ins Ausland. Das kommt erst in der Elften.«

»Ja, ich weiß«, gab Kiki zu. »Aber schön wär's trotzdem, oder?«

Die anderen gaben ihr absolut recht.

»Kopenhagen wär auch toll«, murmelte Karlchen.

»Oder Rom.« Bente seufzte. »Lauras Klasse fährt nach Italien. Die hat's gut.«

»Deine Cousine ist eben ein echtes Glückskind«, stellte Karlchen fest.

Rebecca nahm ihre randlose Brille ab, hauchte auf die Gläser und polierte sie mit einem Zipfel ihres T-Shirts. »Macht euch keine falschen Hoffnungen. Keine neunte Klasse des Reitinternats hat die Landesgrenzen jemals überschritten. Unsere wird garantiert nicht die erste sein.«

Als ein Pferd wieherte, schauten die Mädchen auf. Zwei kräftige Schimmel galoppierten einen Hang hinauf, übersprangen einen quer liegenden Baumstamm und verschwanden mit ihren Reitern hinter einer Biegung im Wald.

»Daniel und Miss Wedgewood«, stellte Bente fest. »Sieht aus, als würden sie für eine Vielseitigkeit trainieren.«

»Für eine Vielseitigkeit nicht direkt«, erwiderte Rebecca, »aber für eine Geländeprüfung schon. Im Herbst findet auf Gut Kadenstein ein Turnier statt. Daniel und der Kolibri haben ihre Pferde für den Geländeritt gemeldet.«

»Ein Turnier auf Kadenstein?«, hakte Kiki nach. »Warum weiß ich nichts davon? Das wär doch vielleicht auch was für uns, oder?«

Rebecca warf ihr einen ironischen Blick zu. »Wenn du hin und wieder einen Blick auf das Schwarze Brett anstatt in den Spiegel werfen würdest, hättest du das Plakat längst gesehen. Es hängt seit ein paar Tagen im Stall aus. Aber tröste dich: Meldeschluss ist erst in vier Wochen. Du hast noch nichts verpasst.«

»Vor lauter Eier-Werfen kommt man in diesem Internat ja auch zu nichts anderem«, schimpfte Kiki. »So wichtige Dinge wie Klassenfahrten und Reitturniere geraten dabei völlig ins Hintertreffen.«

Bente und Karlchen kicherten.

Rebecca öffnete das Gatter und ließ die Freundinnen durch. »Jetzt weißt du's ja«, meinte sie. »Und zu deiner Information: Ja, es ist auch etwas für uns dabei. Neben der Geländeprüfung gibt es auch verschiedene Dressur- und Springwettbewerbe. Such dir was aus, Kiki. Wie gesagt, du hast noch viel Zeit.«

»Ich hab mich und Snude schon für das Ponyspringen gemeldet«, verkündete Karlchen. »Wir springen zwar nicht besonders gut, aber dafür mit echter Begeisterung!« Sie bückte sich und rupfte eine Handvoll Klee aus. »Bis später!«, rief sie den anderen zu. »Wir sehen uns!«

Mit langen Schritten lief sie über die Koppel, kletterte über einen Weidezaun und stieß einen lauten Pfiff aus. Aus einer bunt gemischten Ponyherde auf der Nachbarkoppel löste sich ein stämmiger Norweger und trabte auf sie zu.

»Ach, die beiden«, seufzte Bente. »Sind sie nicht knuffig?«

»Ja, ich seh's direkt schon vor mir, wie Karlchen und Schnute sich durch den Parcours schlängeln«, unkte Kiki. »Es wird ein Anblick von unglaublicher Eleganz und Leichtigkeit sein. Wie wir alle wissen, springt Schnute wie eine Gazelle – oder wie heißen noch gleich diese dicken, grauen Tiere mit den großen Ohren und den langen Rüsseln?«

»Elefanten?«, half Bente und lachte.

»Ihr seid echt gemein.« Rebecca schüttelte den Kopf. »Die Hauptsache ist doch, dass sie sich verstehen und Spaß haben.« Sie stapfte durchs Gras und lockte: »Karfunkel! Komm her, Süße!«

Ihre Rappstute hob den Kopf und wieherte leise. Ein Fohlen lag an ihrer Seite, halb verborgen im hohen Gras. Vorsichtig näherte sich Rebecca den Pferden. Sie wollte Little Mystery nicht aufwecken. Der kleine Hengst lag auf der Seite und schlief tief und fest. Sein schmaler Brustkorb hob und senkte sich mit jedem Atemzug. Die langen Beine des Fohlens zuckten, als würde es träumen.

Rebecca angelte ein paar zerkrümelte Pellets aus ihrer Jeans und reichte sie Karfunkel. Die Stute nahm sie von ihrer flachen Hand und knurpselte darauf herum. Dann rieb sie ihre Stirn an Rebeccas Schulter und prustete. Bentes und Kikis Pferde standen etwas abseits unter einem Baum und dösten. Bente rief Flippis Namen, aber die Fuchsstute zuckte nur mit einem Ohr und schüttelte gelangweilt gähnend den Kopf.

»Das ist ja 'ne stürmische Begrüßung«, grinste Bente. »Ist doch immer toll, wie sehr sich unsere Pferde freuen, uns zu sehen, nicht?«

Kiki nickte betrübt. »Ja, echt unbeschreiblich. Die brauchen nur unsere Stimmen zu hören, und schon kommen sie im gestreckten Galopp angelaufen, um sich streicheln zu lassen.« Sie seufzte. »Sieh nur, diese Begeisterung!«

Torphy hob den Kopf, als er ihre Stimme hörte, aber anstatt sein Frauchen zu begrüßen, drehte er sich um und präsentierte ihr seine Kruppe mitsamt dem wedelnden Schweif.

»Ein schöner Rücken kann auch entzücken«, brummte Kiki.

»Und eine runde Kruppe erst recht«, fügte Bente hinzu. Sie hatte es tatsächlich geschafft, Flippi anzulocken, und kraulte ihr den Widerrist. Die kleine Stute hielt ganz still und schloss genüsslich die Augen. »Ich fürchte, Karlchen hat recht: Unsere Pferde werden uns fehlen, wenn wir auf Klassenfahrt sind.«

Kiki ging zu Torphy und gab ihm einen zärtlichen Klaps. »Klar, keinem von uns fällt es leicht, sich von seinem Pferd zu trennen«, meinte sie nachdenklich. »Aber es ist ja wirklich nur für ein paar Tage. Und solange wir durch die Einkaufsstraßen einer schicken Großstadt flanieren und uns über die neueste Mode informieren, müssen sich halt Patrick und Daniel um unsere Vierbeiner kümmern. Patrick hat mir schon versprochen, dass er jeden Tag nach Torphy schaut.«

»Stimmt. Die Jungs machen das bestimmt gerne«, erwiderte Bente. »Und Benjamin und Bastian sind schließlich auch noch da. Obwohl – ich weiß nicht, ob meine kleinen Brüder in dieser Beziehung unbedingt die Zuverlässigsten sind.«

Rebecca kam angeschlendert. »Ach, lass mal. Die Zwillinge sorgen doch auch gut für ihren Bommel.« Sie zeigte auf den wohlgenährten Haflinger, der Bentes jüngeren Brüdern gehörte. »Das werden sie schon schaffen.«

Wie zur Bestätigung stupste Flippi Bente in die Seite und brummelte leise. Bente lachte. »Okay, das soll wohl heißen, dass ich mir keine Sorgen um dich machen muss.« Sie gab ihrem Pferd ein letztes Leckerli und verabschiedete sich von ihm.

Kiki winkte Karlchen zu und bedeutete ihr, dass es Zeit zum Aufbruch wurde. Karlchen gab ihrem runden Norweger einen Kuss auf die Nase und schloss sich den Freundinnen an.

3

»Auch wenn unser Schulalltag zurzeit von Mausefallen beherrscht wird«, sagte Frau Dr. Paulus am nächsten Morgen in der ersten Stunde, »wollen wir heute ausnahmsweise über etwas anderes sprechen: eure bevorstehende Klassenfahrt!«

Durch die 9b ging ein Raunen. Kiki und Karlchen grinsten sich an.

»Paris«, flüsterte Kiki.

»Kopenhagen«, raunte Karlchen zurück.

»Pscht!«, zischte Rebecca.

Die Direktorin räusperte sich. Das Tuscheln verstummte.

»Wir haben inzwischen den Termin abgestimmt«, fuhr sie lächelnd fort, »und uns für ein Ziel entschieden.«

Bente stöhnte leise auf. Musste die Pauli es so spannend machen?

»Ihr werdet in Begleitung von Miss Wedgewood und Herrn Hartmann für eine Woche auf die Hallig Sundstrand fahren!« Frau Dr. Paulus strahlte über das ganze Gesicht. »Wir konnten mit der Gemeinde, zu der Sundstrand gehört, einen Partnervertrag abschließen. Ihr wisst vielleicht, dass Sundstrand zum Nationalpark Wattenmeer gehört und unter Naturschutz steht. Ihr werdet dort bestimmt spannende und interessante Eindrücke sammeln. Nächsten Montag geht's los. Das Sekretariat hat euren Eltern bereits die entsprechenden Benachrichtigungen zugeschickt.«

In der Klasse herrschte Grabesstille. Es war so still, dass man das Summen einer kleinen Fliege hörte, die vergeblich versuchte, durch einen Fensterspalt nach draußen zu gelangen.

»Oh no!« Kiki ließ den Kopf sinken.

»Was ist eine Hallig?«, fragte Marie-Claire mit heller Stimme.

»Eine öde, verlassene Sandbank mitten in der Nordsee«, murmelte Bente mit düsterer Miene. »Mit nichts als Kühen und Schafen drauf.«

»Muuh«, machte Torben aus der letzten Reihe.

»Blök«, ergänzte sein Freund Mikka.

Rebecca runzelte die Stirn. Fünf Tage auf einer Hallig? Mitten im Meer? Mit dieser ungehobelten Versammlung von Neuntklässlern? Hilfe!

»Sundstrand«, sagte Kiki dumpf. »Das hat mir gerade noch gefehlt.«

»Wie soll ich das ohne Snude überleben?«, stöhnte Karlchen auf.

Frau Dr. Paulus zog die Stirn kraus. »Sehr begeistert scheint ihr nicht zu sein. Ich muss mich doch sehr wundern.« Ihre Stimme klang missbilligend. »Ich kann euch versichern, dass ich gerne mit euch tauschen würde.« Sie machte sich eine Notiz in ihren Lehrerkalender und sah auf. Die Klasse schien unter ihrem strengen Blick zu schrumpfen. »Ich werde Herrn Hartmann und Miss Wedgewood bitten, das Thema Hallig vor eurer Abreise noch einmal in aller Ausführlichkeit zu besprechen. Vielleicht hilft euch der Umgang mit der Materie, eure eher geringschätzige Meinung ein wenig zu überdenken. Schlagt bitte eure Bücher auf.« Sie nahm ihr Lehrbuch zur Hand. »Ach, da fällt mir noch etwas ein … Leidet von euch jemand an Seekrankheit?« Sie musterte ihre Schülerinnen und Schüler. Einige zuckten mit den Schultern, andere schüttelten die Köpfe. »Ihr fahrt mit der Fähre von Borgelum aus nach Sundstrand. Fragt bitte bei euren Eltern nach und lasst euch notfalls Medikamente mitgeben. Seekrankheit kann ziemlich unangenehm sein. Und jetzt schlagt Seite 56 auf. Marie-Claire, komm bitte an die Tafel.«

»Der Nationalpark Schleswig-Holsteinisches Wattenmeer ist einer von 13 Nationalparks in Deutschland«, berichtete Herr Hartmann in der nächsten Stunde mit leuchtenden Augen, »und der größte in Mitteleuropa. Ist das nicht unglaublich?«

»Ja, ganz toll«, murmelte Bente.

»Echt stark«, brummelte Karlchen neben ihr. Ihr Blick fiel aus dem Fenster auf die Ponyweiden hinter dem Schlosspark. Schnute und Bommel beknabberten sich gegenseitig das Fell. Karlchen lächelte, als ihr plötzlich ein Gedanke durch den Kopf schoss. Ohne sich zu melden, fragte sie laut: »Gibt es auf dieser Hallig eigentlich Pferde?«

Herr Hartmann stutzte und erwiderte den hoffnungsvollen Blick seiner Schülerin leicht irritiert. »Keine Ahnung, Karolin. Auf einigen Halligen gibt es bestimmt Pferde. Aber ob auf Sundstrand?« Er zuckte mit den Schultern.

Karlchen sank in sich zusammen. Wenn es auf der Insel

wenigstens Pferde oder Ponys gäbe, dachte sie, dann wären die fünf Tage bestimmt leichter zu ertragen.

»Lasst euch überraschen«, schlug Herr Hartmann vor und setzte den Unterricht fort.

Am Ende der Stunde wusste die Klasse alles über Halligen, was im Lehrbuch stand. Und zur Krönung des Ganzen gab Herr Hartmann als Hausaufgabe noch einen Aufsatz über den Nationalpark Wattenmeer auf. »Damit ihr euer Wissen noch ein bisschen vertiefen könnt«, sagte er fröhlich.

»Wenn ich das Laura erzähle«, ächzte Bente in der großen Pause. »Die lacht sich scheckig! Eine Hallig … ausgerechnet! Und sie fährt nach Rom! Ich darf gar nicht daran denken!«

»Dann tu's nicht«, empfahl Kiki ihr. »Ich versuch auch, es zu verdrängen.«

»Herzlichen Glückwunsch!«, rief Daniel schon von Weitem. »Ich hab gehört, ihr habt das große Los gezogen!« Er sprang über eine niedrige Bank und grinste, als er die betretenen Mienen der Mädchen sah. »Warum macht ihr solche Gesichter? Hallig Sundstrand ist doch toll! Ich beneide euch!« Er gab Rebecca einen Kuss und wich dabei Kiki aus, die ihm einen Tritt verpassen wollte. »Freut ihr euch etwa nicht?«, fragte er mit gespielter Verwunderung.

»Oh doch, und wie! Wir können's kaum erwarten«, knurrte Bente.

»Genau«, stimmte Rebecca ihr zu. Sie schenkte ihrem Freund ein Lächeln. »Woher willst du überhaupt wissen, wie es auf einer Hallig ist? Vielleicht wird unsere Klassenfahrt ja total cool?«

Kiki und Karlchen starrten sie an, bis sie begriffen, worauf Rebecca hinauswollte.

»Die Luft soll jedenfalls unvergleichlich sein.« Kiki seufzte. »Frisch und salzig und perfekt für den Teint.«

»Und dann die himmlische Ruhe«, schwärmte Karlchen. »Keine Pausenklingel, keine kreischenden Unterstufenschüler. Nur wir, Miss Wedgewood und der liebe Harti.« Sie biss in ihr Pausenbrot und zwinkerte Daniel zu. »Ja, ich spüre es ganz deutlich: Es wird eine supertolle Klassenfahrt!«

»Hä?«, machte Daniel. »Geht's noch? Was soll so toll daran sein, tagelang von der Außenwelt abgeschnitten auf einer Insel zu hocken, die man in fünf Minuten zu Fuß umrunden kann?«

Es klingelte. Rebecca gab ihm einen Kuss auf die Wange.

»Hört sich an, als sollten wir in die Verbannung geschickt werden«, kicherte sie. »Aber stell dir vor: Ich für mein Teil hab mir fest vorgenommen, das Beste daraus zu machen. Irgendwie hab ich das Gefühl, wir werden uns richtig gut amüsieren.«

»Ich auch«, sagte Karlchen.

»Aber hallo!«, schloss Bente sich an. »Viel schlimmer als die letzte Reitstunde kann's schließlich nicht werden.« Sie hatte die Blamage wegen der verpatzten Reitstunde immer noch nicht verwunden.

Karlchen warf ihr einen mitfühlenden Blick zu.

»Okay, wenn ihr meint«, grinste Daniel. Er drehte sich um und stapfte kopfschüttelnd davon. Die Mädchen lachten.

»Sehen wir uns später im Stall?«, rief Rebecca ihm hinterher.

»Klar!«, rief Daniel, immer noch den Kopf schüttelnd, zurück. »Wir sehen uns!«

»Dem haben wir's aber gegeben«, freute sich Karlchen.

»Der Ärmste«, meinte Bente. »Er sah total verwirrt aus.«

Rebecca zuckte die Schultern. »Na und? Sollen wir uns unsere Klassenfahrt etwa vermiesen lassen? Nee, oder? Lasst uns einfach versuchen, das Beste draus zu machen.«

Kiki hakte sich bei ihr unter. »Genau. Und außerdem … vielleicht ist es auf dieser komischen Hallig wirklich gar nicht so übel?«

»Aber vorher lassen wir noch die Eier fliegen«, grinste Karlchen. »Ich glaub, Donnerstag ist unser Glückstag.«

»Da wir in gegnerischen Teams antreten«, wandte Rebecca ein, »kann der Donnerstag nur für eins von unseren Teams ein Glückstag werden. Obwohl«, schränkte sie ein, »es kann natürlich passieren, dass zwei Teams mit ihren Eiern eine gleiche Weite schaffen. Aber die Wahrscheinlichkeit, dass ausgerechnet unsere beiden Teams das hinkriegen, ist wohl eher gering.«

»Mann, es geht doch gar nicht ums Gewinnen, sondern darum, dass Donnerstag der Unterricht ausfällt«, erwiderte Karlchen fröhlich. »Das ist für mich ein absoluter Glückstag – ganz egal, wie weit unser Ei fliegt!«

4

»Der große Eiertag ist da!«, hieß es auf der Titelseite der Schülerzeitung. Sven, der die Schlagzeile formuliert hatte, ging durch die Sporthalle, interviewte die Teilnehmer und machte Fotos von allen – besonders ausführlich von Bente, in die er unsterblich verknallt war. Er nahm seine Aufgabe als Chefredakteur ziemlich ernst.

»Wenn du mich noch ein einziges Mal fotografierst, will ich Honorar«, sagte Bente zu ihm.

Sven zuckte zusammen. »Hatte ich gar nicht vor.«

»Er hat doch schon mindestens fünfzig Aufnahmen von dir. Das muss fürs Erste reichen«, grinste Kiki von der Seite. Sie und Rebecca hatten ihre Falle nur ein paar Meter von Bentes und Karlchens Falle entfernt aufgestellt. Rebecca lag auf dem Hallenboden und nahm letzte Feinabstimmungen vor.

»Willst du mich nicht mal interviewen?« Karlchen zog ihre Nase kraus und trat Sven fast auf die Zehenspitzen. »Ich bin noch nie interviewt worden.«

Svens trat einen Schritt zurück. »Vielleicht später, wenn du gewonnen hast«, sagte er. »Ich muss jetzt weiter, sorry.« Er drehte sich um und ging ans andere Ende der Halle, wo er

Frau Dr. Paulus fotografierte, die Schirmherrin des Eier-Weitflugs.

»Danke, dass du ihn verscheucht hast«, sagte Bente. »Der macht mich total nervös.«

»Keine Ursache, gern geschehen.« Karlchen biss krachend in ihren Frühstücksapfel. »Hoffentlich geht's nun bald mal los!«

Rebecca fuhr zusammen. »Muss das sein, dass du jetzt frühstückst?«, schimpfte sie. »Du störst meine Konzentration!«

Karlchen zuckte mit den Schultern und knabberte weiter.

Die Luft in der Sporthalle schien zu summen. Die Spannung war fast mit Händen greifbar. Oben auf der Tribüne saßen die Mädchen und Jungen, die nicht an dem Physikprojekt teilnahmen. Erste Wetten, wessen Ei am weitesten fliegen würde, machten die Runde.

Unten in der Halle herrschte lebhaftes Gewusel. Die Hallenmitte – die Flugbahn für die Eier – war mit langen Bändern abgesperrt. An einer der Längsseiten standen Freiwillige mit Maßbändern. An einer der kurzen Seiten warteten die ersten Teams hinter einer Schnur auf ihren Einsatz. Wegen der vielen Teilnehmer wurde der Wettbewerb in vier Durchgängen gestartet.

Als Frau Dr. Paulus das Wort ergriff, wurde es in der Halle still.

»Herzlich willkommen zum ersten Lindentaler Eierflug-Wettbewerb!«, rief sie. »In Kürze startet der erste Durchgang. Bringt eure Fallen in Position.«

Die für die Fallen zuständigen Teamchefs schoben und

verrückten ihre Abschussrampen noch um ein paar Millimeter, dann spannten sie die Federn und traten zurück. Herr Hartmann, der als Linienrichter eingeteilt war, schritt die Schnur ab und überzeugte sich davon, dass alle Mausefallen in einer geraden Linie nebeneinanderstanden und kein Team seine Falle unbemerkt ein Stück weiter nach vorn geschoben hatte. Er hob eine Hand und rief Frau Dr. Paulus zu: »Start frei!«

»In Ordnung!«, rief sie zurück. »Bitte, die Eier!

In der Halle war es mucksmäuschenstill. Mit größter Vorsicht legten die Teams ihre Plastikeier in die Fallen. Kikis Hand zitterte und sie hielt die Luft an, als sie, unter Rebeccas strengem Blick, ihr Ei in die gespannte Falle legte. Alles ging gut. Keine der Fallen schnappte zu früh zu. Durch die Halle ging ein Aufatmen. Herr Hartmann wischte sich einen imaginären Schweißtropfen von der Stirn und gab Frau Dr. Paulus ein erneutes Handzeichen.

»Ich zähle rückwärts von Zehn herunter«, sagte die Direktorin. »Bei Null löst ihr die Fallen. Wer zu früh startet, wird disqualifiziert. Es gibt keine Startwiederholung. Verstanden?« Als alle nickten, fing sie laut an zu zählen: »Zehn, neun, acht, sieben, sechs, fünf, vier, drei, zwei, eins … NULL!«

»Klackklackklackklackklack!« Ein ohrenbetäubender Krach brach los. Neunzehn Plastikeier flogen gleichzeitig durch die Luft. Manche stießen zusammen, andere knallten gegen die Deckenlampen. Kiki ging vorsichtshalber hinter einer hochgestellten Turnmatte in Deckung. Karlchen hielt sich vor Schreck die Ohren zu, während Bente ihre Augen zusammenkniff und sich an Karlchens Arm festhielt.

Nur Rebecca stand wie erstarrt hinter der Schnur und versuchte krampfhaft, den Flug ihres Eis mit der Nummer zwölf im Auge zu behalten, was in diesem Chaos allerdings vollkommen unmöglich war.

»Ist es vorbei?« Kikis Kopf tauchte hinter der Matte auf.

In der Halle war nur noch vereinzeltes leises Klicken und Klacken zu hören. Ein paar Eier kullerten und trudelten noch ein bisschen, bis auch sie schließlich liegen blieben. Die Ruhe nach dem Lärm war fast gespenstisch. Bente ließ Karlchen los. Karlchen nahm die Hände von den Ohren.

Torben und Mikka zeigten nach oben und lachten. Ein einzelnes Ei klemmte in der Befestigungsschiene der Turnringe. Die Nummer war nicht zu erkennen.

»Pech!«, rief Herr Hartmann, ebenfalls lachend. »Die Höhe wird nicht gewertet! Das Ei wird disqualifiziert!«

Die Zuschauer auf der Tribüne johlten und fingen an, mit den Füßen zu stampfen, als wollten sie das verklemmte Ei dazu bewegen, herunterzufallen. Vergeblich. Es blieb, wo es war.

»Der Hausmeister holt es gleich runter, bevor es sich doch noch entschließt, die luftige Höhe zu verlassen, und es Schwerverletzte gibt«, meinte Herr Hartmann. »Aber jetzt wollen wir erst mal wissen, welches Team gewonnen hat.«

Auf Socken schwärmten die freiwilligen Helfer aus. Sie schlidderten über den glatten Hallenboden, spannten ihre Maßbänder von der Startschnur bis zu jedem Ei, notierten Nummern und Weiten und sammelten schließlich alle Eier ein. Anschließend überreichten sie ihre Aufzeichnungen Frau Dr. Paulus. Die rückte ihre Brille zurecht und verkündete den Sieger des ersten Durchgangs: das Ei mit der Nummer 45.

Rebecca seufzte.

Kiki gab ihr einen Stups. »Schade. Das war wohl nichts.«

Rebecca zuckte mit den Schultern.

»Bist du enttäuscht?«, fragte Bente, als sie Rebeccas Gesicht sah.

Rebecca schüttelte den Kopf. »Nee, keine Bange.«

»Es zählt nur der olympische Gedanke«, meinte Karlchen.

Bente nickte. »Genau!«

Rebecca hob die Augenbrauen.

»Dabei sein ist alles«, meinte Karlchen.

»Find ich auch«, sagte Kiki. »Auf jeden Fall hatten wir eine Menge Spaß, oder?«

»Ja, stimmt«, gab Rebecca zu. »Ich werde mir aber trotzdem die Ergebnisliste besorgen. Ich muss unbedingt wissen, wie weit unser Ei geflogen ist.« Sie stapfte davon, um einen Blick in die Weitenmessungen zu werfen.

Inzwischen hatte sich die zweite Startergruppe mit ihren Fallen aufgestellt. Kiki, Bente und Karlchen suchten sich ein geschütztes Plätzchen am Rande des Geschehens und verfolgten die weiteren Durchgänge bis zur Verkündung des Gewinners des ersten Lindentaler Eierflug-Wettbewerbs. Es war ein vierköpfiges Jungenteam aus der Oberstufe.

»Wetten, das Ei war gedopt?«, sagte Karlchen.

»Bestimmt mit Flugpulver präpariert«, meinte Kiki.

»Klar, so was lernt man in der Oberstufe in Chemie.« Bente grinste.

»Wir haben in unserer Gruppe immerhin den vierten Platz gemacht«, berichtete Rebecca, die sich durch eine Gruppe von Schülern drängen musste, um zu den anderen zu gelangen. »Gar nicht so schlecht.« Sie wandte sich an Bente und Karlchen: »Euer Ei ist auf dem neunten Platz. Glückwunsch!«

Karlchen und Bente freuten sich.

»Und ganz ohne Doping!«, strahlte Karlchen.

»Das sollten wir unbedingt feiern«, schlug Bente vor.

»Gute Idee«, erwiderte Rebecca. »Ich hab eben Daniel getroffen. Er ist mit seinem Team zwar auf einem der letzten Plätze gelandet, aber er hat den gleichen Vorschlag gemacht.«

»Wir könnten ein Eis essen gehen«, meinte Bente.

»Lasst uns sehen, dass wir langsam hier herauskommen.« Kiki stellte sich auf die Zehenspitzen. »Wie's aussieht, ist am Ausgang ein gewaltiger Stau.«

Karlchen drängelte sich in freudiger Erwartung eines köstlichen Eisbechers einfach vorwärts und ließ sich von dem nach draußen drängenden Schülerstrom mitziehen. Sie winkte den anderen zu, ihr zu folgen.

Als die Freundinnen eine halbe Stunde später in Angelos Eissalon ankamen, stellten sie fest, dass sie nicht die Einzigen waren, die sich mit einem Eis abkühlen wollten. In der kleinen Eisdiele war es brechend voll. Sogar vor der Tür des Ladens hatte sich eine Schlange gebildet.

»Oh nee, schon wieder so ein Gedränge!«, stöhnte Kiki.

»Für einen Eisbecher mit Sahne tue ich alles«, sagte Karlchen. Sie wollte sich schon ins Getümmel werfen, als jemand ihren Namen rief. Steven, ihr Freund aus der Ponyabteilung, stand weit vorne in der Schlange und gab ihr Zeichen, zu ihm aufzuschließen.

Grinsend schob Karlchen sich an den wartenden Mitschülern vorbei, wobei sie die lautstarken Proteste gegen ihr Vordrängeln hartnäckig überhörte.

»Soll ich euch was mitbringen?«, rief sie ihren Freundinnen zu. Die nickten und riefen ihr ihre Wünsche zu.

Weil alle Plätze in der Eisdiele und auf der Terrasse besetzt waren, hockten sich Rebecca, Kiki und Bente auf eine niedrige Steinmauer vor der Tür. Daniel, Patrick und Sven machten mit ihren Rädern eine gekonnte Vollbremsung im knirschenden Kies.

»Viel Spaß beim Anstellen.« Kiki zeigte über ihre Schulter nach hinten.

Patrick verzog das Gesicht. »Da warte ich lieber, bis der schlimmste Andrang vorbei ist.« Er setzte sich neben Kiki auf die Mauer und legte einen Arm um sie.

Sven hob seinen Fotoapparat und machte ein paar Schnappschüsse. »Ich hol mir ’ne Cola. Noch jemand?«

»Nee, danke«, sagte Bente. »Karlchen holt uns schon was.«

»Achtung! Eisalarm!«, ertönte in dem Moment Karlchens Stimme. Sie balancierte vier Eisbecher in den Händen.

Während Sven zum Getränkeautomaten ging und Daniel sich in die Schlange einreihte, naschte Patrick von Kikis Eis. »Du willst mich also wirklich verlassen«, sagte er mit einem traurigen Augenaufschlag.

Kiki verschluckte sich fast an der Waffel. Sie hustete und starrte ihren Freund an. »Wie bitte? Wer behauptet denn so was?«

Patrick probierte abwechselnd Erdbeer und Cappuccino und verzog keine Miene.

»Tu doch nicht so. Alle wissen es«, erwiderte er todernst.

»Wovon redest du?«, fragte Kiki. »Ich versteh kein Wort!«

»Er hat recht«, meinte Daniel, der mit einem Schokobecher zurückkam. »Alle sprechen davon. Es ist DAS Thema!« Er machte eine wirkungsvolle Pause, während er genüsslich das Sahnehäubchen von seinem Eis abtrug. »Eure Klassenfahrt in die unendliche Weite des Wattenmeers!«

»Grr«, machte Kiki und stieß Patrick unsanft den Ellenbogen in die Seite.

Rebecca wedelte mit ihrem Eislöffel. »Nun fangt doch nicht wieder damit an«, sagte sie gelangweilt. »Das Thema hatten wir schon zur Genüge.«

»Genau«, meinte Bente. »Montag geht's los. Wir freuen uns. Und damit basta!«

Kiki warf ihre langen Haare über die Schulter und lächelte.

»Ja, stell dir vor«, sagte sie zu Patrick, »wir haben uns tatsächlich vorgenommen, uns zu amüsieren.«

»Und was wir uns vornehmen«, sagte Bente entschlossen, »das machen wir auch.«

5

Am Montagmorgen in aller Frühe – noch »vor dem Aufstehen«, wie Karlchen verschlafen murmelte – saß die 9b in dem Reisebus, der sie zum Borgelumer Fähranleger bringen sollte.

Karlchen, Bente, Rebecca und Kiki hatten sich im hinteren Teil des Busses Plätze gesucht, nur durch den Mittelgang voneinander getrennt. Etwas wehmütig blickten sie aus den Fenstern. Karlchen hatte einen Kloß im Hals, als sie Schnute und die anderen Ponys im Morgendunst auf der Koppel stehen sah. Schnute schlief noch. Er hielt den Kopf gesenkt und hatte die Hinterhand ruhend aufgesetzt. Am liebsten wäre Karlchen aufgesprungen und zu ihm gerannt. Sie wandte schnell den Blick ab, um nicht losheulen zu müssen.

Den anderen ging es nicht anders. Rebecca war in Gedanken bei Karfunkel und Little Mystery, Kiki dachte an Torphy und Bente an ihre kleine Flippi. Der Abschied von ihren Pferden fiel ihnen schwerer, als sie erwartet hatten.

»Es ist doch nur für fünf Tage«, sagte Rebecca laut.

Die anderen sahen sie fragend an.

»Ups, ich hab wohl laut gedacht.« Rebecca wurde rot.

Kiki lehnte ihren Kopf gegen die Scheibe.

»Komisch«, murmelte sie. »Ich hatte genau den gleichen Gedanken.«

»Ich auch«, gab Bente zu.

Karlchen seufzte.

»Tja, ja«, sagte sie leise. »Jetzt geht's wirklich los.«

Herr Hartmann, ganz in lässigem Freizeitlook, und Miss Wedgewood, wie immer sehr farbenfroh in leuchtenden Gelb- und Orangetönen gekleidet, stiegen in den Bus. Sie wünschten einen guten Morgen, was vonseiten der Klasse nur müde erwidert wurde, und zählten die Reihen durch. Zufrieden nickend nahmen sie ihre Plätze ein. Der Busfahrer erklomm seinen Sitz und legte einen Gang ein. Zischend schlossen sich die Türen.

»Es gibt kein Entrinnen mehr«, flüsterte Kiki düster, als der Bus losrollte. »Wir sitzen in der Falle!«

Plötzlich hob sie den Kopf. Auf der Schlossbrücke standen vier Jungs und winkten: Patrick, Daniel, Steven und Sven.

Sven machte ein Abschiedsfoto mit seinem Smartphone. Daniel und Patrick warfen den Mädchen Luftküsse zu. Steven zeigte auf die Ponys und hob einen Daumen, um Karlchen zu zeigen, dass er gut auf Schnute aufpassen würde. Karlchen winkte lachend zurück. Und dann rumpelte der Bus über die Brücke und verschwand im Morgennebel.

Die Fahrt dauerte nur eine knappe halbe Stunde. Das Reitinternat lag nahe der Nordseeküste, und der kleine Fährhafen, von dem aus die Schiffe zu den Nordfriesischen Inseln verkehrten, war nicht weit. Ehe sie sich's versahen, stiegen die Mädchen und Jungen schon wieder aus.

Über der Nordsee lag dichter grauer Dunst. Möwen kreischten. Als das Nebelhorn eines Dampfers durchdringend tutete, zuckte Kiki zusammen.

Rebecca schloss die Augen und atmete tief ein.

»Riecht ihr das?«, fragte sie die anderen. »Diese Luft ist einfach unbeschreiblich.«

Karlchen hob schnuppernd die Nase.

»Stinkt ein bisschen nach Fisch, oder?«, kicherte sie.

Miss Wedgewood rief: »Bitte nehmt euer Gepäck! Unser Schiff legt gleich ab!«

Während die Klasse ihre Reisetaschen und Rucksäcke aus dem Kofferraum des Busses nahm, zählte Herr Hartmann noch einmal nach, ob auch keiner fehlte. Zufrieden lächelnd verkündete er: »Alle da, wir können in See stechen!« Er strahlte über das ganze Gesicht. »Ist das nicht herrlich? Das weite Meer im Sonnenglanz des beginnenden Tages!«

»Na ja, noch ist es ziemlich neblig«, bemerkte Torben.

»Ach, das bisschen Nebel.« Herr Hartmann winkte ab. »Das ist nur Morgennebel. Der löst sich bald auf und dann scheint die Sonne. Wie heißt es so schön? Eine Seefahrt, die ist lustig!« Er summte ein paar Takte.

»Du meine Güte, hoffentlich fängt er nicht an, uns irgendwelche Seemannslieder vorzusingen«, raunte Bente den anderen zu. »Ich glaub, das halte ich nicht aus.«

»Vielleicht wird er ja seekrank«, sagte Kiki hoffnungsvoll.

Miss Wedgewood, die Kikis Bemerkung aufgeschnappt hatte, verzog das Gesicht.

»Ich hoffe, ich werde nicht seekrank«, sagte sie. »Ich bin leider nicht besonders seefest.«

Kiki sah die junge Englischlehrerin mitfühlend an.

»Ach, so schlimm wird's bestimmt nicht werden«, sagte sie schnell. »Das Meer ist ganz glatt und ruhig, und von einer Sturmwarnung hab ich nichts gehört. Wenn der Nebel erst mal weg ist, wird es bestimmt noch richtig schön. Dann können Sie an Deck sitzen und ein Sonnenbad nehmen.«

»Hoffentlich hast du recht«, sagte sie.

»Warum fahren Sie dann überhaupt mit?«, fragte Bente erstaunt. »Eine Hallig ist bestimmt nicht gerade das Richtige für Sie. Rundherum nur Wasser und Wellen.«

»Ich war noch nie auf einer Hallig«, antwortete Miss Wedgewood. »Das wollte ich mir auf keinen Fall entgehen lassen. Und außerdem schwankt so eine Insel ja im Gegensatz zu einem Schiff nicht. Hoffe ich jedenfalls«, fügte sie hinzu. »So, und nun kommt. Ich glaube, es geht los.«

Sie folgten Herrn Hartmann zu einem leuchtend weißen Schiff, aus dessen Schornstein kleine Dampfwölkchen quollen.

»Das ist die *Nordwind*«, verkündete Herr Hartmann. »Sie bringt uns nach Sundstrand.« Er kletterte über eine schmale Brücke und drehte sich um. »Wir haben ein ganzes Schiff für uns alleine! Ist das nicht klasse?«

»Ja, spitze«, brummte Bente. »Und Harti ist unser Kapitän.«

Die Freundinnen verstauten ihr Gepäck und suchten sich einen freien Platz auf dem Oberdeck.

»Wenn der Nebel erst mal weg ist und die Sonne scheint«, meinte Rebecca, »ist es hier perfekt!« Sie beugte sich über die Reling und schaute hinunter. »Hoffentlich geht's bald los!«

Marie-Claire, die ein paar Meter von ihr entfernt stand, verdrehte die Augen und hielt sich mit beiden Händen an der Seitenlehne einer Sitzbank fest.

»Wenn dieses Schaukeln nicht aufhört, sterbe ich«, wimmerte sie. »Mir ist ja so übel!«

Rebecca warf der Französin einen Blick zu und stellte fest, dass Marie-Claire nicht nur so tat. Sie sah wirklich ziemlich blass und elend aus, und ihre Augen wirkten riesengroß.

»Wir haben doch noch nicht mal abgelegt«, meinte Rebecca mitfühlend. »Hast du dir kein Medikament gegen Seekrankheit geben lassen?«

»Doch, klar«, erwiderte Marie-Claire schwach. »Aber es scheint nicht zu wirken.«

»Dann geh lieber zu Herrn Hartmann und hol dir noch eine Tablette, bevor das Schiff ablegt«, riet Kiki ihr. »Wenn wir erst auf hoher See sind, schaukelt es bestimmt noch mehr.«

»Herr Hartmann ist unter Deck.« Miss Wedgewood hatte sich zu den Schülern auf das Oberdeck gestellt. Sie griff in ihre Jackentasche, holte eine Packung Reisekaugummis hervor und drückte eins davon auf Marie-Claires ausgestreckte Hand. »Die wirken ziemlich schnell«, sagte sie und nahm sich selbst auch ein Kaugummi, bevor sie die Packung in die Tasche zurückschob.

»Na, das kann ja heiter werden«, seufzte Karlchen, als sie sich mit so viel Elend konfrontiert sah. Sie wandte sich um und befreite einen Schokoriegel von seinem Einwickelpapier. Als das Schiffshorn ertönte und die Gangway eingeholt wurde, grinste sie breit. »Endlich geht's los. Das wurde aber auch

Zeit!« Sie biss in den Riegel und lehnte sich weit über die hohe Reling, um ja nichts zu verpassen.

Bente stellte sich dicht neben sie und folgte ihrem Blick. An der Hafenmauer wurden armdicke Taue von schweren Ringen gelöst und an Bord gezogen. Das Wasser unter der *Nordwind* brodelte, als die Schiffsschraube sich immer schneller zu drehen begann. Langsam und behäbig löste sich das weiße Schiff von seinem Anleger und nahm Kurs in Richtung offenes Meer. Marie-Claire und Miss Wedgewood stöhnten fast gleichzeitig auf, aber niemand achtete mehr auf sie.

Wie auf Kommando riss plötzlich der Nebel auf. Die Morgensonne strahlte und ließ die gekräuselte See glitzern und funkeln. Noch einmal ertönte das laute Signal der *Nordwind.* Kiki holte ihren Fotoapparat aus dem Rucksack und machte ein paar Aufnahmen, als ihr Blick auf einen Mann fiel, der etwas abseits stand und mit einem Fernglas den Horizont absuchte. Er trug eine schneeweiße Uniform, die ihm ausgesprochen gut stand, wie Kiki feststellte.

»Wow!«, machte sie, während sie gleich eine ganze Fotoserie von dem gut aussehenden Fremden schoss.

Rebecca bohrte ihr einen Ellenbogen in die Seite. »Was machst du da?«, zischte sie ihr zu. »Findest du es nicht ein bisschen peinlich, den Kapitän so ungefragt zu fotografieren?«

»Das ist der Kapitän?«, fragte Kiki begeistert, ohne den Finger vom Auslöser zu nehmen. »Cool! Ich glaub, ich pirsch mich mal ein bisschen dichter ran. Ich brauch unbedingt eine Nahaufnahme!«

Mit einem tiefen Seufzer ließ Rebecca sich neben Bente und Karlchen auf eine Sitzbank fallen.

»Kiki und die Männer …«, grinste Bente. »Das ändert sich wohl nie.«

»So ist sie eben«, meinte Karlchen gleichmütig, während sie mit zusammengekniffenen Augen dem Flug einer unwahrscheinlich großen Möwe folgte. »Junge, Junge, ich hatte ja keine Ahnung, wie riesig die Dinger werden können!«

»Wovon redest du?«, fragte Bente.

Karlchen streckte den Finger aus und deutete himmelwärts. Die graue Seemöwe stieß einen schrillen Schrei aus und drehte den Kopf hin und her, als würde sie die Mädchen ganz genau beobachten. Unwillkürlich zog Bente die Schultern hoch. »Die ist aber wirklich gigantisch!«

»Stimmt«, nickte Rebecca. »Ein bemerkenswertes Exemplar. Kommt bloß nicht auf die Idee, sie zu füttern. Man nennt Möwen nicht umsonst ›Ratten der Meere‹. Sie ernähren sich nämlich nicht nur von Fisch und Krebsgetier, sondern auch von Müll. Kein Wunder, dass sie potenzielle Krankheitsüberträger sind.«

»Echt wahr?« Bente zog die Schultern noch ein Stück höher, sodass sie fast ihre Ohren berührten.

Karlchen lachte. »Ich find sie trotzdem schön. Jedenfalls, solange sie uns nicht auf den Kopf kackt.«

Bente prustete.

Rebecca zeigte auf Herrn Hartmann, der seinen Kopf durch ein rundes Fenster nach draußen steckte und tief ein- und ausatmete. »Seht mal, er ist ziemlich grün im Gesicht, oder?«

»Auweia, ich glaub, der ist seekrank!« Bente schlug sich mit der flachen Hand auf den Mund, aber Herr Hartmann hatte sie anscheinend nicht gehört; sein Kopf war bereits wieder im Innern des Schiffs verschwunden.

»Cool«, grinste Karlchen. »Kiki auf Abwegen, unsere Lehrer seekrank und über uns die Ratten der sieben Weltmeere.« Sie stupste Bente und Rebecca an, fing an zu schunkeln und summte: »Eine Seefahrt, die ist lustig.«

Kiki hatte inzwischen ihre Nahaufnahmen bekommen und darüber hinaus erfahren, dass der attraktive Typ in Uniform tatsächlich der Kapitän der *Nordwind* war. Sein Name war Kai Janssen, und Kiki hatte seine Einladung, die Brücke des Schiffs zu besichtigen, ohne zu zögern angenommen. Jetzt stand sie hinter einem Steuerrad, das Herr Janssen Ruder nannte, und hatte einen herrlichen Blick über das weite Meer und das Vordeck des Fährschiffs. Sie sah ihre Freundinnen, die auf ihrer Bank in der Sonne saßen und laut Seemannslieder sangen. So laut, dass sie sogar das Brummen des Dieselmotors übertönten. Kapitän Janssen lachte.

»Die drei scheinen sich ja prächtig zu amüsieren.«

»Ja, die amüsieren sich ständig«, erwiderte Kiki. »Die können irgendwie gar nicht anders.«

Nach ein paar Minuten bedankte sie sich bei dem Kapitän und verabschiedete sich. Sie hatte Unmengen von Fotos gemacht – mit Käpt'n und ohne – und bekam langsam Hunger und Durst. Sie schenkte Herrn Janssen ein strahlendes Lächeln. Er gab ihr die Hand, und es kam ihr vor, als würde er sie ein bisschen länger festhalten, als es nötig gewesen wäre. Kiki wurde knallrot. Sie wandte sich um und trat aus der Tür, wobei sie um ein Haar gestolpert wäre.

»Bis zur Rückfahrt dann«, sagte sie hastig.

»Tschüss!«, rief der Kapitän hinter ihr her.

Auf der steilen Eisentreppe, die nach unten führte, musste Kiki sich festhalten. Das Schiff schaukelte ziemlich heftig. Aber dafür schien die Sonne und das Meer glitzerte.

»Perfekt!«, fand Kiki, während sie darüber nachdachte, ob sie ihre Sonnenbrille und die große Tube Sonnencreme mitgenommen hatte.

Rebecca und Bente hatten die Augen geschlossen und hielten ihre Gesichter in die Sonne. Sie schauten kaum auf, als Kiki sich zu ihnen setzte und behaglich seufzend eine Packung Kekse aufmachte, die sie am Bordkiosk gekauft hatte. Sie nahm sich zwei Kekse heraus und reichte die Packung anschließend weiter.

Karlchen winkte ab. Sie hatte in der Zwischenzeit eine Flasche Kakao geleert und zwei belegte Brötchen sowie eine Banane vertilgt. Satt und zufrieden lehnte sie an der Reling und lächelte vor sich hin. Plötzlich hatte sie eine geniale Idee.

Sie verschwand im Waschraum und wusch die Kakaoflasche aus. Wieder draußen schüttelte sie die letzten Wassertropfen heraus und nahm ihr Notizbuch und einen Kugelschreiber zur Hand. Sie musste nicht lange überlegen, was sie schreiben sollte – wie von selbst flog der Kuli über das karierte Papier: »SOS! Bin an Bord eines morschen Kahns. Sind in höchster Seenot! Kapitän ist auf amourösen Abwegen. Beide Aufsichtspersonen schwer erkrankt. Hilfe! SOS! Rettet unsere armen Seelen!«

Mit einem breiten Grinsen rollte sie den Zettel zusammen

und stopfte ihn der Länge nach in die ausgediente Kakaoflasche. Dann schraubte sie den Drehverschluss zu und holte weit aus. In hohem Bogen flog die Flasche über die Bordwand und landete mit einem satten Platschen im Fahrwasser der *Nordwind.* Karlchen warf eine Kusshand hinterher. Sie fragte sich, wann und vor allem wo die Flasche wohl an Land gespült werden würde. Vielleicht würde sie es bis nach Amerika schaffen? Sie hatte keinen blassen Schimmer von den Strömungsverhältnissen der Nordsee. Aber sie hoffte, dass sie eines Tages Post von dem Finder bekommen und erfahren würde, wie weit es die Kakaoflasche geschafft hatte. Vielleicht würde sie dadurch eine Brieffreundin oder einen Brieffreund finden? Bei dem Gedanken daran stöhnte sie auf und schlug sich gegen die Stirn.

»Mist, verdammter! Ich hab meinen Namen und die Anschrift vergessen! So was Beknacktes!«

Ohne zu zögern, verschwand sie im Bauch der *Nordwind*, um sich am Bordkiosk eine neue Flasche Kakao zu besorgen.

6

Die zweite Flaschenpost – mit Karlchens Namen, ihrer vollständigen Anschrift und der dringenden Bitte, unbedingt zu antworten – dümpelte gerade im Wasser, als ein lauter Ruf ertönte: »Land in Sicht!«

Mikka und Torben hatten sich auf die untere Sprosse der Reling gestellt und ruderten mit den Armen.

»Da ist 'ne Insel!«, rief Torben.

»Wir sind gerettet!« Mikka schlug ihm auf die Schulter.

Karlchen, die versucht hatte, ihre Flaschenpost so lange wie möglich im Auge zu behalten, drehte sich um und stieß dabei gegen Rebecca, die verwirrt um sich blickte.

Kiki und Bente waren mit einem Satz auf den Beinen und zogen Rebecca und Karlchen mit sich. Zusammen mit den anderen liefen sie auf die gegenüberliegende Seite des Schiffs und spähten übers Meer.

Eine Welle brach sich am Bug der *Nordwind.* Gischt spritzte auf und legte sich wie feiner, salziger Sprühregen über die Gesichter der Mädchen und Jungen. Marie-Claire jammerte, als sich das Schiff sacht zur Seite neigte, um durch die Wellen Kurs auf einen schmalen, unscheinbaren Streifen am Horizont zu nehmen.

Miss Wedgewood atmete mehrmals tief durch.

»Ist das schon unsere Hallig?« Karlchen legte die flache Hand über die Augen, um sie gegen die Sonne abzuschirmen, und starrte angestrengt nach vorn.

»Du siehst aus wie eine Piratin«, bemerkte Bente. »Fehlen nur noch das Holzbein und die Augenbinde.«

»Haha«, machte Karlchen.

Rebecca schaute auf ihre Uhr. »Das muss tatsächlich Sundstrand sein. Wir sind mit der Flut gefahren. Halligen können nur während der Flut angelaufen werden, weil …«

»Weil die Schiffe sonst im Watt stecken bleiben würden«, unterbrach Kiki sie. »So schlau bin sogar ich!«

»Zu Fuß wär's dann wohl doch noch ein bisschen zu weit«, ertönte eine Stimme hinter ihrem Rücken.

»Na, Herr Hartmann«, sagte Miss Wedgewood. »Geht's wieder?«

Herr Hartmann winkte ab. »Ging schon mal besser«, gab er zu. »Ich bin froh, wenn ich gleich wieder festes Land unter den Füßen habe.«

»Der Ärmste«, flüsterte Bente Karlchen zu. »Er sieht echt elend aus.«

Karlchen nickte. »Ja, gegen den siehst du sogar gut aus, und das will was heißen!«

Bevor Bente ihr einen Tritt versetzen konnte, wich sie zur Seite aus.

Rebecca deutete mit dem ausgestreckten Zeigefinger nach vorn. »Komisch. Eben war die Hallig noch da. Jetzt ist sie wieder weg.«

»Ich seh sowieso nur noch Wasser«, stöhnte Kiki.

Bente tröstete sie: »Das ist ganz normal, wenn man auf hoher See ist.«

»Da ist die Insel! Ich seh sie!« Karlchen hüpfte wie ein kleiner Gummiball auf und ab.

Bente hielt sie vorsichtshalber an einem Zipfel ihres Sweatshirts fest, damit sie nicht über Bord ging.

»Hör bitte auf zu zappeln«, sagte sie. »Sonst werde ich auf den letzten Metern auch noch seekrank.«

Karlchen ignorierte ihr Flehen. »Könnt ihr schon was sehen? Gibt's da Pferde?« Ihre Stimme überschlug sich fast, während die *Nordwind* noch einmal ihren Kurs änderte und das Signalhorn ertönen ließ.

»Das heißt wohl, dass wir bald anlegen«, meinte Herr Hartmann und fügte ein leises »Gott sei Dank!« hinzu.

»Mist!«, brummte Karlchen. »Wie eine Pferde-Insel sieht das nicht gerade aus. Ich halt's nicht aus, wenn sie nicht wenigstens ein klitzekleines Pony auf der Hallig haben. Ich kann ohne Pferde und Ponys nicht existieren!«

»Nun übertreib mal nicht«, meinte Kiki ungerührt. »Die paar Tage wirst du's wohl aushalten. Das müssen wir schließlich alle.«

Karlchen warf ihr einen finsteren Blick zu.

»Merkwürdig«, murmelte Rebecca, die mit zusammengekniffenen Augen versuchte, Sundstrand nicht aus den Augen zu verlieren. »Je näher wir der Hallig kommen, umso kleiner wird sie.« Sie zwinkerte ein paar Mal und griff sich gewohnheitsmäßig ins Gesicht, um die Brille abzunehmen und zu putzen, als ihr einfiel, dass sie ihre Kontaktlinsen trug. Sie ließ die Hand wieder sinken. Kiki grinste, sagte aber nichts.

»Fast wie bei Jim Knopf.« Bente lachte. »Das muss ich unbedingt Laura erzählen.«

Rebecca zog eine Braue hoch. »Was?«

»Na, dass die Hallig kleiner wird statt größer. Du weißt schon, als Jim Knopf bei dem Riesen Tur Tur war, sah der von Weitem auch total groß aus und wurde immer kleiner, je näher Jim und Lukas ihm kamen.«

»Ähm«, machte Rebecca. »Ja, genau, Bente. Du hast vollkommen recht.« Sie sah die Freundin an, als zweifelte sie an deren geistiger Gesundheit, bevor sie sich kopfschüttelnd abwandte.

»Ich kann drei Häuser, einen Baum, ungefähr zwanzig Kühe und genauso viele Schafe sehen. Und da sind auch ein paar Menschen, die auf einer Brücke stehen und winken«, verkündete Mikka, der sich ein Fernglas ausgeliehen hatte.

»Keine Pferde?«, fragte Karlchen betrübt.

Mikka schüttelte den Kopf. »Nee, tut mir leid. Keine Spur von einem Pferd. Aber vielleicht sind ein paar von den Kühen in Wirklichkeit Pferde. Ich kenn mich da nicht so aus.«

Miss Wedgewood lachte. »Bitte holt euer Gepäck und versammelt euch unter Deck vor dem Ausgang. Rennt nicht und haltet euch gut fest.«

Wie auf Bestellung schwappte eine Welle seitwärts gegen die *Nordwind* und ließ das Schiff kurz schlingern. Marie-Claire jammerte. Herr Hartmann hielt sich ein Taschentuch vor den Mund. Miss Wedgewood klammerte sich an der Reling fest.

»Nur keine Eile«, murmelte sie. »Wir haben noch genug Zeit, bis wir anlegen.«

»Karlchen, du zappelst schon wieder«, meckerte Bente, als die Klasse wenig später im Bauch des Schiffs vor dem Ausgang stand.

»Das kommt, weil ich nervös bin«, entschuldigte sich Karlchen. Sie sprang hin und her, starrte mal durch dieses, mal durch jenes Bullauge und wartete darauf, dass die schwere Eisentür endlich geöffnet wurde, um sie an Land zu lassen.

Die *Nordwind* lag längsseits an der schmalen Landungsbrücke der Hallig Sundstrand. Dicke Taue wurden auf den Steg geworfen und befestigt, die Gangway wurde bereitgelegt.

»Gebt ihr einen Schokoriegel«, schlug Kiki vor. »Das beruhigt sie.«

»Sie hat einen Vorrat für die nächsten Tage in ihrem Rucksack«, erwiderte Bente leicht genervt. »Und zwar ganz unten, damit sie nicht schon während der Fahrt alles auffuttert.«

»Dann muss sie eben weiterzappeln«, mischte sich Rebecca ohne großes Mitleid ein. »Vielleicht unterzuckert sie ja und kippt um. Dann haben wir unsere Ruhe.«

In diesem Moment quietschten die dicken Scharniere der Außentür. Ein Rad drehte sich, ein Riegel wurde entsichert. Die schwere Tür schwang auf.

Der Satz »Willkommen auf der Hallig Sundstrand« war das Erste, was die Neuankömmlinge von der Insel sahen. Er stand in großen weißen Buchstaben auf einem meerblau lackierten Metallschild, das mit einer Kette an einem Balken über der Brücke befestigt war und im Wind hin und her schwang. Ein frischer, würziger Wind fuhr durch die geöffnete Tür.

Herr Hartmann trat nach vorn. »Da wären wir. Willkommen auf Sundstrand!«

Auf dem Bootsanleger standen eine blonde junge Frau mit einem noch blonderen kleinen Mädchen an der Hand und ein bärtiger Mann, dessen ebenfalls strohblonde Haare halb von einer Pudelmütze verdeckt waren. Die junge Frau rief: »Willkommen auf unserer Hallig!«

»Wenn ich richtig mitgezählt habe«, seufzte Rebecca, »war das jetzt das dritte Willkommen in weniger als fünf Minuten.«

»Ist doch nett!« Karlchen drängelte sich, ihren prallen Rucksack vor sich herschiebend, an Rebecca vorbei auf die schmale Gangway, hob die Nase und schnupperte. »Ich rieche Pferde«, sagte sie. »Ja, das ist eindeutig der Geruch von Pferdemist!«

Die Klasse verließ das Schiff und versammelte sich auf der Brücke. Hinter ihnen wurden Kisten, Pakete und mehrere Postsäcke ausgeladen. Anschließend wurden die Taue von den dicken Pollern gelöst und die *Nordwind* ließ wieder ihr durchdringendes Tuten hören. Kiki hob den Kopf. Ganz oben an Deck, beide Arme auf die Reling gestützt, stand Kapitän Janssen. Er winkte ihr zu, bevor er sich abwandte, um das Ablegen seines Schiffs zu beaufsichtigen.

»Sie müssen sich beeilen, damit sie wieder in Borgelum sind, bevor Ebbe ist«, erklärte der blonde Mann mit der Pudelmütze. »Sonst bleiben sie im Watt stecken und müssen bis zur nächsten Flut warten.« Er reichte zuerst Miss Wedgewood, dann Herrn Hartmann die Hand. »Moin«, sagte er.

»Ich bin Sören Holle, euer Gastgeber für die nächsten paar Tage. Das ist Svea, meine Frau«, stellte er die Blondine neben sich vor. »Und das ist unsere Tochter Melanie. Sie ist drei. Die jüngste Bewohnerin von Sundstrand.« Er hob das kleine Mädchen hoch. »Dann kommt mal mit. Ich zeig euch eure Unterkunft.« Mit seiner Tochter auf den Schultern ging er voraus, drehte sich aber noch einmal kurz um und meinte: »Keine Bange, verlaufen kann man sich bei uns nicht.«

»Na, der scheint ja 'ne richtige Frohnatur zu sein.« Kiki schulterte ihren Rucksack und verlor fast das Gleichgewicht, wobei sie Rebecca streifte.

»Hilfe!« Rebecca ruderte mit den Armen in der Luft und schien einen Moment in der Bewegung zu erstarren, bevor sie einen Ausfallschritt machte und ins Leere trat. Kurz darauf landete sie mit einem lauten »Platsch!« im Wasser.

»Rebecca!«, schrien Bente und Karlchen gleichzeitig auf.

Kiki schlug sich erschrocken die Hand vor den Mund. Ehe die anderen überhaupt realisieren konnten, was geschehen war, setzte Sören seine Tochter ab, schob die im Weg Stehenden zur Seite und sprang Rebecca hinterher. Wenig später tauchte er triefend und prustend an ihrer Seite auf und grinste schief, während er seine Pudelmütze, die abzutreiben drohte, einfing und wieder aufsetzte.

»Wir schwimmen schon mal voraus!«, rief er den Zuschauern zu, die wie versteinert auf dem Steg standen und die Rettungsaktion beobachteten.

Rebecca strich sich eine nasse Strähne aus dem Gesicht. Sie machte ein Gesicht, als wollte sie am liebsten losheulen, aber dann lachte sie und winkte.

»Nichts passiert!«, rief sie. »Wir sehen uns gleich!«

»Junge«, sagte Karlchen. »Das ist ja ein Ding!«

»Seid vorsichtig und passt auf, wohin ihr tretet«, bat Miss Wedgewood. Sie war noch eine Spur blasser geworden.

Herr Hartmann nickte. »Am besten bleibt ihr in der Mitte der Brücke«, sagte er, während er der schwimmenden Rebecca einen besorgten Blick zuwarf, »dann kann nichts passieren.«

Svea nahm Melanie an die Hand.

»Na, das war ja eine tolle Begrüßung«, lächelte sie. »Ihr werdet euch schnell daran gewöhnen, dass ihr hier vom Wasser umgeben seid. Zum Glück ist es im Uferbereich nicht tief. Aber jetzt bring ich euch erst mal zum Gästehaus.« Mit energischen Schritten ging sie voraus.

Karlchen kicherte leise.

»Was ist so witzig?«, fragte Kiki. Sie schulterte Rebeccas Reisetasche und warf Karlchen einen Seitenblick zu.

»Mir ist gerade aufgefallen, dass sie Frau Holle heißt«, grinste Karlchen. »Svea Holle. Frau Holle … Wie im Märchen!«

Kiki stutzte, dann kicherte sie. »Stimmt.«

»Glaubt bloß nicht, dass es in den kommenden Tagen schneien wird!«, rief Svea Holle über die Schulter zurück. »Und eure Betten müsst ihr auch selber ausschütteln!« Sie lachte, ihre Tochter fiel fröhlich mit ein. Es war klar, dass sie mit ihrem Namen nicht zum ersten Mal für Belustigung sorgte.

Karlchen lief ein paar Schritte vor, um Svea einzuholen.

»Darf ich Sie mal was fragen? Gibt's hier zufällig Pferde?«

»Erstens: Da ich für die nächsten Tage eure Herbergsmutter bin, dürft ihr mich ruhig duzen. Ich heiße Svea«, sagte die Gastgeberin. »Und zweitens: Ja, wir haben Pferde. Zwei Friesen, Kartoffel-Franz und Pumpernickel. Sie stehen hinten auf der Warft.« Sie zeigte auf eine grüne Erhebung in der Mitte der Hallig.

Karlchen fiel stolpernd ein paar Schritte zurück. Sie war viel zu verblüfft, um sich für die Auskunft zu bedanken.

Zwei Pferde!, dachte sie beglückt. Dann ist Sundstrand ja doch eine Pferde-Insel! Aber was, um Himmels willen, ist eine Warft?

»Hab ich richtig gehört?«, raunte Bente ihr zu. »Wir sind mitten im Wattenmeer auf einer winzigen Insel, und es gibt Pferde hier? Das ist ja unglaublich!«

Kiki stimmte ihr zu. »Ja, find ich auch.«

»Zwei Friesen«, grinste Karlchen. »Kartoffel-Franz und Pumpernickel.«

»Was für bescheuerte Namen!«, zischte Marie-Claire von hinten.

Karlchen drehte sich um.

»Mir gefallen sie«, sagte sie. »Mal was anderes, oder nicht? Und außerdem passen sie bestimmt zu den beiden. Ich bin schon sehr gespannt, sie zu sehen.«

»Alle Friesen sind schwarz und unglaublich dick«, gab Marie-Claire zurück. »Die sehen alle gleich aus. Das weiß doch jeder.«

Karlchen beschloss, nicht darauf zu antworten. Sie hatten den Fähranleger verlassen und standen etwas ratlos da, während Svea ihren Mann und Rebecca am Ufer in Empfang nahm. Rebecca schüttelte sich wie eine nasse Katze. Ihr kurz geschnittenes Haar kräuselte sich zu kleinen Löckchen.

»Hi«, sagte sie etwas verlegen. »Da bin ich wieder.«

»Gut, dass dir nichts passiert ist«, sagte Miss Wedgewood erleichtert. »Meine Güte, was für ein Schreck!«

Herr Hartmann begutachtete eine kleine Schürfwunde auf Rebeccas Schienbein. »Dafür brauchst du kein Pflaster, das heilt an der frischen Luft. Zieh dir trockene Sachen an, sobald wir im Gästehaus sind. Es ist zwar warm, aber es wäre trotzdem dumm, wenn du dich erkälten würdest.«

Mit einem Nicken schloss Rebecca sich ihren wartenden Mitschülern an. Es war ihr irgendwie peinlich, im Mittelpunkt des Interesses zu stehen.

»Cooler Stunt«, grinste Karlchen. »Sah echt klasse aus!«

»Haha, witzig«, knurrte Rebecca. »Ich lach später, okay?«

Kiki drückte sie kurz. »Tut mir total leid. Ist dir echt nichts passiert?«

Rebecca schüttelte den Kopf. »Nee, zum Glück kann ich schwimmen und Herr Holle war ja auch schnell bei mir. Zuerst dachte ich, ich hätte eine Kontaktlinse verloren, aber die war wohl nur verrutscht.«

Karlchen und Bente klopften ihr aufmunternd auf die Schulter.

»Schon gut, kriegt euch wieder ein«, meinte Rebecca. »Ich werd's überleben. Und jetzt lasst uns endlich gehen. Ich hasse das Gefühl, wenn nasse Klamotten an mir kleben.«

7

Auf dem Weg zu ihrer Unterkunft – einem geduckten, aus rotem Backstein erbauten Friesenhaus, dessen Dach wie eine dicke Mütze aus hellem Stroh aussah – erfuhren die Mädchen und Jungen mehr über das Inselleben, als in jedem von Herrn Hartmanns Lehrbüchern stand.

»Bleibt bitte immer auf den markierten Wegen«, sagte Svea. Sie ging mit ihrem triefenden Mann und der kleinen Melanie auf einem schmalen, sandigen Pfad voraus. »Die Bondestave blüht und der Wermut wächst.« Sie machte eine ausholende Geste. »In dieser Jahreszeit ist die Hallig ein riesiges Blumenfeld.«

Miss Wedgewood bückte sich und roch an einem hellllilafarbenen Strauch. »Hmm«, machte sie. »Wie das duftet!«

Sören wandte sich um. »Außerhalb der Wege befinden sich viele Nester von Bodenbrütern, die hier ihren Nachwuchs aufziehen. Wenn ihr die Pfade verlasst, könntet ihr die Gelege leicht zertreten. Also passt bitte auf.«

»Im Herbst landen hier Ringelgänse«, ergänzte Svea, »um Kraft und Fettreserven für ihren Flug nach Sibirien zu sammeln. Dann versteht man an manchen Tagen sein eigenes Wort kaum, so laut wird geschnattert.«

Bente hörte aufmerksam zu. »Das muss ich unbedingt Laura erzählen«, murmelte sie.

»Wieso das denn?«, fragte Kiki.

»Sie will nach dem Abi vielleicht ein freiwilliges ökologisches Jahr machen«, erzählte Bente, »und sich als Naturpark-Ranger oder Vogelwartin bewerben. Die Stellen sind ziemlich heiß begehrt.«

Karlchen wurde hellhörig. »Ranger in einem Naturpark? Das klingt cool!«

Bente nickte. »Ich soll jede Menge Fotos von der Hallig für sie machen und ihr schicken.«

»Mailen?« Rebecca zog spöttisch die Augenbrauen hoch und nieste. »Du denkst, hier gibt's Empfang?« Sie nieste noch einmal. »Das glaub ich im Leben nicht.«

»Egal«, meinte Bente. »Dann schick ich ihr die Bilder eben, wenn wir wieder zu Hause sind.«

»Sundstrand ist die kleinste der zehn Halligen im Nordfriesischen Wattenmeer«, meldete sich Herr Hartmann zu Wort. »Die Halligwelt ist einzigartig und gehört zum Nationalpark. Sie hat eine wichtige Schutzfunktion für die Deiche am Festland. Als Wellenbrecher beruhigen die Halligen die See und stabilisieren die Wattflächen.«

Sören nickte. »Stimmt. Außerdem ist ein Aufenthalt auf einer Hallig unheimlich gesund. Die Luft ist absolut staubfrei und sehr jodhaltig. Und wer bei uns nicht nur faulenzen will, kann angeln, Wattwanderungen machen oder baden. Ihr seht ja selbst, dass es hier genug Möglichkeiten gibt.«

»Und was ist dieses Dingsda, auf dem die Pferde stehen?«, fragte Karlchen.

»Du meinst die Warft?«, fragte Svea zurück. Karlchen nickte. »Warften sind aufgeschüttete und bepflanzte Erdhügel, die ihr hier überall findet. Auf diesen Hügeln stehen die Häuser. Wir haben hier keine hohen Deiche und sind der Nordsee ziemlich schutzlos ausgesetzt. In der stürmischen Jahreszeit gehört ›Land unter‹ zu unserem Alltag.«

»Warum bauen Sie denn keinen Deich?«, wollte Miss Wedgewood wissen.

»Gute Frage«, erwiderte Svea. »Natürlich haben wir Schutzdeiche. Aber die regelmäßigen Überflutungen brauchen wir auch, weil sie auf unserem Marschland wichtigen Lebensraum für seltene Pflanzen und Tiere schaffen.«

Bente machte eifrig Notizen und Fotos. Sie wollte nicht nur ihrer Cousine Laura alles haarklein berichten, sondern auch eine Foto-Reportage für die Schülerzeitung schreiben. »Darf ich dein unfreiwilliges Bad erwähnen?«, wandte sie sich an Rebecca.

»Untersteh dich!«, brauste Rebecca auf. Etwas versöhnlicher fügte sie hinzu: »Ach, was soll's. Es wird sowieso jeder im Schloss davon erfahren. Schreib, was du willst.«

Bente bedankte sich und kaute nachdenklich auf ihrem Kuli. »Zu blöd, dass vorhin keiner Fotos gemacht hat. Die würden der Story erst den richtigen Kick geben.« Ihre Miene erhellte sich. »Können wir die Szene vielleicht in den nächsten Tagen noch mal nachstellen? Kiki gibt dir einen Schubs, Karlchen macht die Fotos und ich schildere meine Live-Eindrücke. Einverstanden?«

Rebecca blieb stehen und starrte sie an. »Vergiss es!«, zischte sie und stapfte wütend weiter.

»Na gut, okay«, murmelte Bente. »Dann eben ohne Fotos.«

»Das ist unser Inselkiosk«, sagte Sören. Er war vor einer Holzhütte stehen geblieben. »Hier bekommt ihr Getränke, Eis, Süßigkeiten, Andenken, Postkarten und Bücher über die Halligwelt.«

»Und wo ist der nächste Supermarkt?«, meldete sich Marie-Claire zu Wort.

Svea und Sören warfen sich einen belustigten Blick zu.

»Einen Supermarkt gibt es hier nicht«, antwortete Svea freundlich. »Wir haben keine Verbindung zum Festland in Form von Dämmen oder regelmäßig fahrenden Fährschiffen. Nur während der kurzen Hochwasserzeit können Ausflugsschiffe wie die *Nordwind* die Hallig erreichen. Unsere Lebensmittel und alles, was wir brauchen, bestellen wir einmal in der Woche per Telefon beim Kaufmann auf dem Festland. Die Ware kommt dann mit dem Schiff.«

»Es gibt keinen Supermarkt, keine Autos und kein Gedränge«, fügte Sören hinzu. »Nur jede Menge Ruhe und Natur.«

Marie-Claire klappte vor ungläubigem Entsetzen das Kinn herunter. Karlchen grinste.

»Und wie bekommen Sie ihre Post?«, fragte Miss Wedgewood.

»Entweder wie heute mit dem Ausflugsschiff«, antwortete Sören. »Oder mehrmals wöchentlich mit dem Postschiff. Das hängt von den Gezeiten und von der Jahreszeit ab. Wenn im Herbst und Winter die Stürme toben, sind wir manchmal tagelang ohne Verbindung zur Außenwelt.«

»Wow!«, machte Torben.

»Man gewöhnt sich dran«, meinte Sören. »Ich möchte jedenfalls nirgendwo anders leben. So, da wären wir. Im Moment seid ihr die einzigen Gäste. Ein älterer Herr hat sich für ein paar Wochen in unserem kleinen Ferienhaus eingemietet.« Er zeigte auf ein reetgedecktes Häuschen. »Ihr werdet ihn allerdings kaum zu Gesicht bekommen. Er nutzt die Abgeschiedenheit, um zu arbeiten, und möchte unter keinen Umständen gestört werden. Haltet euch also ein bisschen fern von dem Haus, okay? Aber nun kommt erst mal rein!« Er öffnete eine zweiflügelige, mit Holzschnitzereien verzierte Tür.

»Für Schulklassen haben wir Vierbettzimmer«, erklärte Svea. »Sie sind alle gleich groß und gleich ausgestattet und bieten freien Blick aufs Meer.«

Karlchen drängelte sich vor. »Kann man von einem der Zimmer aus Pumpernickel und Franz sehen? Ich verzichte freiwillig auf den Meerblick, wenn ich stattdessen morgens beim Aufwachen auf eine Pferdeweide gucken könnte.«

Svea war einen Moment lang sprachlos, aber dann sagte sie: »Ich glaub, das lässt sich einrichten. Das Zimmer ganz am Ende des Flurs liegt an der Pferdekoppel. Wenn du das Fenster aufmachst, kann es passieren, dass die beiden einen Blick hineinwerfen. Manche Gäste mögen das nicht.«

»Wir schon«, strahlte Karlchen. »Das ist genau das, was wir brauchen. Ist gebongt. Wir nehmen das Zimmer.«

Während Karlchen, Kiki, Rebecca und Bente ihr Gepäck hochhoben, um das Zimmer am Ende des Gangs in Besitz zu nehmen, zeigte Frau Holle den anderen ihre Zimmer.

»Gegessen wird im Haupthaus«, sagte sie zum Abschluss. »Ein Plan mit den Essenszeiten hängt in jedem Zimmer. Und nun richtet euch erst mal ganz in Ruhe ein und schaut euch alles an.«

»Falls ihr Fragen habt, wir wohnen gleich nebenan«, fügte Sören hinzu.

Herr Hartmann bedankte sich bei den beiden. Mit einem Blick auf seine Uhr wandte er sich anschließend an die Klasse: »Packt aus und erholt euch von der Reise. Wir treffen uns in einer Stunde wieder. Und du«, sagte er zu Rebecca, »nimmst als Erstes eine heiße Dusche und ziehst dir was Trockenes an.«

»Klar, mach ich«, nickte Rebecca und verschwand mit ihren Freundinnen im Pferdezimmer, wie Karlchen ihre Bleibe getauft hatte.

»Ist das nicht total genial?« Bente öffnete das schmale Fenster neben ihrem Bett und stieß die beiden Flügel nach draußen. »Ein Pferdezimmer auf einer Pferde-Insel … Besser geht's nicht, oder?«

Ganz in der Nähe hoben zwei Rappen ihre Köpfe und prusteten, bevor sie ihre Nasen wieder senkten und weitergrasten.

»Hey, da seid ihr ja!«, rief Karlchen. »Heja, Swartbrot! Heja, Frans!« Vor lauter Begeisterung verfiel sie in ihren lustigen dänischen Akzent. Sie drehte sich einmal um die eigene Achse, breitete die Arme aus und ließ sich auf das nächstbeste Bett plumpsen. »Ich glaub, es fängt an, mir hier zu gefallen.«

Während Rebecca ein paar Sachen aus ihrer Reisetasche nahm und im Waschraum verschwand, um zu duschen, lehnten Kiki und Bente im offenen Fenster und bewunderten die schwarzen Pferde.

»Guckt euch die langen Haare an den Fesseln an! Total typisch für Friesen.«

»Ja, genau wie die gewellte Mähne. Die beiden sind wirklich knuffig!«

»Ob die geritten werden?« Karlchen stellte sich hinter die Freundinnen und reckte den Hals. »Sie sind riesig, findet ihr nicht?«

»Ein bisschen größer als dein Fjordi sind sie wohl«, frotzelte Bente. »Aber das ist ja auch nicht besonders schwer. Irgendwie sind die meisten Pferde, die ich kenne, größer als Schnute.«

»Außer vielleicht Little Mystery«, schloss Kiki sich an. »Aber der ist ja schließlich noch ein Fohlen.«

»Ihr seid echt doof!« Karlchen grinste. Sie war es gewohnt, dass sie und ihr runder Norweger regelmäßig aufgezogen wurden, und nahm es schon lange nicht mehr ernst.

»Darum sind wir ja auch mit dir befreundet.« Rebecca war unbemerkt von den anderen ins Zimmer getreten und rubbelte sich mit einem Frotteehandtuch die Haare trocken. Sie warf ebenfalls einen Blick hinaus.

»Schön ist es hier«, stellte sie fest. »Richtig schön.«

Kiki seufzte. »Ja, stimmt. Hört ihr das gleichmäßige Rauschen der Wellen und des Windes?«

Die Mädchen standen einen Moment ganz still und lauschten.

Bente nickte. »Ich glaub, ich werde wunderbar schlafen.«

»Du schläfst doch überall wunderbar«, entgegnete Karlchen. »Aber ob wir ein Auge zukriegen, wenn du mit dem Wind und den Wellen um die Wette schnarchst?«

»Ich schnarch überhaupt nicht!«, protestierte Bente.

»Klar!«, gab Karlchen zurück.

»Nee!«

»Doch!«

Bente griff nach einem Kissen und warf es Karlchen an den Kopf. Karlchen warf es zurück und traf aus Versehen Kiki, die empört aufschrie: »Hey, das geht zu weit! Rache!«

Im Nu war eine Kissenschlacht im Gange. Als Swantje, die mit ihren Freundinnen im Nachbarzimmer untergebracht war, ihren Kopf durch die Tür steckte, um zu sehen, was das Gekreische zu bedeuten hatte, bekam sie die volle Ladung in Form dreier Kissen vor die Brust geknallt. Sie schrie auf und zog sich schnell wieder zurück.

Rebecca lag auf ihrem Bett und sah ihren kichernden Freundinnen zu. Sie merkte, dass ihre Lider immer schwerer wurden, und versuchte, sich gegen die aufsteigende Müdigkeit zu wehren. Vergeblich – trotz des Krachs fielen ihre Augen ganz langsam zu und sie nickte ein.

»Pst!«, machte Kiki, als sie es bemerkte. »Die frische Seeluft hat ihr erstes Opfer gefordert.«

»Lasst uns auch ein bisschen ausruhen«, schlug Bente vor.

Karlchen war sofort einverstanden. »Gute Idee! Das frühe Aufstehen und das ganze Meeresrauschen hauen mich ziemlich um.« Demonstrativ fiel sie auf ihr Bett, zog sich die Decke über den Kopf und rührte sich nicht mehr.

Wenig später lagen auch Kiki und Bente in ihren Betten. Im Pferdezimmer war bald nur noch gleichmäßiges Atmen und ein ganz leises, kaum vernehmliches Schnarchen zu hören. Wäre Karlchen nicht schon selbst in den wohlverdienten Tiefschlaf gesunken, hätte sie unschwer feststellen können, dass es eindeutig aus Bentes Richtung kam.

8

»Unsere Halligkirche befindet sich mit der Schule auf der Kirchwarft«, erzählte Svea Holle zwei Stunden später. »Gottesdienst ist nur alle vier bis fünf Wochen. Wir müssen uns den Pastor mit den anderen Halligen teilen.«

Die Klasse hatte sich zum Mittagessen im Speisesaal versammelt. Es gab Nudelauflauf. Karlchen nahm sich schon die zweite Portion.

»Seeluft macht hungrig«, sagte sie entschuldigend, als sie Rebeccas schrägen Blick bemerkte.

»Hier gibt's eine Schule?«, staunte Bente.

»Ja, klar«, erwiderte Sören, der Körbe mit frisch gebackenem Brot verteilte. »Wie die meisten bewohnten Halligen hat Sundstrand eine Grund- und Hauptschule. Die Halligkinder werden von der ersten bis zur neunten Klasse unterrichtet, in allen Fächern und nach dem offiziellen Lehrplan. Der Schulträger hat uns vor Kurzem sogar eine schnellere Internetverbindung spendiert.«

Bente horchte auf. Dann konnte sie Laura die Fotos ja vielleicht doch schon von hier aus mailen. Ein paar Bilder hatte sie bereits per Handy an ihre Cousine auf dem Auenhof geschickt.

»Nach dem Hauptschulabschluss müssen die Kinder die Hallig verlassen, um auf dem Festland eine weiterführende Schule zu besuchen. Sie leben dann bei Verwandten, Freunden oder in einem Internat«, fügte Svea hinzu. »Auch eine spätere Berufsausbildung ist natürlich nur auf dem Festland möglich.«

Sören seufzte. »Tja, dann heißt es Abschied nehmen vom beschaulichen Inselleben.«

»Aber viele kommen früher oder später zurück.« Svea grinste. »So wie wir beide.«

Die Mädchen und Jungs waren beeindruckt und stellten viele Fragen, die die Herbergseltern geduldig beantworteten. Schließlich hob Karlchen die Hand.

»Werden die beiden Friesen geritten?«, wollte sie wissen. »Und wieso haben die so komische Namen?«

»Die Pferde brauche ich hauptsächlich für die Landwirtschaft«, erklärte Sören. »Sie helfen mir beim Grasmähen oder beim Schleppen von schweren Dingen – Baumaterial, Holzstämme und so weiter. Geritten werden sie nur ganz selten, aber sie lassen es sich gefallen, falls du das meintest.«

Karlchen nickte. Das war doch schon mal etwas!, fand sie.

»Die Namen hab ich verbrochen«, gab Svea zu. »Ich versuche immer mal wieder, der Insel ein bisschen Grünland für einen Gemüsegarten abzuzwacken. Als ich es vor Jahren geschafft habe, ein paar mickrige Kartoffeln anzupflanzen, hatte Franz nichts Besseres zu tun, als sie auszubuddeln und aufzufressen. Klar, dass er seitdem nur noch Kartoffel-Franz heißt. Und Pumpernickel nennen wir so, weil er als Fohlen am liebsten Pumpernickel gefressen hat. Eigentlich heißen die beiden Bonte und Rasputin. Ihr dürft sie reiten oder mit ihnen spazieren gehen, wenn ihr wollt. Weglaufen können sie ja nicht. Sagt vorher nur Bescheid, dann gebe ich euch die Zaumzeuge.«

»Klasse!«, jubelte Karlchen. »Danke!« Am liebsten wäre sie sofort aufgesprungen und zu den Pferden gelaufen, aber es gab Schokopudding zum Nachtisch, und den wollte sie sich auf keinen Fall entgehen lassen.

Nach dem Mittagessen machte die Klasse unter der Führung von Herrn Hartmann einen Insel-Spaziergang. Die Mädchen zog es zwar zu den Pferden, aber Harti kannte kein Pardon.

»Zuerst wandern wir einmal um Sundstrand«, sagte er, als Karlchen maulte, sie hätte schon genug Halligwissen für den Rest ihres Lebens eingetrichtert bekommen. »Danach könnt ihr machen, was ihr wollt.«

Missmutig trotteten sie hinter ihrem Lehrer her, der aus dem kleinen Inselführer vorlas, den er von den Holles bekommen hatte.

»Keine Autos, keine Ampeln, keine Straßenlaternen, keine Kneipen – und unter einem gewaltigen Himmelszelt atemberaubende Stille«, zitierte Herr Hartmann so überschwänglich, dass sogar Miss Wedgewood nur mühsam ein Grinsen unterdrücken konnte.

»Auf der Hallig Sundstrand ist vieles anders«, las Herr Hartmann unbeirrt weiter. »Ebbe und Flut geben den natürlichen Takt vor.« Er löste seinen Blick von seinem Buch und blieb stehen. »Erstaunlich«, murmelte er. »Wusstet ihr, dass erst 1976 eine Stromleitung vom Festland hierher verlegt wurde? Und im gleichen Jahr eine Trinkwasserleitung?«

»Woher sollen wir das wissen?«, meinte Mikka und gähnte demonstrativ.

»Vorher gab es nur einen Brunnen auf der Hallig, stellt euch das mal vor!« Herr Hartmann schüttelte den Kopf und marschierte weiter. Er schien wirklich beeindruckt zu sein.

Schon bald hörte ihm kaum noch jemand zu. Begleitet vom unermüdlichen Singsang des Lehrers, stapften die Mädchen und Jungs über die sandigen Pfade und unterhielten sich. Miss Wedgewood fachsimpelte mit Kiki und Rebecca über klassische Musik, während Karlchen und Bente sich ausmalten, wie es wohl wäre, auf den Rücken der Friesenpferde über die Hallig zu streifen.

»Eigentlich kann man immer nur im Kreis reiten«, stellte Karlchen fest. »Sehr aufregend ist das nicht. Weder für die Reiter noch für die Pferde.«

Bente tippte sich mit dem Zeigefinger an die Nase. »Stimmt. Richtige Galoppstrecken oder abwechslungsreiches Gelände gibt's hier nicht. Aber man könnte vielleicht einen kleinen Parcours aufbauen und springen. Oder wir reiten mit den beiden an den Strand. Ich könnte mir vorstellen, dass sie gerne im Wasser herumplanschen.«

»Die beiden haben's ganz schön gut hier«, meinte Karlchen. »Die leben hier fast wie Wildpferde, frei und ungebunden.«

Marie-Claire schloss auf und rümpfte die Nase. »Wildpferde nennst du diese fetten Kaltblüter? Bei mir zu Hause gibt es noch richtige Wildpferde. In der Camargue, im Süden Frankreichs. Aber die sind rassig und elegant und mit diesen schwarzen Klopsen nicht zu vergleichen.«

Karlchen und Bente, die Pferde über alles liebten und es nicht mochten, wenn auch nur ein einziges Exemplar dieser Gattung in irgendeiner Form beleidigt wurde, brausten sofort auf.

»Erstens sind Friesen keine Kaltblüter«, schnaubte Karlchen entrüstet. »Und zweitens sind Franz und Pumpernickel keine Klopse!«

Marie-Claire warf den Kopf in den Nacken und lachte. »Zu euch passen sie jedenfalls perfekt. Ihr seid es ja gewohnt, Bauernpferde zu reiten.«

Karlchen wollte ihr einen Tritt geben, aber Bente hielt sie an einem Zipfel ihres T-Shirts fest. »Lass die blöde Ziege doch lästern«, sagte sie giftig. »Wenn sie glaubt, was Besseres zu sein, nur weil sie Vollblüter reitet, tut sie mir leid.« Sie zog Karlchen hinter sich her und stapfte davon, ohne Marie-Claire noch eines Blickes zu würdigen.

Inzwischen hatte Herr Hartmann seinen Vortrag beendet, den Inselführer zugeklappt und setzte sich am flach abfallenden Ufer auf einen Stein.

»Hach, diese Luft ist einfach unbezahlbar«, seufzte er und schloss die Augen. Sein Brustkorb hob und senkte sich bei jedem Atemzug.

»Er sieht aus wie ein Blasebalg«, raunte Torben den anderen zu. »Gleich platzt er.«

Natürlich tat Herr Hartmann seinen Schülern nicht den Gefallen, zu platzen, stattdessen drehte er sich um und sagte:

»Wisst ihr was? Ich hab gute Laune und gebe euch für den Rest des Tages frei. Fangt was Sinnvolles mit eurer Freizeit an, falls ihr dazu in der Lage seid. Verlauft euch nicht und kommt pünktlich zum Abendessen in den Speisesaal.«

Im Nu hatte sich die Klasse in alle Himmelsrichtungen verstreut. Herr Hartmann blieb mit Miss Wedgewood am einsamen Nordseestrand der kleinen Hallig zurück.

Rebecca, Karlchen, Kiki und Bente verständigten sich mit einem kurzen Blick und trabten los. Seite an Seite liefen sie den Pfad zurück zur aufgeschütteten Warft, in deren Schutz die beiden Rappen grasten. Die Friesen warfen die Köpfe auf und prusteten, als sie die vier Mädchen sahen.

»Nicht so schnell«, sagte Rebecca zu den anderen. »Wir wollen sie schließlich nicht erschrecken, oder?«

Karlchen wollte gerade erwidern, dass sie schon lange wisse, wie man sich Pferden – noch dazu fremden – näherte, als ganz in der Nähe ein lautes Geheul losbrach. Sie erstarrte.

»Was ist das?« Bente riss die Augen auf.

Kiki lauschte angestrengt und versuchte zu orten, woher das Heulen kam. Sie zeigte auf ein hohes Gebüsch aus Strandhafer, ein paar Meter abseits des Wegs. Die langen Halme bewegten sich raschelnd, während die Lautstärke und die Tonlage des Geheuls sich zuerst steigerten und dann nahtlos in ein klägliches Wimmern übergingen.

»Es kommt von da drüben«, sagte sie. »Los! Wir gucken mal nach!«

Entschlossen und alle Halligregeln missachtend, stapfte sie mitten durch die violetten Blüten auf das Gebüsch zu, dicht gefolgt von ihren Freundinnen. Kurz davor blieben sie stehen. Das Wimmern war verstummt. Unsicher sah Kiki die anderen an.

»Los, mach schon!«, flüsterte Bente ihr zu. »Guck nach!«

»Wieso ich denn?«, zischte Kiki zurück. »Geh du doch nachsehen!«

»Vielleicht ist es nur irgendein seltener Vogel, der hier in Ruhe brüten will«, wandte Rebecca ebenso zischend ein. »Wenn wir ihn erschrecken, fliegt er weg und verlässt sein Nest. Womöglich steht er unter Artenschutz und wir machen uns strafbar!«

»Ein heulender, wimmernder Vogel?« Kiki tippte sich mit dem Finger an die Stirn. »Du hast doch selber einen!«

»Es könnte natürlich auch ein Heuler sein«, meldete sich Karlchen zu Wort. »Ihr wisst schon: So eine arme kleine, mutterlose Robbe. Die heißen nicht umsonst Heuler.« Sie machte ein wichtiges Gesicht und kramte aus der Tasche ihrer ausgebeulten Jeans ein paar Rahmbonbons hervor. Sie wickelte einen davon aus und schob ihn sich in den Mund, die anderen bot sie reihum an, doch ihre Freundinnen lehnten dankend ab.

Plötzlich teilte sich der Strandhafer. Ein kleines, verheultes, mit Dreck verschmiertes Gesicht kam zum Vorschein.

»Melanie!«, riefen Karlchen, Kiki, Bente und Rebecca im Chor.

»Hallo«, sagte die Tochter der Holles. Sie verzog den Mund und zeigte ein breites Grinsen. »Krieg ich einen Bonbon?«

»Klar.« Karlchen war so verdattert, dass sie ihr gleich alle Bonbons in die Hand drückte.

»Was machst du denn hier?«, fragte Rebecca die Kleine. »Und warum hast du geweint?«

»Ich hab gespielt«, antwortete Melanie. »Und dann war meine Haarspange weg.«

Bente trat einen Schritt vor. Als ältere Schwester von Zwillingsbrüdern fühlte sie sich zuständig. »Na, dann wollen wir doch mal sehen, ob wir deine Spange nicht wiederfinden. Wie sieht sie denn aus?«

Melanie beschrieb den Haarschmuck und wenig später robbte Bente unter den belustigten Blicken der anderen durch Gras und Heidekraut. Von der Koppel aus beobachteten Pumpernickel und Franz neugierig das Geschehen. Kiki und Karlchen gingen auf die Pferde zu, streckten die Hände aus und ließen die Rappen daran schnuppern. Dann klopften sie die Hälse der beiden, kraulten ihre Widerriste und strichen sanft über die weichen Nasen. Die beiden Wallache schlossen genüsslich die Augen.

»Sind die süß«, sagte Karlchen.

Kiki nickte. »Ja, total lieb und verschmust.«

Plötzlich bückte sich Rebecca und hob etwas vom Weg auf. »Ich hab sie!«, rief sie und schwenkte eine rosa Plastikspange in der Luft.

Bente sprang auf. »Na toll, ich kriech mir hier die Knie blutig und du findest die Haarspange. Das ist ja mal wieder typisch.«

Alle lachten, während Rebecca Melanie ihr verlorenes Schmuckstück überreichte. Das kleine Mädchen strahlte über das ganze Gesicht und hüpfte davon.

Rebecca und Bente betrachteten die Pferde, musterten sie fachmännisch und versuchten, das Alter der beiden zu schätzen. Rebecca kam zu dem Schluss, dass sie schon ein paar Jährchen auf dem Buckel haben mussten. Sie zeigte auf die weißen Stichelhaare, die rund um die beiden Pferdemäuler wuchsen.

»Süß sind sie trotzdem«, fand Karlchen und setzte sich ins hohe Gras. Sofort kamen Franz und Pumpernickel näher und fingen an, in ihren Haaren zu schnobern. »Hihi, das kitzelt!«

Bente, Kiki und Rebecca setzten sich auf den Wall, der die Koppel umgrenzte.

»Wer wohl wer ist?«, fragte Bente. »Ich glaub, ich könnte die nicht auseinanderhalten. Die sehen doch aus wie Zwillinge.«

»Stimmt«, meinte Karlchen. »Wir wissen gar nicht, wer von den beiden der Pumpernickelfresser ist und welcher der Kartoffelklauer.«

»Am besten fragen wir nachher Svea«, schlug Rebecca vor. »Bestimmt gibt's eine Möglichkeit, die beiden zu unterscheiden.«

Die Freundinnen blieben lange bei den Pferden. Sie saßen einfach da, unterhielten sich und betrachteten die Rappen, die grasend umherbummelten und hin und wieder zufrieden prusteten. Bente machte Fotos von den beiden. Erst als die Sonne wie ein Feuerball tief über dem Meer hing und die Luft spürbar kühler wurde, stand Rebecca auf. Sie hielt Kiki die Hand hin und zog sie auf die Füße.

»Lasst uns langsam reingehen«, sagte sie. »Bald ist Abendbrotzeit.«

Karlchen und Bente standen auf und klopften sich gegenseitig das Gras von den Jeans.

»Wollen wir nachher Patrick und Daniel anrufen?«, fragte Kiki, während sie in Richtung Gästehaus schlenderten. »Ich wüsste zu gern, wie es unseren Pferden geht.«

»Gute Idee«, fand Bente.

»Oh ja«, schloss Karlchen sich an. »Ich vermiss Snude ganz schrecklich. Auch wenn wir jetzt Pumpernickel und Franz zum Knuddeln haben.«

Ein lautes Niesen ließ sie herumfahren. Es kam aus dem kleinen, abseits gelegenen Ferienhaus. Die Mädchen sahen, dass die Fenster des Häuschens offen standen. Ein Schatten bewegte sich schemenhaft hin und her.

»Gesundheit!«, rief Karlchen laut.

»Pst!«, machte Bente erschrocken. »Wir sollen ihn doch in Ruhe lassen!«

»Danke sehr«, kam es aus der Dämmerung zurück. Im Ferienhaus wurden die Fensterläden geschlossen.

»Ich möchte wirklich mal wissen, was das für ein Typ ist«, murmelte Karlchen. »Wieso verschanzt sich einer auf einer Insel mitten in der Nordsee, um zu arbeiten? Ist doch komisch, oder?«

Die anderen zuckten gleichmütig mit den Achseln, warfen aber immer wieder Blicke zurück, bis das einsame Ferienhaus des geheimnisvollen Gastes schließlich hinter einer Wegbiegung verschwand.

Gleich nach dem Abendessen holte Kiki ihr Handy aus dem Rucksack und schaltete es ein.

»Eine Nachricht von Patrick!«, freute sie sich. Sie las lächelnd und tippte dann die Kurzwahlnummer von Patrick ein. Ihr Freund war sofort am Apparat. Kiki unterhielt sich ein Weilchen mit ihm, bevor sie das Handy an Rebecca weiterreichte. »Daniel möchte dich sprechen. Er arbeitet gerade mit Patrick an irgendwelchen neuen Ernährungsplänen für Mystery.«

Rebecca nahm das Handy und stellte sich ans Fenster. Die Sonne war schon fast untergegangen. Dunkelheit senkte sich über Sundstrand. Irgendwo schrie ein Vogel, dann war es still.

Die anderen hörten zu, als Rebecca sich nach Karfunkel und Little Mystery erkundigte. Sie lachte leise. Karlchen und Bente machten hektische Zeichen.

»Frag ihn mal, wie's Snude geht«, bat Karlchen eindringlich. Sie knabberte vor Aufregung an einem Daumennagel.

»Und Flippi auch!«, rief Bente.

Rebecca leitete die Fragen weiter. Sie wechselte noch ein paar Worte mit Daniel, dann gab sie Kiki das Handy zurück. »Ich glaub, Patrick will dir noch eine gute Nacht wünschen.«

Sie wandte sich an Karlchen und Bente.

»Unseren Pferden geht es gut«, berichtete sie. »Wir sollen uns keine Sorgen machen. Die Jungs kümmern sich um sie.«

»Ach, Snude«, seufzte Karlchen. »Er fehlt mir so.«

Als Kiki das Handy weglegte, wurde es ruhig im Zimmer. Die Freundinnen hingen, jede für sich, ihren Gedanken nach.

Als es klopfte, schraken sie hoch. Die Tür wurde geöffnet. Swantje schob ihren Kopf so vorsichtig durch den schmalen Spalt, als fürchtete sie einen neuerlichen Kissenangriff.

»Habt ihr vielleicht Lust auf eine Runde Monopoly?«, fragte sie. »Wir haben im Gemeinschaftsraum eine Spielesammlung entdeckt.«

»Klar!« Karlchen sprang sofort auf. Sie war für jede Ablenkung dankbar. »Los, kommt, ihr Trantüten. Oder wollt ihr für den Rest des Abends hier hocken und Trübsal blasen?«

Erst gegen elf kehrten sie in ihr Zimmer zurück. Rebecca hatte mit Herrn Hartmann Schach gespielt und die Partie haushoch gewonnen; Kiki, Bente und Karlchen hatten sich beim Monopoly amüsiert. Schnell putzten sie sich die Zähne, wuschen sich flüchtig und schlüpften in ihre Schlafanzüge. Wenig später kehrte im Pferdezimmer Ruhe ein.

Als Bente mitten in der Nacht aufwachte, wusste sie zuerst nicht, wo sie war. Sie hatte Durst. Leise, um die anderen nicht zu wecken, stand sie auf und tappte auf bloßen Füßen durchs Zimmer. Zum Glück hatten sie die Vorhänge nicht zugezogen. Blasses Mondlicht fiel in den Raum und erhellte ihn schwach. Ohne irgendwo anzustoßen, erreichte Bente das Fenster. Auf der schmalen Fensterbank stand eine Flasche Mineralwasser. Bente schraubte den Verschluss ab und trank. Als sie die Flasche zurückstellte, fiel ihr Blick nach draußen. Pumpernickel und Franz standen dicht nebeneinander in einer Ecke der Koppel. Im fahlen Licht des Halbmonds sahen die Rappen wie Gespensterpferde aus.

Bente wollte sich schon abwenden, um in ihr warmes Bett zurück zu schlüpfen, da erhellte ein dünner Lichtstrahl den Weg von der Pferdekoppel. Bente kniff die Augen zusammen. Ein Schatten huschte durch die Nacht. Der Lichtstrahl wanderte in Richtung Ferienhaus. Bente hielt den Atem an. Ein Blick auf ihren Reisewecker zeigte ihr, dass es weit nach Mitternacht war. Wer schlich so spät noch über die Insel? War der etwa bei den Pferden gewesen? Und wenn ja, was hatte er da zu suchen?

Horrorgeschichten von Pferde-Rippern fielen ihr ein. Gruselige Geschichten, in denen kranke Typen sich im Schutz der Dunkelheit an Pferde heranschlichen, um sie mit scharfen oder spitzen Waffen zu verletzen oder zu töten.

Ein Schauer lief über Bentes Rücken. Sie rief sich einen Fernsehbericht darüber ins Gedächtnis, den sie erst vor Kurzem gesehen hatte. Sie wollte schon die anderen wecken und Alarm schlagen, doch dann beruhigte sie sich. Franz und Pumpernickel schien es gut zu gehen. Sie dösten. Außerdem: Wie sollte ein Pferdemörder auf die Hallig kommen? Hier kannte jeder jeden. Es war absolut ausgeschlossen, dass sich jemand unbemerkt einschlich.

Bente schüttelte den Kopf. Eine Wolke schob sich vor den Mond. Als sie gerade überlegte, ob sie sich das Ganze vielleicht eingebildet oder alles nur geträumt hatte, hörte sie das Knarren einer Tür. Es kam von dem Ferienhaus. Tatsächlich: Ein heller Lichtstreifen leuchtete auf und fiel ganz kurz auf das Rasenstück vor dem Häuschen. Bente konnte sehen, wie ein Mann im Haus verschwand und die Tür hinter sich zuzog. Kurz darauf ging im Obergeschoss des Hauses das Licht an.

»Na, so was«, murmelte Bente. »Der geheimnisvolle Inselgast.«

Sie wartete noch, bis das Licht im Ferienhaus endgültig erlosch, dann schlüpfte sie zurück in ihr Bett und schlief, müde, wie sie war, fast augenblicklich ein.

9

Am nächsten Vormittag war Ebbe. Dort, wo sonst die Nordseewellen ans Ufer schwappten, breitete sich bis zum Horizont das Watt aus. Bente hatte Kiki, Rebecca und Karlchen gleich nach dem Aufstehen und während des Frühstücks von ihren nächtlichen Beobachtungen berichtet, aber sie kam leider nicht dazu, ins Detail zu gehen, weil Herr Hartmann voller Begeisterung verkündete, sie würden unter Herrn Holles Führung eine Wattwanderung machen.

Während sie mit hochgekrempelten Hosen durch den knöcheltiefen Schlick stapften und dabei Muscheln, Seesterne und Krebse für den Biounterricht sammelten und fotografierten, führte Bente ihren Bericht fort.

»Bist du sicher, dass es der Typ aus dem Ferienhaus war?«, fragte Rebecca.

»Ganz sicher.« Bente nickte. »Jedenfalls ist der Schatten in seinem Haus verschwunden. Und Svea hat uns erzählt, dass er allein dort lebt.«

»Aber was wollte er bei den Pferden?«, fragte Kiki. »Noch dazu mitten in der Nacht?« Sie verzog angewidert das Gesicht, als ihre Füße mit einem schmatzenden Geräusch tief im braunen Schlamm versanken.

»Eklig, was?«, grinste Karlchen. Aus unerklärlichen Gründen hatte sie einen dicken Spritzer Schlick auf der Nase. »Pass bloß auf, dass die Wattwürmer dich nicht beißen.«

»Witzig«, schnaubte Kiki. Sie wandte sich wieder Bente zu und wiederholte ihre Frage: »Was hatte der Typ nachts bei den Pferden zu suchen?«

Bente hob die Schultern. »Keine Ahnung. Ich mein, ich weiß ja nicht mal genau, ob er bei den Pferden war.«

Rebecca bückte sich und hob eine besonders hübsche, bläulich schimmernde Muschel auf. »Vielleicht gibt's ja auch eine ganz simple Erklärung für seinen nächtlichen Ausflug«, meinte sie, während sie die zerbrechliche Schale von allen Seiten betrachtete und schließlich in ihre Fundsachentüte steckte, wie sie die kleinen Beutel nannte, die Sören vor der Wanderung an sie verteilt hatte. »Vielleicht leidet der Typ an Schlaflosigkeit. Oder er ist einer von diesen gestressten Managern und die Pferde beruhigen ihn.«

»Und was soll ein gestresster Manager deiner Meinung nach auf einer Hallig zu tun haben?«, fragte Kiki. »Svea hat gesagt, er würde hier arbeiten und bräuchte absolute Ruhe. Das passt nicht zu einem Manager, find ich.«

»Nee, nicht wirklich«, sagte Bente nachdenklich.

»Wahrscheinlich fälscht er Bilanzen«, fantasierte Karlchen.

»Klar, oder er ist auf der Flucht.« Rebecca kicherte. »Fragt sich nur, vor wem: vor seiner Frau oder der Steuerfahndung.«

»Wieso vor seiner Frau?«, fragte Bente. »Das versteh ich jetzt nicht.«

Rebecca seufzte. »Ich auch nicht. War nur so eine Idee.«

Sören gab das Zeichen zum Umkehren. »Die Flut kommt!«, rief er. »Wir sollten langsam zur Hallig zurück!«

Die Mädchen bemerkten erst jetzt, wie weit sie sich von der kleinen Insel entfernt hatten. Sundstrand war nur noch als grüne Erhebung in der Ferne zu erkennen.

»Oh no!«, stöhnte Kiki. »Müssen wir wirklich den ganzen Weg zurück durch diesen Modder stapfen?«

»Ein Linienbus verkehrt hier leider nicht«, grinste Sören, während er die Gruppe um sich versammelte. Als alle vollzählig waren, sagte er: »Heute Nachmittag kommt das Postschiff. Wer von euch Postkarten oder Briefe verschicken will, sollte sich beeilen.«

Er stiefelte mit großen Schritten voraus. »Also, meine Damen und Herren, bitte einen Zahn zulegen, sonst erwischt uns die Flut doch noch, bevor wir auf Sundstrand sind.«

Am Nachmittag bekamen Karlchen, Bente, Kiki und Rebecca die Erlaubnis, die Putzkisten der Friesenpferde aus dem Stall zu holen. Sie wollten die beiden Rappen auf Hochglanz bringen und hatten Franz und Pumpernickel untereinander aufgeteilt.

»Wir sind vier und haben zwei Pferde. Jede von uns bekommt also ein halbes Pferd zum Putzen«, rechnete Rebecca den anderen drei vor. »Mähnen und Schweife werden in der Mitte gescheitelt, verstanden?«

»Übertreibst du jetzt nicht ein bisschen?« Kiki rollte mit den Augen. »Wir können uns bestimmt darauf einigen, wer lieber die Mähne oder den Schweif aufhübscht. Scheiteln muss nicht sein, oder?«

»Nee«, fand Karlchen. »Das ist ziemlich albern.«

»Na gut«, seufzte Rebecca. »Dann eben ohne Scheitel.«

»Putzt nicht zu viel!«, rief Svea ihnen hinterher. »Die beiden brauchen in unserem Klima ihren natürlichen Fettschutzmantel!«

»Wir bürsten sie nur ganz leicht über!«, rief Bente zurück.

Svea nickte und verschwand wieder in ihrem Haus.

Karlchen kicherte. »Glaubt ihr, dass die Schwarzen überhaupt schon mal geputzt worden sind?«

»Falls nicht, wird es höchste Zeit«, sagte Rebecca bestimmt.

Sie hatte sich bei Svea nach einem Unterscheidungsmerkmal der Pferde erkundigt, und die hatte ihr erzählt, dass Pumpernickels linkes Auge nach einem Unfall einen leichten Stich ins Blaue hatte. Ein Ast hatte die Netzhaut verletzt.

»Das ist der einzige Unterschied«, hatte Svea gesagt. »Man muss also schon ganz genau hingucken.«

Während Rebecca den Pferden nun ganz tief in die Augen schaute, fingen die anderen schon an, Kartoffel-Franz und Pumpernickel sorgfältig überzustriegeln.

»Wir lassen dir eine Hälfte übrig!«, rief Kiki Rebecca zu, als in der Ferne plötzlich ein Schiff tutete.

Die Mädchen hoben die Köpfe. Ein kleiner Kutter näherte sich Sundstrand.

»Das ist bestimmt das Postschiff.« Bente ließ die Kardätsche sinken.

»Sieht eher aus wie ein Krabbenkutter«, erwiderte Kiki.

»Wahrscheinlich ist es beides gleichzeitig«, vermutete Rebecca. »Während der Postschiffer die Briefe zu den Halligen transportiert, fängt er gleichzeitig Krabben.«

»Ist ja praktisch.« Karlchen kraulte Pumpernickels Stirn. Sie war sich sicher, dass es Pumpernickel war, denn das linke Auge wirkte ein bisschen trüb und schimmerte bläulich.

Einige Mitschüler und Miss Wedgewood liefen zum Anleger und schwenkten Briefe und Postkarten. Der Kutter drehte bei, tutete noch einmal und legte schließlich an.

Bente stieß Karlchen einen Ellbogen zwischen die Rippen. »Hey, seht mal da!« Sie zeigte in Richtung des Ferienhauses. Sören stand vor der geöffneten Tür und nahm einen Stapel Post in Empfang. Sein Gegenüber blieb unsichtbar, aber die Mädchen hörten ihn lachen und mit Sören reden.

»Ein Monster ist er schon mal nicht«, stellte Kiki fest.

»Wer weiß?«, fragte Bente. »Warum geht er nicht selber zum Postschiff?«

»Ach, lasst ihn doch.« Rebecca schnappte sich einen Striegel aus der Putzkiste und klopfte ihn auf einem Stein aus. »Wahrscheinlich ist er einfach nur menschenscheu. Wir sollten das respektieren und ihn in Ruhe lassen.«

»Bist du überhaupt nicht neugierig? Willst du nicht hinter sein Geheimnis kommen?«, fragte Kiki erstaunt.

»Ich glaub nicht, dass es ein Geheimnis gibt«, erwiderte Rebecca.

»Aber wenn er vielleicht irgendwas Mieses mit den Pferden vorhat?«, warf Bente ein.

»Genau«, unterstützte Karlchen sie. »Wir müssen das unbedingt herausfinden!«

»Und wie wollt ihr das machen?« Rebecca sah sie zweifelnd an. »Wollt ihr ihn bei Svea anschwärzen? Oder die Polizei einschalten?«

»Gibt's hier überhaupt Polizei?«, fragte Kiki.

»Quatsch! Wir brauchen keine Polizei«, sagte Karlchen bestimmt. »Wir legen uns heute Nacht auf die Lauer!«

»Geniale Idee«, fand Bente. »Wir stellen unsere Handy-Wecker auf ein Uhr, und dann werden wir ja sehen …«

»Ein Uhr? Mitten in der Nacht?«, rief Kiki entsetzt.

»Das ist doch kindisch«, schnaubte Rebecca.

»Ach komm! Auch wenn du unser Superhirn bist, weißt du nicht, ob dieser Feriengast wirklich harmlos ist, oder?« Karlchen sah sie durchdringend an.

»Na gut«, gab Rebecca nach. »Aber wenn es nichts bringt, lassen wir ihn in Ruhe!«

Als um ein Uhr nachts vier Handys melodisch klingelten, fuhren Rebecca, Kiki und Bente gleichzeitig hoch. Nur Karlchen rührte sich nicht. Kiki warf ihr ein Kissen an den Kopf und zischte: »Hey, pst, du Schlafmütze! Los geht's!«

Verschlafen drückten sich die vier wenig später an das Fenster, das zur Koppel hinausging. Wolken hatten sich vor den Mond geschoben. Draußen war es stockfinster.

»Ich kann nichts erkennen. Nicht einmal Pumpernickel und Franz«, murrte Kiki.

»Ich glaub, da hat sich was bewegt.« Karlchen zeigte irgendwo in die Dunkelheit.

»Vielleicht war's nur eins der Pferde«, meinte Rebecca.

»Und wenn's der Typ war? Wenn der da schon wieder irgendwo herumschleicht?«

»Karlchen, was sollen wir machen, wenn wir nichts sehen?«, fauchte Rebecca leicht genervt.

Die Mädchen starrten weiter angestrengt in die Dunkelheit.

Nach zehn Minuten stöhnte Bente. »Ich krieg einen Krampf im Bein. Karlchen, rutsch mal ein Stück zur Seite.«

»Dann seh ich aber nichts mehr!«

»Es gibt eh nichts zu sehen«, bemerkte Rebecca trocken. »Lasst uns wieder ins Bett gehen.«

Gerade wollte sie sich vom Fenster abwenden, da schrie Bente leise auf: »Da!«

Im Ferienhaus wurde die Tür geöffnet. Eine dunkle Gestalt kam aus dem Haus. Kurz darauf erleuchtete ein dünner Lichtstrahl den Weg und wanderte zur Koppel.

»Was machen wir eigentlich, wenn er den Pferden wirklich was tut?«, flüsterte Kiki.

»Schreien, was sonst?«, raunte Karlchen zurück.

»Psst!« Rebecca ließ die dunkle Gestalt nicht aus den Augen.

Jetzt war sie am Gatter angelangt.

Der Lichtstrahl wanderte suchend hin und her und richtete sich schließlich auf die ruhenden Pferde. Einer der Wallache hob den Kopf und wieherte warnend. Der andere schnaubte dunkel und setzte sich langsam in Bewegung. Die Mädchen konnten hören, dass der Schatten zu den Pferden sprach. Sie konnten zwar nicht verstehen, was er sagte, aber es waren eindeutig freundliche Worte. Franz und Pumpernickel standen jetzt ganz nah am Gatter. Der Schatten schien sie zu streicheln und mit etwas zu füttern.

»Na seht ihr, der Typ ist ganz harmlos«, stellte Rebecca fest und gähnte.

»Und wenn das Futter nun vergiftet ist?«, flüsterte Karlchen.

»Du hast vielleicht eine Fantasie!« Kiki stöhnte auf. »Franz und Pumpernickel scheinen den Mann zu kennen und ihm zu vertrauen, sonst würden sie sich nicht so ruhig verhalten.«

Der Schatten löste sich von den Pferden. Sie hörten ein Pferd prusten und sahen, wie es sich abwandte. Das andere blieb am Gatter stehen, während der Strahl der Taschenlampe langsam in Richtung des Ferienhauses weiterwanderte.

»Das war's, Mädels.« Kiki gähnte.

»Ja, ab in die Kojen.« Rebecca kuschelte sich schon in ihre Decke.

Bente und Karlchen beobachteten noch, wie der Mann im Ferienhaus verschwand, dann krochen auch sie wieder in ihre Betten.

»Und ich dachte, ich könnte Laura und den anderen was Spannendes erzählen.« Bente gab ihrem Kissen einen Knuff. »Pustekuchen. Ich hab das Gefühl, unsere Klassenfahrt wird als die langweiligste des Jahrhunderts in die Geschichte eingehen.«

Verschlafen stapften Rebecca, Kiki, Bente und Karlchen am nächsten Morgen hinter den anderen her. »Die Erkundung der Vogelwelt« stand auf dem Programm, wie Harti beim Frühstück verkündet hatte.

Rebecca versuchte, trotz ihrer Müdigkeit Augen und Ohren offen zu halten, um irgendwo einen Vogel zu entdecken. Kiki tippte eine Nachricht an Patrick in ihr Handy, während Bente und Karlchen weiterhin über den geheimnisvollen Feriengast rätselten.

»Vielleicht hat Rebecca recht und er ist wirklich ganz harmlos«, meinte Bente und kickte ein Steinchen vor sich her.

»Kann sein. Wenn er die Pferde hätte vergiften wollen, hätte er es längst getan«, räumte Karlchen ein, »aber es ist doch nicht normal, mitten in der Nacht Pferde füttern zu gehen, oder? Das mach ja noch nicht mal ich!«

Sie wollte gerade einen Schokoriegel hervorholen, als Hartis Stimme ertönte: »Karolin, meinst du, dass du in deinen Taschen einen Vogel entdecken wirst?«

»Ähm, ich hoffe nicht«, erwiderte Karlchen. »Aber, hey, da ist ein Mini-Storch!« Sie zeigte auf einen schwarz-weißen Vogel mit einem auffallend langen roten Schnabel.

»Mini-Storch? Oh Karlchen …«, stöhnte Rebecca.

»Nee, nee, das ist gar nicht so verkehrt«, sagte Sören. »Das ist ein Austernfischer, auch Hallig-Storch genannt. Er ernährt sich von Muscheln und benutzt seinen langen Schnabel wie einen Meißel, um sie zu öffnen.«

Karlchen grinste Rebecca triumphierend an.

»Hey, ist das auch einer?« Mikka zeigte in den Himmel.

Sören hob den Kopf. »Ja, ihr könnt ihn an der weißen Flügelbinde erkennen.« Er musterte mit kritischem Blick den leicht bewölkten Himmel. »Das Wetter ändert sich. Gut möglich, dass ein Sturm aufzieht.«

»Ein Sturm?«, fragte Miss Wedgewood.

Sören nickte. »Das wäre um diese Jahreszeit nichts Ungewöhnliches. Ich werde heute Abend den Seewetterbericht hören und sag euch dann Bescheid.«

»Cool, ein Sturm«, meinte Torben. »Wird die Hallig dann überschwemmt?«

Sören schüttelte den Kopf. »So schlimm wird's hoffentlich nicht werden. Aber wir werden uns trotzdem darauf vorbereiten.«

»Ich geh mal davon aus, dass wir uns keine Sorgen machen müssen«, sagte Herr Hartmann fröhlich. »Und jetzt lasst uns zurückgehen. In einer halben Stunde gibt es Mittagessen.«

Rebecca, Kiki, Bente und Karlchen wollten vor dem Mittag noch schnell die Pferde besuchen. Als sie am Ferienhaus vorbeigingen, hörten sie eine ärgerliche Stimme. »Ja doch, Sie können sich darauf verlassen, Sie bekommen es rechtzeitig. – Ich weiß, dass in drei Tagen Deadline ist –«

»Deadline? Tote Linie? Das hört sich aber nicht besonders freundlich an.« Karlchen schüttelte sich.

»Eine Deadline ist der letztmögliche Termin, um etwas abzuliefern, das Ende einer Frist«, erklärte Rebecca.

»Frist wofür?«, fragte Bente.

»Das kann alles Mögliche sein«, sagte Rebecca. »Woher soll ich wissen, was gemeint ist?«

»Psst! Lasst doch mal hören, was er noch sagt.« Kiki lauschte angestrengt. »Schade, er scheint aufgelegt zu haben.«

»Also mir ist der Typ nicht geheuer. Dieses Telefongespräch. Und denkt mal an gestern. Er hat Herrn Holle wahnsinnig viele Briefe gegeben. Ich meine, welcher normale Mensch schreibt so viel!« Karlchen hob eine Augenbraue.

»Du bestimmt nicht«, grinste Kiki.

»Vielleicht bastelt er Briefbomben«, flüsterte Rebecca.

»Was!?« Bente sah die Freundin entsetzt an. »Meinst du echt?«

»Nee, natürlich nicht«, kicherte Rebecca. »Ich mein immer noch, dass er ein absolut harmloser, Ruhe suchender Mensch ist. Und jetzt lasst uns endlich zu den Pferden gehen.«

Kiki warf einen Blick auf ihre Uhr und seufzte. »Dafür reicht die Zeit nicht mehr. Wenn wir uns nicht einen Vortrag von Harti über Pünktlichkeit anhören wollen, sollten wir schnellstens beim Essen erscheinen.«

Am frühen Abend besichtigte die Klasse die Halligkirche und die Schule. Als sie das Gebäude verließen, blies ihnen ein heftiger Wind ins Gesicht. Die Nordsee war aufgewühlt und rau. Hohe Wellen schlugen ans Ufer. Eine Böe wehte um die Hausecke.

»Ob das schon der Sturm ist?«, fragte Kiki ängstlich.

»Wenn das ein Sturm sein soll«, erwiderte Karlchen ungerührt, »dann ist meine Oma die Königin von Dänemark!«

»Herr Holle hat inzwischen sicher den Seewetterbericht gehört«, meldete sich Herr Hartmann zu Wort. »Bestimmt kann er uns später mehr zur Wetterlage sagen.« Er schlug den Kragen seiner Windjacke hoch und zog den Kopf ein, als ihm kalte Gischt und Regen ins Gesicht sprühten.

Die Mädchen und Jungs beeilten sich, zurück in ihre Unterkunft zu kommen. Der Wind brauste ungebremst über die ungeschützte Insel und nahm immer mehr an Geschwindigkeit zu. Inzwischen war er so stark geworden, dass sie sich gegen ihn stemmen mussten, um überhaupt vorwärts zu kommen.

Rebecca rief ihren Freundinnen etwas zu, aber die Wortfetzen wurden sofort davongetragen. Als sie hektische Zeichen machte, sahen die anderen, worauf sie hinweisen wollte:

Sören und seine Nachbarn, die, wie er erzählt hatte, zur Küstenschutz-Kolonne von Sundstrand gehörten, trieben die Kühe und Schafe von ihren Weiden auf die Stallwarft. Das Vieh, das Landwirten vom Festland gehörte und nur den Sommer über auf der Hallig in Pension war, war unruhig und nervös. Immer wieder versuchte eine Kuh auszubrechen, aber den Männern gelang es, sie wieder einzufangen. Schon bald waren die Tiere im Stall und in Sicherheit.

»Was ist mit den Pferden?«, rief Karlchen gegen den Sturm.

Rebecca, Bente und Kiki zuckten die Schultern und machten ratlose Gesichter. Sie hatten genug damit zu tun, Herrn Hartmann und Miss Wedgewood zu folgen.

Karlchen blieb ein paar Schritte zurück. Sie sah, dass Pumpernickel und Franz eng aneinandergedrängt am Gatter standen und die Köpfe hochwarfen. Als das Sturmgetöse für einen kurzen Moment verstummte, konnte sie die Pferde ängstlich schnauben hören. Sie wollte sich schon von der Gruppe absetzen und zu den Pferden laufen, als sie einen Mann sah, der sich am Weidetor zu schaffen machte. Er hatte die Kapuze seines Parkas tief ins Gesicht gezogen und trug eine Regenhose und Gummistiefel. Karlchen konnte nicht erkennen, wer der Mann war, aber sie sah, dass er das Tor öffnete. Pumpernickel und Franz drängten ihm sofort entgegen. Der Unbekannte griff ihnen in die Mähnen und hielt sie zurück. Dann schob er das Gatter weiter auf und führte die tänzelnden Wallache zum Stall, wo, wie Karlchen erst jetzt bemerkte, Svea stand und die Tür aufhielt. Die Pferde trabten in den Stall. Die schwere Tür schloss sich hinter ihnen und dem Fremden.

»Wenigstens sind sie in Sicherheit.« Karlchen atmete auf. Plötzlich trat sie in eine große Pfütze und fluchte. Als sie den Blick hob, stellte sie fest, dass der Weg vor ihr von großen Pfützen regelrecht übersät war. Ganze Uferbereiche der Hallig standen bereits unter Wasser. Die Nordsee wirkte düster und bedrohlich. Der Sturm war da. Und er traf Sundstrand mit seiner ganzen Wucht.

»Hey!«, schrie Karlchen gegen den Wind. »Wartet auf mich!« Sie fiel in Laufschritt und beeilte sich, die anderen einzuholen.

Pudelnass und mit Schuhen, aus denen das Nordseewasser quoll, holte sie ihre Freundinnen ein. Als sie wenig später das Gästehaus erreichten, schnaufte sie: »Mann, das war knapp!«

Herr Hartmann zählte die Klasse durch.

»Alle da«, seufzte er erleichtert.

Er schickte seine Schüler auf ihre Zimmer, um sich trockene Sachen anzuziehen.

»Wenn ihr fertig seid«, sagte Miss Wedgewood, »kommt in den Gemeinschaftsraum. Herr Holle wird uns sagen, wie wir uns verhalten sollen.«

»Wie wir uns verhalten sollen?«, wiederholte Torben grinsend. »Den Kopf immer schön hochhalten und bei Wassereinbruch Schwimmbewegungen machen, was sonst?«

»Torben, das ist nicht witzig!«, schimpfte Miss Wedgewood. Ein paar Mädchen sahen sich ängstlich an, als ein Windstoß unters Dach fuhr und das Haus in sämtlichen Fugen zu ächzen schien.

»Wir sind hier in Sicherheit«, sagte Herr Hartmann schnell. »Alle Hallighäuser stehen auf Warften. Es kommt selten vor, dass eine Sturmflut die Warften überspült, aber selbst dann ist man in den Häusern sicher. Sie sind sehr stabil gebaut.« Er klopfte gegen eine Wand, zog die Hand aber schnell zurück, als es über ihm im Dachgebälk bedrohlich knackte.

»Trotzdem wär's mir irgendwie lieber, ich hätte ein Zimmer im oberen Stock«, brummte Torben. Er zog den Kopf ein und trabte mit Mikka davon, um sich umzuziehen.

»Macht alle eure Fenster ordentlich zu!«, rief Herr Hartman seinen Schülern noch hinterher, dann verschwanden er und Miss Wedgewood ebenfalls in ihren Zimmern.

»Junge, Junge«, murmelte Karlchen. »Das kann ja lustig werden.«

10

Eine knappe halbe Stunde später hatten sich alle im Gemeinschaftsraum versammelt und warteten auf Sören Holle. Als er die Eingangstür öffnete, drang ein Schwall aus Regen und Gischt ins Haus. Der Herbergsvater trug einen orangefarbenen Regenoverall und dazu hohe Anglerstiefel, in denen er aussah wie ein Fischer. Er hatte Mühe, sich auf den Beinen zu halten und die Tür wieder hinter sich zu schließen.

Er fluchte, als er im Zimmer stand und sich schüttelte. Unter seinen schweren Stiefeln bildeten sich Wasserlachen. »So ein Schietwetter!« Er nahm die Kapuze ab und fuhr sich mit beiden Händen durchs nasse Haar. »Tja, tut mir leid. Nun sitzt ihr hier gerade so schön warm und trocken, aber ich muss euch trotzdem bitten, mit mir zu kommen. Die Küstenwache hat eine Unwetterwarnung mit Orkanböen bis Windstärke 10 herausgegeben. Die Sturmflut wird in ungefähr drei Stunden ihren Höhepunkt erreichen. Gut möglich, dass es dann ein bisschen ungemütlich wird.«

»Viel ungemütlicher kann es doch gar nicht mehr werden«, jammerte Marie-Claire. Sie saß auf der Kante eines Stuhls und kippelte nervös hin und her.

»Oh, doch.« Sören Holle grinste. »Das kann. Was wir im

Moment haben, ist ein laues Lüftchen. Das dicke Ende kommt erst noch.« Er bemerkte, dass einige der Schülerinnen und Schüler sich beunruhigte Blicke zuwarfen, und milderte seine Aussage etwas ab: »Eine Jahrhundertflut wird's nicht werden, keine Bange. Trotzdem sollten wir rüber ins Gemeindehaus gehen. Das hat im Obergeschoss einen Schutzraum, in dem wir das Unwetter gemütlich aussitzen können. Die Fenster und Türen sind mit Schotten gegen Hochwasser gesichert. Es ist das große Backsteingebäude auf der Kirchwarft, auf der auch die Ställe stehen.«

»Sind die Ställe auch gegen die Flut gesichert?«, erkundigte sich Bente besorgt.

»Ja«, nickte Sören. »Erstens liegen sie erhöht auf der Warft und zweitens steigt der Lehmboden in den Ställen noch einmal extra an. Die Tiere brauchen keine Gummistiefel. Die Pferde stehen in ihren Boxen und lassen sich Heu und Hafer schmecken, und die Kühe und Schafe liegen im Stroh und käuen wieder. Die sind an Stürme gewöhnt.«

»Okay.« Herr Hartmann erhob sich. »Dann wollen wir uns mal warm anziehen.«

»Regenjacken und Gummistiefel wären optimal«, meinte Miss Wedgewood. »Aber daran hat wohl keiner gedacht.«

»Ich hab einen Regenschirm mit«, meldete sich Swantje zu Wort. »Ist zwar nur ein kleiner Knirps, aber besser als gar nichts, oder?«

Sören Holle lachte. »Wenn du ihn unbedingt loswerden oder Mary Poppins Konkurrenz machen möchtest, spann ihn auf und nimm ihn mit. Sonst lässt du ihn lieber hier.«

Er wartete, bis sich alle warm eingepackt und Schuhe angezogen hatten, dann setzte er sich seine Kapuze wieder auf. »Alles klar?«, fragte er. »Dann haltet euch fest und bleibt dicht beieinander. Ich mach jetzt die Tür auf.«

Fauchend fuhr der Wind ins Haus. Irgendwo fiel eine Zimmertür krachend ins Schloss. Schnell traten alle ins Freie, damit Sören die Haustür wieder verriegeln konnte.

Kiki, Karlchen, Bente und Rebecca klammerten sich aneinander fest und bildeten eine Viererkette; einige folgten ihrem Beispiel.

»Lasst bloß nicht los«, flehte Kiki. Sie hatte einen Schal umgebunden, der heftig an ihrem Hals zerrte und wie eine Fahne knatternd hin und her flatterte.

»Wow! Ist das krass!«, schrie Karlchen gegen die Naturgewalten an.

Der Wind pfiff und rauschte in ihren Ohren. Das Meer toste und tobte. Dort, wo sonst der Fähranleger war, war nur noch brodelndes, schmutzig graues Wasser. Weiße Schaumkronen tanzten auf den Wellen. Hohe Brecher schlugen an Land und überschwemmten das Ufer und die Wege.

»Hakt euch unter und haltet euch aneinander fest!«, rief Sören. »Herr Hartmann, Miss Wedgewood, gehen Sie schon mal voraus. Einfach immer nur geradeaus!« Er hob eine Hand, um die Richtung zu zeigen, aber eine Böe riss seinen Arm gleich wieder herunter. »Sehen Sie die Lichter? Das ist das Gemeindehaus! Ich geh als Letzter und pass auf, dass keiner verloren geht!«

Herr Hartmann nickte. Er hatte eine Wollmütze tief ins Gesicht gezogen und kniff die Augen zusammen. Miss Wedgewood hakte sich Schutz suchend bei ihm unter. Sie war so zierlich und leicht, dass der Sturm sie von den Füßen zu fegen drohte.

»Folgt mir!«, rief Harti seinen Schülern zu. Der Trupp setzte sich langsam in Bewegung. »Und bleibt dicht zusammen!«

Karlchen fühlte sich wie auf einer abenteuerlichen Expedition. Aufgeregt wies sie ihre Freundinnen immer wieder auf die hohen Wellen hin. Wenn eine besonders kräftige Böe sie und die anderen fast umwehte, schrie sie begeistert auf und verteilte Punktzahlen. Ein Brecher, der es schaffte, ein paar Meter vor ihren Füßen über den Weg zu schwappen, bekam von ihr die Höchstnote 10.

Kiki, die zwischen Bente und Rebecca verbissen gegen den Sturm ankämpfte, stöhnte innerlich auf. Wenn sie sich getraut hätte, ihre Hand von Bentes und Rebeccas Ärmeln zu lösen, hätte sie Karlchen einen Vogel gezeigt. Sie konnte überhaupt nicht verstehen, was die Dänin an diesem Unwetter so toll fand. Im Gegenteil: Jedes Mal, wenn Kiki einen kurzen Blick auf die immer näher kommende Nordsee warf, fühlte sie ein ungutes Grummeln im Bauch. Unter ihrem dicken Pulli und dem Anorak verkrampften ihre Muskeln. Lag es an der Kälte, die alles durchdrang, oder hatte sie ganz einfach Angst?

»Bleib cool!«, schrie Rebecca ihr zu. »Wir sind gleich da!«

Auf der anderen Seite hielt Bente Karlchen fest im Griff, was sie einige Mühe kostete. Immer wieder riss Karlchen sich los, um die Arme auszubreiten und sich dem Wind entgegenzuwerfen.

»Das ist fast wie Fliegen!«, schrie Karlchen. »Versuch's mal! Das ist echt krass!«

»Nee, danke«, knurrte Bente. »Wenn der liebe Gott gewollt hätte, dass ich fliegen kann, hätte er mir garantiert Flügelchen angepappt.«

Karlchen lachte laut auf und hüpfte weiter durch den Sturm, der immer noch an Stärke zunahm.

Nach einem endlos scheinenden Marsch erreichten sie endlich das Gemeindehaus. Eine alte schmiedeeiserne Laterne an der Hauswand schwankte heftig hin und her und spendete trübes Licht. Sören rief etwas. Kurz darauf wurde die Tür geöffnet. Ein Nachbar der Holles, den die Kinder vom Sehen kannten, hielt den geöffneten Türflügel mit beiden Händen fest, damit er nicht weggerissen wurde.

»Beeilt euch!«, rief er. »Kommt schnell rein!«

Die Mädchen und Jungs drängten in den Vorraum des Hauses. Miss Wedgewood, Herr Hartmann, Sören und sein Nachbar bildeten ein Spalier und zählten nach, ob unterwegs nicht doch einer verloren gegangen war. Als alle vollzählig versammelt waren, schloss der Nachbar die Tür. Von innen schob er eine halbhohe Metallplatte, die in einer Schiene lief, davor. Mit wenigen Handgriffen verschraubten er und Sören die Platte mit dem Türrahmen.

»Das wär's«, sagte er. »Jetzt sind alle Schotten dicht.« Er wandte sich den frierenden Kindern zu und stellte sich vor: »Ihr könnt Harm zu mir sagen. Aber jetzt zieht erst mal eure nassen Klamotten aus.« Er zeigte auf eine Reihe Kleiderhaken an der Wand. »Hängt sie hier auf und dann geht nach oben. Da ist es gemütlicher.«

Die Mädchen und Jungs und ihre Lehrer befreiten sich

von ihren klammen Jacken, stiegen nacheinander eine steile Treppe hinauf in den ersten Stock des Hauses und sahen sich neugierig um. Sie standen in einem großen Zimmer, in dessen Mitte ein runder, grün glänzender Kachelofen stand, der eine gleichmäßige wohlige Wärme ausstrahlte. Eine Sitzbank lief rund um den Ofen. Bente rieb sich die Hände.

»Na, hier kann man's aushalten«, sagte sie. »Fast so gemütlich wie bei Laura auf dem Auenhof!«

Den Sturm hörte man hier oben nicht mehr so laut wie draußen. Dicke Doppelfenster, deren Fensterläden geschlossen waren, dämpften das Heulen und Rauschen des Orkans, der mit unverminderter Wucht über die Hallig fegte.

Als plötzlich das Licht schwankte und kurz darauf erlosch, schrie ein Mädchen aus der Klasse leise auf. Kiki krallte sich an Rebeccas Arm.

»Ganz ruhig«, sagte Sören. »Wir haben ein Notstromaggregat.«

Wie auf Kommando sprang irgendwo im Haus ein Generator an. Leise summend ging das Licht wieder an.

»Bei einem solchen Sturm kommt's leicht mal zu Stromschwankungen.« Svea, die mit Melanie und einigen Nachbarinnen in einer Eckbank gesessen hatte, stand auf. »Unsere Vorfahren mussten dann noch im Kerzenschein sitzen.«

»Wie romantisch«, bemerkte Herr Hartmann.

»Wärmt euch am besten erst mal auf«, schlug Svea vor. »Wir haben belegte Brote gemacht und Thermoskannen mit heißem Tee und Kakao. Bedient euch.« Sie ging zu einer Tür, die zu einem Nebenraum führte. »Hier ist ein provisorisches Matratzenlager. Wer müde wird, kann sich hinlegen.«

Melanie unterbrach ihre Arbeit an einem dicken Malbuch und gähnte demonstrativ. Sie war vollkommen ruhig und entspannt, als würde der Sturm sie überhaupt nicht beeindrucken.

»Wie lange werden wir hierbleiben müssen?«, fragte Miss Wedgewood. Sie sah blass und verfroren aus.

»Bis das Schlimmste vorbei ist«, meinte Harm. »Man kann nie genau vorhersagen, wie lange so ein Orkan anhält. Mal fegt er nur kurz über uns hinweg, mal tobt er die ganze Nacht und den nächsten Tag noch dazu.« Er holte eine Pfeife und einen abgegriffenen Lederbeutel aus seiner Westentasche. Seelenruhig stopfte er den Tabak aus dem Beutel in die Pfeife und klemmte sie sich zwischen die Zähne, ohne sie anzuzünden. »Ich bin über Funk mit der Küstenwache und dem Seewetterdienst verbunden. Ich hör gleich mal rein, ob die schon was Genaueres wissen.« Er polterte eine schmale Stiege hinauf ins Dachgeschoss, wo er in einem kleinen Zimmer verschwand.

»Da oben steht unser Funkgerät«, erklärte Sören. »Wer will, kann es sich gerne ansehen.«

Herr Hartmann und ein paar Jungs nickten und folgten Harm in seinen kleinen Funkraum, aus dem inzwischen leicht bläulicher Tabakqualm quoll, bevor Herr Hartmann die knarrende Tür hinter sich schloss.

»So, und wir machen's uns jetzt gemütlich«, sagte Svea. »Sucht euch einen Platz. In den Schränken findet ihr Bücher und Spiele. Auf der Ofenbank ist es bei Sturm übrigens am schönsten«, fügte sie mit einem Zwinkern in Miss Wedgewoods Richtung hinzu.

Miss Wedgewood zögerte nicht. Sie setzte sich auf die runde Ofenbank und schloss mit einem behaglichen Seufzer die Augen.

»Ich werd verrückt«, raunte Bente den anderen plötzlich zu. »Da ist er!«

»Wer?«, fragte Rebecca zurück.

»Der Typ aus dem Ferienhaus!« Bente trat einen Schritt zurück.

Kiki, Karlchen und Rebecca starrten sie an.

»Wo?«, fragte Karlchen.

»Wer?«, wiederholte Rebecca begriffsstutzig.

Wortlos zeigte Bente auf einen Mann am anderen Ende des Raums.

»Woher willst du wissen, dass er's ist?«, fragte Kiki flüsternd. »Wir haben doch nur seinen Schatten gesehen.«

Bente starrte die hochgewachsene, kräftige Gestalt an, die an einem kleinen Fenster stand und regungslos in das Unwetter hinausblickte. »Im Moment seh ich auch nur seinen Schatten«, wisperte sie zurück. »Dahinten ist es genauso dunkel wie in der Nacht.«

Sie hatte recht. Der Mann stand in einer so dunklen Ecke des Raums, dass man nur seine Umrisse wahrnehmen konnte. Karlchen folgte Bentes Blick und sagte: »Das ist auch der Typ, der vorhin die Pferde in den Stall gebracht hat. Glaub ich jedenfalls«, fügte sie mit leisem Zweifel hinzu.

In diesem Moment drehte der Fremde sich um. Er war um die sechzig, hatte graues, kurz geschnittenes Haar und ein sympathisches, offenes Gesicht. Freundlich nickte er den Mädchen zu.

»Neue Gäste«, sagte er.

»Ähm, ja, äh, wir –«, stammelte Bente. Sie lief puterrot an.

»Lasst mich raten«, sagte der Mann. »Ihr seid Schülerinnen dieses Internats, wie heißt es noch gleich? Herr Holle hat es mir erzählt. Ihr seid auf Klassenfahrt hier, stimmt's?«

Bente, Kiki, Karlchen und Rebecca nickten stumm. Der Fremde kam auf sie zu.

»Ich bin Raymund Weller«, sagte er und nickte den Mädchen zu.

»Wir sind, ähm, also –«, stotterte Bente von Neuem.

Rebecca unterbrach sie.

»Wir kommen vom Reitinternat Lindental«, erklärte sie. »Ich bin Rebecca und das sind meine Freundinnen Kiki, Karolin und Bente.«

Herr Weller lächelte.

Plötzlich stutzte Rebecca. Sie schob die Augenbrauen zusammen und musterte Herrn Weller eindringlich. »'tschuldigung ... Wie heißen Sie? Raymund Weller?«

Der Mann nickte.

Rebecca riss die Augen auf. »Sie sind ... Nee, das gibt's doch nicht!«

»Was denn?«, fragte Kiki stirnrunzelnd. »Kannst du uns mal aufklären?«

Rebecca kicherte. Es war ihr schrecklich peinlich, aber sie konnte nicht anders. »Ich fass es nicht!«, stieß sie schließlich hervor. »Raymund Weller! Der berühmte Schriftsteller!«

Karlchen und Bente erstarrten. Kikis Mund klappte auf und zu. Sie sah aus wie ein Fisch auf dem Trockenen.

»Wir haben neulich in Deutsch eine Erzählung von Ihnen gelesen«, sagte Rebecca. »›Die gläserne Flöte‹.«

»Oh, das freut mich«, erwiderte Herr Weller. »Ich hoffe, der Text hat euch gefallen.«

Die Mädchen nickten, obwohl Karlchen während des Deutschunterrichts ständig an der »Gläsernen Flöte« herumgemäkelt und die Erzählung nicht verstanden hatte. Trotzdem war sie ziemlich beeindruckt, dem Verfasser jetzt persönlich gegenüberzustehen. Sie grinste und überlegte gerade, ob es wohl angebracht war, den Schriftsteller um ein Autogramm zu bitten.

Sören unterbrach ihre Überlegungen. Er stellte sich neben Herrn Weller und begrüßte ihn fröhlich.

»Ihr habt euch also schon miteinander bekannt gemacht.« Ohne auf eine Antwort zu warten, sagte er: »Ihr wundert euch bestimmt, Raymund auf unserer Hallig zu treffen, aber es gibt eine einfache Erklärung: Mein Vater ist mit ihm zusammen zur Schule gegangen. Jedes Jahr im Sommer kommt Raymund zu uns, um dem Presserummel zu entfliehen und ein paar Inspirationen für neue Geschichten zu sammeln.«

Die Mädchen sahen sich an. Mit allem hatten sie gerechnet, aber nicht damit, dass der geheimnisvolle Gast auf der Pferde-Insel ein ruhebedürftiger Schriftsteller war! Sie starrten ihn neugierig an. Herr Weller tat, als merkte er es nicht.

»Ich bin jedes Jahr einige Zeit hier, um Ferien zu machen«, erklärte er. »Aber auch, um zu arbeiten. Es ist schon fast Tradition, dass ich die Schlusskapitel meiner Romane hier auf Sundstrand schreibe.«

»Immer?«, fragte Karlchen ungläubig. »Bei jedem Buch?«

Herr Weller nickte. »Keine Ahnung, woran es liegt – an der Ruhe, der frischen Luft, der Natur oder an allem zusammen –, aber sobald ich nicht weiß, wie mein Text zu Ende gehen soll, muss ich nur auf die Hallig kommen und alles fließt wie von selbst.«

»Dann nistet er sich in unserem Ferienhaus ein und ist tagelang nicht ansprechbar.« Sören zwinkerte Karlchen und den anderen zu. »Wir stellen ihm das Essen vor die Tür und nehmen seine Post in Empfang. Ansonsten lässt er sich nicht blicken, bis er mit seinem Manuskript fertig ist.«

»Aber nachts kommen Sie manchmal raus, stimmt's?«, fragte Bente.

Der Schriftsteller musterte sie. »Ja. Woher weißt du das?«

Bente grinste. »Ich hab Sie in unserer ersten Nacht gesehen. Sie waren bei den Pferden.«

»Ja, das ist so eine Angewohnheit von mir«, nickte Herr Weller. »Ich lebe in Süddeutschland auf einem alten Bauernhof, wo es Hunde, Katzen, Schafe und ein paar Pferde gibt. Zu Hause mache ich jeden Abend meine Runde und sehe nach den Tieren.«

Karlchen kicherte. »Das erklärt natürlich alles.«

»Was meinst du?«, fragte Sören.

»Na, wenn Herr Weller daran gewöhnt ist, irgendwelchen Tieren Gute Nacht zu sagen«, antwortete Karlchen, »dann muss er das hier natürlich auch so machen. Ist doch klar.«

»Klar«, sagten Sören und Herr Weller wie aus einem Munde.

»Und wir dachten schon, Sie hätten was verbrochen«, meinte Bente.

»Oder etwas zu verbergen«, ergänzte Kiki.

Herr Weller riss die Augen auf. »Ich? Ich bin der harmloseste Mensch, den ich kenne! Wahrscheinlich wirkt es auf Außenstehende ziemlich merkwürdig, dass ich mich wie ein Einsiedler hinter meiner Schreibmaschine verkrieche und so lange nicht rauskomme, bis mein Manuskript fertig ist. Aber wenn ich mit meiner Arbeit fertig bin, brauch ich einfach frische Luft. Dann gehe ich zu Franz und Pumpernickel und unterhalte mich mit ihnen, bevor ich entspannt ins Bett falle.«

»Das kann ich verstehen«, sagte Karlchen. »Ich sag meinem Snude auch immer Gute Nacht, bevor ich ins Bett geh.« Sie wurde ein bisschen wehmütig, weil sie plötzlich an ihren Norweger denken musste und daran, dass sie ihm im Moment nicht Gute Nacht sagen konnte.

»Was unsere Pferde wohl gerade machen?«, fragte Bente, als hätte sie Karlchens Gedanken gelesen. »Hoffentlich stehen sie im Stall. Flippi hat Angst vor Sturm.«

»Klar stehen sie im Stall«, sagte Rebecca. »Die Jungs werden sie rechtzeitig reingeholt haben.«

»Außerdem tobt das Unwetter auf dem Festland bestimmt nicht so doll wie hier.« Kiki trat ans Fenster.

Sören und Herr Weller stellten sich neben sie und sahen hinaus.

»Da hast du recht«, meinte Sören. »Der Orkan kommt von Nordwesten. Das heißt, dass er schon viel von seiner Kraft verloren hat, wenn er die Küste erreicht.«

»Warum stehen wir hier eigentlich so ungemütlich rum?«, fragte Herr Weller plötzlich. »Lasst uns ein ruhiges Eckchen suchen und ihr erzählt mir was von euch und euren Pferden. Dass ihr ein Reitinternat besucht, klingt interessant. Ich würde gern mehr darüber erfahren.«

Rebecca verdrehte die Augen. »Also, Herr Weller«, sagte sie seufzend. »Ich könnte Ihnen da Geschichten erzählen, die glauben Sie im Leben nicht. Sie machen sich ja keine Vorstellung, was in so einem Internat wie Lindental alles passiert.«

»Dann schießt mal los!« Raymund Weller ging voraus und setzte sich in eine gemütliche Fensterecke. »Wer weiß? Vielleicht schreib ich eines Tages ein Buch darüber?«

Schon bald war der Sturm vergessen. Harm hatte gemeldet, dass der Orkan seine Richtung geändert hatte und auf dem Weg nach Schottland war. Das Schlimmste hatten sie überstanden. Trotzdem dachte in dieser Nacht niemand daran, ins Bett zu gehen.

Natürlich hatte sich die Anwesenheit des berühmten Schriftstellers blitzschnell herumgesprochen. Herr Hartmann, Miss Wedgewood und die anderen waren nach und nach näher gerückt und hörten zu, als Herr Weller von seinem Leben als prominenter Autor erzählte. Den Höhepunkt erreichte die denkwürdige Sturmnacht, als er einen Rucksack unter der Bank hervorzog und einen dicken Stapel Papier herauszog. Er legte den Packen vor sich auf den Tisch und betrachtete ihn liebevoll.

»Mein neues Manuskript«, sagte er feierlich. »Heute fertig geworden. Vorsichtshalber hab ich es mitgenommen, falls das Ferienhaus überschwemmt wird. Soll ich euch ein Stück daraus vorlesen?«

»Jo, cool!«, meinte Karlchen.

Rebecca, Bente und Kiki nickten.

Herr Hartmann schluckte trocken und meinte, dass es eine große Ehre wäre.

Herr Weller nickte. Im Schutzraum des Gemeinschaftshauses wurde es still. Svea stand auf und holte ein paar Kerzen. Sie zündete sie an und stellte sie auf den Tisch. Sören löschte das Deckenlicht.

Als Herr Weller ein paar Blätter aus dem Manuskriptstapel zog und darüberstrich, hätte man eine Stecknadel fallen hören können. Rebecca behauptete später, dass sogar der Sturm den Atem angehalten hatte.

Die dunkle Stimme des Autors füllte den Raum. Melanie saß auf Sörens Schoß und nuckelte, schwer gegen die Müdigkeit ankämpfend, an ihrem Daumen.

»Das Buch handelt von meiner Kindheit«, erklärte Herr Weller und warf einen Blick in die Runde, der bei Kiki, Karlchen, Bente und Rebecca hängen blieb. »Das erste Kapitel wird euch gefallen. Es geht darin um ein Pony.« Mit einem kleinen Lächeln im Gesicht fing er an zu lesen: »Als ich ein kleiner Junge war, besaß meine Schwester ein Pony, um das ich sie sehr beneidete. Es hatte schwarzes Fell und trug den ungewöhnlichen Namen Stäubchen …«

Es wurde eine lange Nacht. Herr Weller las die ersten beiden Kapitel seines neuen Romans vor und beantwortete anschließend viele Fragen. Als er sein Manuskript schließlich in den Rucksack zurücklegte, schwiegen alle. Sie lauschten auf den Sturm und das Rauschen der Nordsee.

Weit nach Mitternacht stand Sören auf. Er streckte sich, gähnte und warf einen Blick aus einem der Fenster. »Land unter!«, verkündete er.

Die Sturmflut hatte ihren höchsten Pegel erreicht. Sundstrand war überspült. Nur die sicheren Warften mit den darauf stehenden Häusern ragten noch aus dem Wasser.

»Ist das unheimlich«, sagte Kiki. Sie kuschelte sich in ihren molligen Pullover und versuchte, nicht daran zu denken, dass draußen jetzt nur noch Wasser war.

»Aber irgendwie auch gemütlich.« Rebecca lehnte ihren Kopf an Kikis Schulter und schloss die Augen.

Karlchen und Bente waren Seite an Seite auf der Eckbank eingenickt. Bente schnarchte ganz leise.

11

Am Morgen nach dem Sturm war überall auf der Hallig das große Aufräumen angesagt. Obwohl der Orkan seine Richtung geändert hatte, hatte er auf der kleinen Insel eine Spur der Verwüstung hinterlassen. Dachziegel waren herabgefallen, Bäume umgeknickt. Jede Menge Treibgut war angeschwemmt und weit verstreut worden: Plastikflaschen, Kanister, Holz, zerrissene Netze, achtlos weggeworfener Müll von großen und kleinen Schiffen.

Auf den Wiesen und Wegen standen tiefe Pfützen, die erst im Laufe des Tages abtrocknen würden. Der Himmel war stahlgrau, die Luft frisch und klar. Noch immer wehte ein leicht böiger Wind, der mit dem überstandenen Sturm allerdings nicht zu vergleichen war. Es war der ganz normale, fast ständig wehende Seewind, der sich jetzt daranmachte, die letzten grauen Wolken wegzupusten und den Weg für die Sonne frei zu machen.

Karlchen stand am Fenster des Pferdezimmers und gähnte herzhaft. Erst am frühen Morgen, als die Flut endlich abgelaufen war, hatten sie das Gemeinschaftshaus verlassen und waren übernächtigt und erleichtert in ihr Gästehaus zurückgekehrt. Sie hatten geduscht, sich umgezogen und ausgiebig gefrühstückt.

»Was für eine Nacht!«, sagte Karlchen. »Unglaublich, oder?«

»Wenn ich Laura das erzähle! Die glaubt mir garantiert kein Wort«, meinte Bente.

»Wir können's zur Not bezeugen.« Kiki lag auf ihrem Bett und versuchte, Patrick übers Handy zu erreichen.

»Stimmt«, nickte Bente. »Ich werde eine Wahnsinns-Reportage für den Lindental-Boten schreiben und Laura eine Ausgabe schicken. Das wird die Story des Jahres! Aus unserer langweiligen Klassenfahrt sind richtig tolle Ferien geworden!«

»Du könntest ein Buch darüber schreiben«, schlug Rebecca vor. »Was wir in den paar Tagen hier erlebt haben, reicht glatt für einen Abenteuerroman.«

»Ich soll Raymund Weller Konkurrenz machen?« Bente schüttelte den Kopf. »Nee, lass mal, das trau ich mir dann doch nicht zu. Später vielleicht, wenn ich erwachsen bin. Es ist bestimmt cool, Schriftsteller zu sein. Ich hätte schon Lust, irgendwann mal ein Buch zu schreiben.« Nachdenklich ließ sie ihren Kuli rotieren.

»Aber nur, wenn wir alle darin vorkommen«, grinste Karlchen.

Bente lachte. »Na klar! Allein über dich könnte ich schon eine Fortsetzungsgeschichte mit mindestens zehn Bänden fabrizieren!«

»Ich kann's noch gar nicht fassen«, mischte sich Kiki ein, »dass Herr Weller uns sein neues Buch schicken will, wenn es fertig ist.« Sie hatte ihre Anrufversuche aufgegeben und das

Handy weggelegt. Entweder war Patrick im Stall oder er hatte den Ton ausgestellt.

»Ja, und sogar mit persönlicher Widmung.« Rebecca schlüpfte in einen kuscheligen Fleecepullover und strich sich die Haare glatt. »Mir haben die beiden Kapitel seines neuen Romans unheimlich gut gefallen. Bestimmt wird das Buch ein Bestseller.«

»Vielleicht bekommt er eines Tages sogar einen Preis dafür«, sagte Bente verträumt. »Dann können wir unseren Kindern und Enkelkindern erzählen, dass wir mal eine Nacht mit ihm auf einer einsamen Pferde-Insel in der Nordsee verbracht haben.«

Kiki grinste. »So abartig, wie du geschnarcht hast, hast du doch bestimmt nicht viel von dem Buch mitgekriegt. Gib's zu!«

»Ich hab geschnarcht?«, fragte Bente entsetzt.

Kiki, Karlchen und Rebecca nickten gleichzeitig.

»Oh nein, ist das peinlich!« Bente stöhnte auf.

»Ist doch klasse«, meinte Rebecca. »Wenn irgendwann mal eine Geschichte von Raymund Weller erscheint, in der ein schnarchendes Mädchen die Hauptrolle spielt, kannst du sicher sein, dass du die Inspiration dazu geliefert hast.«

Sie konnte gerade noch einem Kissen ausweichen, das Bente ihr an den Kopf werfen wollte.

Die Tür ging auf. Swantje steckte ihren Kopf ins Zimmer und zog ihn gleich wieder zurück. »Sagt mal, habt ihr eigentlich noch andere Hobbys als Kissenschlachten?«, fragte sie. »Ich soll euch abholen. Herr Hartmann meint, dass wir beim Insel-Putz helfen sollen. Sören hat die Pferde angespannt. Sie ziehen einen Wagen über die Insel, in dem der angeschwemmte Müll gesammelt werden soll.«

»Pumpernickel und Franz?« Karlchen sprang mit einem Satz auf. »Klar! Wir kommen!«

Draußen stolperten sie fast über Sören. Er stand neben den beiden Friesen, die vor ein klapprig aussehendes Gefährt gespannt waren und auf ihren Trensen kauten.

»Moin«, sagte Sören. »Da seid ihr ja endlich!« Er schnalzte mit der Zunge. Die Rappen setzten sich in Bewegung.

Die Mädchen sahen, dass er schon Treibgut aufgeladen hatte. Rebecca betrachtete interessiert die Überreste einer Holzkiste, die kyrillische Schriftzeichen trug. Sie fragte sich, woher die Kiste wohl kam und was ihr Inhalt gewesen sein mochte.

Karlchen stapfte neben Pumpernickel her, unterhielt sich mit ihm und genoss es, den vertrauten Geruch eines Pferdes einatmen zu können.

Kiki und Bente schlenderten mit den anderen hinter dem Gespann her. Hin und wieder bückten sie sich, hoben etwas auf und warfen es mit Schwung auf die Ladefläche.

»Was machen Sie mit dem ganzen Müll?«, fragte Rebecca.

»Kunststoff wird gesammelt und aufs Festland gebracht«, erwiderte Sören. »Alles andere wird verbrannt.« Er warf einen Blick auf das gesammelte Holz. »Wenn es trocken ist, gibt das ein schönes Inselfeuer. Unsere Vorfahren haben früher mit solchen Feuern Schiffe angelockt und ausgeraubt.«

»Wie Piraten?«, fragte Karlchen.

Sören nickte. »Ja, so ähnlich. Es gab noch keine Leuchttürme, und die Kapitäne dachten, wenn sie die Feuer sahen, es wären Leuchtfeuer vom Festland. Ihre Schiffe sind auf den Inseln gestrandet und die Ladung gehörte den Insulanern.«

»Erzählst du schon wieder Seeräubergeschichten?« Svea hatte sich mit Melanie an der Hand zu der kleinen Gruppe gesellt. »Harm hat eben den Funkbericht gehört. Das Postschiff ist gleich da. Falls von euch noch jemand Post mitgeben oder eine Zeitung kaufen möchte.«

»Eine Zeitung zum Frühstück wär nicht schlecht«, ertönte eine dunkle Stimme hinter der hohen Hecke, hinter der das Ferienhaus lag. »Auch wenn sie von gestern ist.«

Herr Weller trat hinter der Hecke hervor und wünschte allen einen Guten Morgen.

Die Pferde wandten ihre Köpfe um und brummelten.

»Bringt mir jemand eine Zeitung mit?«, fragte der Schriftsteller. »Ich warte auf einen Anruf von meinem Verleger und muss im Haus bleiben.« Hinter ihm klingelte ein Telefon. Herr Weller warf zwei Eurostücke in die Luft. Bente fing sie geschickt auf.

»Welche Zeitung hätten Sie denn gerne?«, rief sie.

Herr Weller war schon im Haus verschwunden. »Egal!«, rief er zurück. »Steht sowieso überall dasselbe drin!«

Als das letzte Stück Treibgut aufgesammelt war, brach urplötzlich die Sonne durch. Die letzten grauen Wolkenfetzen waren weggeweht. Es wurde herrlich warm. Rebecca und die anderen zogen ihre Pullis aus und hielten ihre Gesichter in die Sonne.

»Feierabend!«, rief Sören. »Der Wagen kann hier stehen bleiben, bis ich den Müll sortiere. Helft ihr beim Abspannen? Ihr könnt die Rappen dann zurückreiten.«

Nur Kiki, Bente, Rebecca und Karlchen blieben. Die anderen aus der Klasse gingen zum Anleger, um auf das Postschiff zu warten.

»Wir müssen uns mit dem Reiten wohl abwechseln«, meinte Rebecca. Sie löste die Schnallen und Gurte des Geschirrs und strich den Rappen über die Nasen.

»Ist euch noch nicht aufgefallen, dass die beiden ziemlich breite Rücken haben?«, meinte Sören. »Ihr könnt bequem zu zweit auf ihnen sitzen.«

»Cool!« Karlchen zog die Nase kraus. »Das macht bestimmt Spaß!«

Sören schulterte das Pferdegeschirr. »Reitet zuerst zum Anleger und holt die Zeitung für Herrn Weller. Danach könnt ihr einen Ritt über die Insel machen. Die Dicken können ein bisschen Bewegung gebrauchen.« Er winkte und stapfte davon.

Etwas ratlos sahen Rebecca, Kiki, Karlchen und Bente sich an. Franz hatte die Nase gesenkt und knabberte an einem Büschel Sandgras. Pumpernickel hatte seinen schweren Kopf auf Bentes Schulter gelegt und schaute sehnsuchtsvoll übers Meer. Er stand ganz still, zuckte ab und zu mit der Unterlippe und seufzte leise.

»Wie sollen wir da jemals raufkommen?«, fragte Karlchen. »Die sind viel größer als Snude!«

»Räuberleiter«, schlug Rebecca vor. »Wir helfen uns gegenseitig. Eine hebt die andere hoch.«

»Und dann?«, fragte Kiki. »Wie kommt diejenige rauf, die dann noch unten steht, bitte schön?«

»Die, die oben sitzt, zieht sie natürlich hoch«, entgegnete Rebecca schnippisch. »Ist das denn so schwierig?«

»Bei einer Widerristhöhe von geschätzten zwei Metern sehr wohl«, murmelte Kiki.

Bente strich Pumpernickel über die Stirn. »Wir bräuchten einen Stein, eine Bank oder einen Zaun.«

Sie sahen sich um. Weit und breit war keine geeignete Aufstiegshilfe zu sehen.

»Das darf doch echt nicht wahr sein!«, schimpfte Rebecca. »Wir stehen hier mit zwei Pferden, haben die Erlaubnis, zu reiten, und schaffen es nicht, aufzusitzen?« Sie ging ein paar Schritte auf und ab und rieb sich das Kinn.

»Scheint so«, meinte Karlchen fröhlich, als ihr Blick auf das gesammelte Treibgut fiel. »Aber wir könnten natürlich auch eine von den ollen Kisten da nehmen.«

Rebecca und Kiki fuhren herum.

»Warum hast du das nicht gleich gesagt?«, stöhnte Kiki.

»Weil mich keiner gefragt hat«, strahlte Karlchen.

Die Konstruktion aus alten Kisten, Brettern und verbeulten Kanistern, die die Mädchen neben den Pferden auftürmten, sah abenteuerlich und klapprig aus, aber sie hielt. Nacheinander kletterten zuerst Rebecca und Kiki und danach Bente und Karlchen auf die breiten Rücken der Rappen. Sie hatten gerade die Zügel sortiert, als das durchdringende Tuten des Postdampfers ertönte.

»Traritrara, die Post ist da!«, trällerte Karlchen.

»Das nenne ich Timing«, strahlte Bente. Sie nahm Pumpernickels Zügel auf und legte die Schenkel an. »Komm, mein Kleiner! Auf geht's!«

Hinter ihr kicherte Karlchen. Sie saß fast auf Pumpernickels runder Kruppe und wurde sanft hin und her geschaukelt.

»Hilfe!«, quietschte sie, als der Rappe einen flachen Graben durchschritt. »Ich glaub, ich werde seekrank!«

Bente zog ihr Handy aus der Hosentasche und machte ein paar Fotos über Pumpernickels Kopf hinweg.

»Wow! Von hier oben hat man einen echt guten Ausblick«, stellte sie fest und schickte ein Foto an Lauras Smartphone. Während sie über den Weg zuckelten, schrieb sie ihrer Cousine eine Nachricht: »Hi Laura! Wir reiten gerade über die Pferde-Insel. Letzte Nacht war ein tierischer Sturm. Zum Glück ist alles heil geblieben. Falls auf dem Foto zwei schwarze Ohren zu sehen sind: Die gehören Pumpernickel! Viele Grüße von Sundstrand und bis bald, Bente.«

Hinter ihnen kicherten Kiki und Rebecca um die Wette. Kiki, die hinten saß, hielt sich an Rebeccas Taille fest und schaute ihr über die Schulter.

»Man sollte öfter ohne Sattel reiten. Ist echt ein witziges Gefühl.«

Rebecca nickte. »Ja, ziemlich gemütlich, aber ungewohnt.«

Wie eine kleine Karawane wankten Pumpernickel und Franz mit ihren Reiterinnen über die aufgeweichten Wege in Richtung Strand. Wo den Pferden die Pfützen zu tief waren, wichen sie auf das Gelände aus und stapften einfach querbeet weiter. Es kümmerte sie nicht, dass die Fliegengewichte auf ihren Rücken an ihren Zügeln zogen oder es mit Schenkeldruck versuchten; die Wallache gingen unbeirrt ihrer Wege, genau so, wie sie es gewohnt waren.

»Zum Fähranleger geht's hier entlang«, schimpfte Bente, während sie versuchte, das eigensinnige Pferd in die richtige Richtung zu lenken. Pumpernickel schüttelte den Kopf und fiel prustend in einen Zuckeltrab, der Karlchen ziemlich in Bedrängnis brachte. Wie in Zeitlupe rutschte sie immer weiter nach links und zog sich schließlich mit einem beherzten Griff in Bentes T-Shirt wieder zurück in die aufrechte Position. Sie bemühte sich, ihre Bewegungen Pumpernickels holperigem Geschaukel anzupassen.

»Ein Vergnügen ist das ja nicht gerade«, maulte sie Bente ins Ohr. »Ich komm mir vor wie ein nasser Mehlsack!«

»Ich auch«, gab Bente zu. Sie schaffte es, Pumpernickel durchzuparieren. Im Schritt war es wesentlich angenehmer und der Wallach ließ sich besser lenken. Brav folgte er dem Pfad, der hinunter zum Anleger führte, wo das Postschiff bereits wartete.

Hinter Pumpernickel zuckelte Franz den Weg entlang, wobei er immer wieder nach rechts und links schnappte, um lange Schilfhalme abzureißen und durchzukauen. Zu Rebeccas Entsetzen kaute der Wallach die Halme so gründlich durch, dass ihm hellgrüner Schleim auf die Brust tropfte, nur um anschließend die ekligen Überreste einfach wieder auszuspucken. Schon bald waren Rebeccas Turnschuhe und ihre Unterschenkel mit dem Gemisch aus Pflanzensaft und Pferdespucke besprenkelt.

Heilfroh, dass der Ritt zu Ende war, ließen sich die Mädchen kurz vor der Brücke von den Pferderücken gleiten.

»Ich glaube, ich hab mich durchgeritten«, stöhnte Kiki und rieb sich den schmerzenden Hintern.

»Na toll, guckt mal hier.« Rebecca präsentierte ihre Schuhe und ließ sich bemitleiden. »Zurück sollten wir die beiden Schaukelpferde wohl besser führen. Auf einen Inselrundritt verzichte ich freiwillig.« Sie hockte sich auf einen Mauervorsprung und ließ die Beine baumeln.

»Ich auch«, sagte Kiki. »Kein Wunder, dass die beiden so selten geritten werden.«

»Sind halt echte Nutztiere.« Rebecca lachte. »Nicht solche edlen Geschöpfe wie unsere Luxus-Rösser auf Lindental.«

Karlchen und Bente liefen zum Postschiff, um die Zeitung für Herrn Weller zu holen. Unterwegs kamen ihnen ihre Mitschüler und Herr Hartmann entgegen.

»Beeilt euch lieber!«, rief Harti ihnen zu. »Der Dampfer legt gleich wieder ab!«

Kurz bevor der letzte Tampen an Bord geworfen wurde, waren Karlchen und Bente am Schiff.

»Eine Tageszeitung, bitte!«, rief Bente einem Mann an Bord zu.

»Welche?«, rief der Mann zurück, während er das dicke Tau einholte.

Bente raufte sich die Haare. »Egal!«

Wortlos griff der Mann in einen Sack und warf Bente eine zusammengerollte Zeitung zu.

»Danke!«, rief Bente. Sie zog die Eurostücke aus der Tasche und hielt sie hoch. »Was macht das?«

»Geschenkt!« Der Mann tippte sich grinsend an die Mütze. Dann stellte er sich ans Ruder seines Kutters, winkte Bente und Karlchen noch einmal kurz zu und rief: »Tschüss!« Wenig später ließ er noch einmal das laute Horn ertönen.

Karlchen und Bente sahen sich an und prusteten laut los.

»Was war das denn?«, fragte Bente.

»Ein Eingeborener, garantiert«, vermutete Karlchen.

Vergnügt hüpften sie zu Rebecca, Kiki und den wartenden Pferden zurück.

Pumpernickel wieherte, als er die Mädchen kommen sah.

Bente klopfte ihm den Hals. Der Rappe rieb seinen Kopf an ihrer Schulter.

»Das nennt man Liebe«, seufzte Kiki.

Am langen Zügel wurden Franz und Pumpernickel quer über die Hallig zurück zu ihrer Koppel gebracht. Die Sonne hatte das Gras getrocknet. Die Pfützen auf den Wegen verdunsteten in der Wärme.

Bente faltete die Zeitung auseinander und blätterte darin. Karlchen, die neben ihr ging, guckte ebenfalls hinein. Unter »Dies und Das« auf der Lokalseite nahm plötzlich ein dick umrandeter Artikel ihren Blick gefangen.

»Mysteriöse Flaschenpost angeschwemmt«, las sie. »Wasserschutzpolizei steht vor einem Rätsel.«

Mit einem unterdrückten Aufschrei entriss sie Bente die Tageszeitung und las den Artikel, ohne einmal Luft zu holen.

»Spinnst du?«, fuhr Bente sie an. »Die Zeitung ist für Herrn Weller! Wehe, du zerknitterst sie!«

»Oh nein!«, stöhnte Karlchen und ließ die Zeitung sinken.

»Was ist denn?«, fragte Rebecca. »Du bist ganz blass geworden.«

Kiki nahm Karlchen die Zeitung aus den Händen.

»Was ist los?«, fragte sie.

»Die Flaschenpost«, murmelte Karlchen. Sie stöhnte noch einmal und fiel Pumpernickel um den Hals. »Ich bin erledigt. Die Polizei ist hinter mir her.«

»Was faselst du? Zeig mal her.« Bente nahm Kiki die Zeitung weg, die inzwischen ein paar unschöne Knitterfalten abbekommen hatte. »Welche Flaschenpost?«

Ohne hinzusehen, tippte Karlchen auf den Artikel.

Bente fing an zu lesen. Rebecca und Kiki spähten über ihre Schulter.

»Unweit des Borgelumer Leuchtturms wurde während des Sturms eine Flaschenpost angeschwemmt«, lautete der Artikel. »Auf einem Zettel in einer leeren Kakaoflasche fand sich eine wirre, kaum lesbare Meldung, in der es um einen Notruf, einen Kapitän auf Abwegen und mehrere Erkrankte ging. Die Polizei geht davon aus, dass es sich um das Werk eines noch unbekannten Witzboldes handelt. Wir bleiben für Sie dran.«

Bentes Augen wurden groß. Sie ließ die Zeitung sinken.

»Karolin Karlsson«, sagte sie streng. »Sag nicht, dass du hinter dieser Sache steckst!«

Karlchen, die immer noch an Pumpernickels Hals klebte, nickte schwach. »Doch. Irgendwie schon.«

»Oh Mann, Karlchen!«, rief Rebecca. »Einen Notruf darf man nur im Notfall absetzen!«

»Ja, ich weiß«, murmelte Karlchen betreten.

»Hast du deine Adresse unter die Nachricht geschrieben?«, wollte Kiki wissen.

Karlchen schüttelte den Kopf. »Nee, nur auf die zweite.«

»Du hast zwei Flaschen abgeschickt?« Bentes Stimme klang schrill.

»Ja«, gab Karlchen zu. »Die erste mit dem blöden Notruf und die zweite mit meiner Adresse, damit der Finder mir antworten kann.«

»Na, herzlichen Glückwunsch!« Rebecca seufzte.

Karlchen zuckte zusammen.

Kiki fing an zu lachen. Verständnislos starrten die anderen sie an.

»Hihi, überlegt doch mal«, kicherte sie. »Die Nachricht ist kaum lesbar. Karlchens Adresse stand nicht drauf.«

»Ja und?«, fragte Rebecca. »Entschuldigt das etwa Karlchens Verhalten?«

»Ach, Rebecca, sei doch nicht so stur«, grinste Bente, die endlich begriff, worauf Kiki hinauswollte. »Selbst wenn sie wollte, könnte die Polizei die Spur der Flasche gar nicht bis zu Karlchen zurückverfolgen.«

»Nicht?«, fragte Karlchen hoffnungsvoll.

»Nein«, sagten Kiki und Bente im Chor.

»Juhuu!«, rief Karlchen. Vor Erleichterung gab sie zuerst Pumpernickel und danach der verdutzten Rebecca einen Kuss auf die Nase.

»Mach doch nicht so ein böses Gesicht, Rebecca!«, lachte sie. »Freu dich lieber! Ich werde nicht verhaftet! Ich bleib bei euch! Ist doch toll, oder?«

Rebecca presste die Lippen zusammen. Ganz leise fing sie

an zu kichern, dann gluckste sie, bis sie schließlich so laut lachte, dass ihr Tränen die Wangen hinunterkullerten.

»Oh ja, das ist toll, Karlchen«, krächzte sie und umarmte die Freundin. »Supertoll sogar. Ohne dich wär unser Leben nämlich nur halb so aufregend!«

Über den Köpfen der Freundinnen kreischten zwei Möwen. Neben ihnen spitzten die Friesenwallache Pumpernickel und Kartoffel-Franz ihre Ohren. Wie zwei Denkmäler standen sie da und blickten gelassen über ihre kleine Heimat mitten im Meer. Pumpernickel seufzte leise und sehr behaglich. Franz wieherte. Es klang wie ein lustiges Lachen.

Leseprobe

304 Seiten, ca. €/D 12,99

Charlie kommt zu Hause nicht mehr klar. Auf einem abgelegenen Reiterhof soll sie wieder zu sich finden. Das Seltsame: Hier suchen sich die Pferde ihre Reiter aus. Die verschlossene Charlie wird ausgerechnet von dem wilden Hengst Arman gewählt. Ein zartes Band der Freundschaft beginnt sich zwischen den beiden zu entwickeln. Und schon bald wird Charlie klar: Auf diesem idyllischen Pferdehof ist nichts so, wie es scheint. Ehe sie sich versieht, steckt sie in einem atemraubenden, fantastischen Abenteuer ...

Lies auf folgenden Seiten mal rein ...

Vorsichtig beäugte Charlie die vier Jugendlichen, die auf dem Hof vor dem lang gestreckten Hauptgebäude standen und warteten. Eines der Mädchen wirkte genauso verloren, wie Charlie sich fühlte. Sie blickte niemanden direkt an und zupfte mit hochgezogenen Schultern die Ärmel ihrer weißen Strickjacke über die Hände. Fast sah sie aus, als wünschte sie sich, die rotblonden Haare nicht zu einem Zopf gebunden zu haben, damit sie ihr Gesicht dahinter verstecken konnte. Neben ihr lehnte ein dunkelhaariger Typ am Zaun und bemühte sich, möglichst cool rüberzukommen. Er trug dicke Sneaker und ein umgekehrtes Käppie auf dem Kopf. Sein Hoody war definitiv … auffällig. Quietschgelb, als hätte er nichts dagegen, aufzufallen. Das It-Girl nur wenige Meter weiter ließ ihn allerdings alt aussehen. Alles an ihr wirkte wie frisch aus einem teuren Designerladen importiert: das Kleid, ihre auffälligen Ohrringe, selbst der pinkfarbene Rollkoffer. Ob ihr Reitdress genauso aufgehübscht war? Charlie beobachtete sie heimlich von der Seite. Sie passte ungefähr genauso gut in diese Umgebung wie ein feuerrotes Cabrio! Genervt hielt das Mädchen ihr Handy in die Höhe – na klar, auch das war mit einem stylischen Glitzer-Extra verziert. Da achtete jemand ganz genau auf seine Wirkung.

„Kann mir mal einer sagen, was mit meinem Handy los ist?", unterbrach die Prinzessin die Willkommensrede von Lore und deren Mann, den sie als Richard vorgestellt hatte. Dunkelblonde Locken fielen ihm in das nette Gesicht, der Dreitagebart dagegen verriet sein Alter – hier und da waren die Haare grau.

„Technische Geräte funktionieren hier leider nicht", erklärte Lore da auch schon und wurde von dem Jungen im Hoody unterbrochen. „What?? Kein Internet? WLAN, Hotspot, Rooter? Irgendwas??" Sämtliche Jugendliche starrten Lore ungläubig an. War das ihr Ernst? Kein Internet?

Richard tauschte einen kurzen Blick mit Lore und schlug vor: „Lasst uns erst einmal ins Haus gehen, da zeigen wir euch alles." Aufmunternd wandte er sich zu dem fünften in der Runde. „Kommst du auch, Nils?"

Neugierig besah sich Charlie den Jungen: Er war blond, still, gut aussehend und schnappte sich nun seinen Rucksack, ohne einen von ihnen anzusehen. Als ob er es gewohnt war, mehr zu gucken als zu reden, und lieber unsichtbar blieb. Dann blickte er jedoch kurz auf – ausgerechnet direkt in Charlies Augen. Für ein paar Sekunden hielt Charlie seinem Blick stand, dann sah sie verlegen weg und wunderte sich über sich selbst: Seit wann war sie so schüchtern?

Das It-Girl holte auf und lief neben Nils her. „Voll ätzend hier, oder?", begann sie ein Gespräch. „Ich bin übrigens Patrizia!"

Doch mit einem „Schön für dich" ließ Nils sie stehen. Viele Worte schien der nicht zu machen.

Als Charlie das Haus betrat, umfing sie sogleich der Duft nach frisch gebackenem Apfelkuchen. Charlie lief das Wasser im Mund zusammen, aber sie riss sich zusammen. So leicht würde sie sich nicht herumkriegen lassen. Verwundert ließ sie ihre Augen durch die Zimmer schweifen. Auch die Inneneinrichtung des Hofes war … nun, recht ungewöhnlich: nirgendwo Lichtschalter, stattdessen überall Kerzen und Petroleumlampen. Wiesenblumen standen auf den Tischen, ein großer, altertümlicher Ofen nahm eine gesamte Ecke ein. Seine Oberfläche war aus grünen, scheinbar handgefertigten Fliesen. Nirgendwo Plastik oder Stahl, alles war aus Holz: der Boden, die Wände, die Möbel und eine seltsam aussehende Standuhr. Und auch das Schachspiel hinter dem die alte Frau, die Richard als seine Mutter Rona vorstellte, saß, war aus Holz. Mann, das war ja wie in einer dieser Scripted-Reality-Serien im Fernsehen! Leben auf der Alm – oder so. Da passte es super dazu, dass das Essen gemeinsam vorbereitet werden sollte und der Tag bei Sonnenaufgang um sechs Uhr morgens begann: Pferde pflegen, Heu machen, Stall ausmisten …

Der Typ im gelben Hoody verdrehte die dunklen Augen. Eben hatte er noch eine der Schachfiguren versetzt und damit Richards Mutter überrascht, nun seufzte er lauthals. „Bitte was???“

„Tja, wir müssen Pferde pflegen, Heu machen, Stall ausmisten, Reiten natürlich auch …“ Lore klang gut gelaunt. Charlie fühlte sich unwohl und bevormundet. Nicht nur, dass ihre Mutter sie hierher abgeschoben hatte, damit sie „klarkam“, nein, offenbar war auch jede einzelne Minute durchorganisiert! Und darüber hinaus durfte sie sich auch noch das Zimmer mit den anderen beiden Mädchen teilen. Na super – Dinge, die Charlie ganz sicher nicht gebrauchen konnte!

Grimmig stand Charlie nur wenig später mit den anderen auf der Koppel und betrachtete die hier grasenden Pferde. Jeder von ihnen sollte eine Patenschaft für eines der Tiere übernehmen. Oder eher andersherum, denn die Lilientals waren überzeugt davon, dass sich die Pferde ihren Menschen auswählten. Was für ein Quatsch! Das fand offenbar auch Tarik, der Typ im Hoody. „Ihr lest unsere Namen vor und die Viecher diskutieren dann aus, wer mit wem und so?“

Richard antwortete schmunzelnd: „Ja, so ungefähr.“

So ein Unsinn, dachte Charlie. Als jedoch ausgerechnet das größte der Pferde auf das schüchterne Mädchen – Dajana – zutrabte und sie vorsichtig anstupste, war sie überrascht. Hier schien tatsächlich einiges anders zu laufen.

„Du brauchst keine Angst zu haben, Dajana. Argos ist zwar groß, aber ganz sanft und friedlich“, versuchte Lore, dem Mädchen Mut zu machen. „Er mag dich und hat dich ausgesucht – das ist toll!“

Charlie sah auf. Wenn es stimmte, dass die Pferde fühlten, wer für sie richtig war, was sagte das wohl über die so zurückhaltende Dajana aus?

„Das ist ein Zwergpferd, Mann! Vergiss es!“, beschwerte sich kurz darauf der plötzlich gar nicht mehr so vorlaute Tarik. Er wurde ausgerechnet von dem kleinsten der Vierbeiner begeistert verfolgt. Doch weder der Zwerg noch die Gasteltern ließen locker.

„Das ist wohl Liebe auf den ersten Blick“, sagte Richard grinsend und warf seiner Frau einen amüsierten Blick zu. „Wenn ich vorstellen darf, Tarik – das ist Milosch!“

Milosch hatte Tarik eingeholt und stand nun sichtlich zufrieden neben ihm. Tarik verdrehte die Augen und beäugte neidisch den stolzen Braunen, der auf Nils zutrabte und ihm herausfordernd zuwieherte.

„Das ist Timon“, stellte Lore das Pferd vor. „Er ist mutig, stark und treu, wenn du erst mal sein Vertrauen gewonnen hast.“ Interessiert beobachtete Charlie Nils, der nur mit den

Schultern zuckte, als ginge ihn das alles nichts an. Bewegungslos stand er neben Timon, die blonden Haare fielen ihm ins Gesicht und verhinderten, dass er irgendwen ansehen musste. Was wohl bei ihm schiefgelaufen war?, fragte sich Charlie. Er sah gut aus, auf eine unangestrengte Art, so als müsste er sich nicht darum bemühen. Und grimmig. Charlie ertappte sich dabei, dass sie versuchte, die Farbe seiner Augen zu erkennen. Blau? Grün, braun?

„Nee. Das will ich nicht. Das ist hässlich!" Patrizia riss Charlie unsanft aus ihren Gedanken. Rückwärts lief sie vor dem Schecken davon, der sie auserkoren hatte.

Charlie musste grinsen. Geschah Miss Hochnäsig recht. Ihr vierbeiniger Verehrer, Jaron, wie Richard ihn nannte, war alles andere als ein elegantes Springpferd, das zu Patrizias Profi-Reitoutfit gepasst hätte.

„Er ist manchmal ein wenig unsicher und braucht eine führende Hand", erklärte Richard und lächelte Patrizia an. „Anscheinend bist du genau die Richtige."

„Ganz toll. Aber no way!" Patrizia sah sich um und fand, wonach sie gesucht hatte. „Den da, den will ich!" Begeistert blickte sie in Richtung der angrenzenden Weide. Dort, wo Arman graste, jener wilde Rappe, der Charlie vorhin – ja was? – direkt in die Augen gesehen hatte, als wollte er ihr etwas sagen?

Lore schüttelte den Kopf. „Das geht leider nicht, Patrizia, Arman lässt sich nicht bändigen, er ist kein Reitpferd."

Auch Charlie konnte sich nicht vorstellen, dass der wilde schöne Rappe jemanden auf seinem Rücken duldete. Hieß es nicht immer, Pferd und Reiter sollten eine Einheit bilden?

Niemand hier wäre dazu gemacht. Sie beobachtete den Hengst, der nun ganz still zu ihnen hinüberblickte.

Völlig recht hast du, dachte Charlie. Diese Patrizia würde nur versuchen, besonders gut auf dir auszusehen, koste es, was es wolle. Bewahr dir deine Freiheit!

„Jetzt bleibt nur noch Charlie“, erklärte Lore. Charlie verschränkte abweisend die Arme und versuchte, Patrizias Spitze: „Na, wenigstens habe ich überhaupt irgendein Pferd“ zu ignorieren. Trotzdem hinterließen Patrizias Worte einen kleinen Stich. Nicht einmal eines der Pferde wollte sie? Von ihr aus! Als würde das irgendetwas aussagen. Als glaubte jemand diesen Mist von wegen „ausgewählt“ und so! Als wäre sie nicht längst daran gewöhnt, die Einzelgängerin zu sein! War in ihrer Familie schließlich auch nicht anders.

Betont locker zuckte Charlie die Schultern, sah zu den verbleibenden Tieren hinüber und winkte ab. „So einen Quatsch brauche ich sowieso nicht!“

Da hörte sie ein Schnauben. Laut genug, als wollte ihr jemand widersprechen. Überrascht drehte sich Charlie zu dem Geräusch um. Arman?

Der Hengst riss den Kopf hoch und wieherte. Wild seine Mähne schüttelnd fiel er in einen Galopp, Charlie fest im Blick – direkt auf das Gatter zu, das ihn von Charlie trennte. Charlie hielt den Atem an, als er zum Sprung ansetzte.

Wenn du wissen willst, wie es weitergeht, dann frage bei deinem Buchhändler nach:
Armans Geheimnis
ISBN 978-3-440-14977-5

Es war einmal in Arabien ...

320 Seiten, ca. €/D 14,99

Prinzessin Haya ist drei Jahre alt, als ihre Mutter bei einem Hubschrauberabsturz ums Leben kommt. Ihr Vater, der König von Jordanien, liebt seine Tochter über alles, doch er hat kaum Zeit für sie. Haya fühlt sich einsam und verlassen und schottet sich immer mehr ab. Erst die Liebe zu dem Fohlen Bree, dessen Mutter bei der Geburt stirbt, bringt sie langsam ins Leben zurück. Ohne Haya kann Bree nicht überleben, und so werden die beiden unzertrennlich. Als Haya schließlich ins Internat nach England kommt, begreift sie, dass sie sich ihren lange unterdrückten Gefühlen stellen und einen Neubeginn wagen muss.